# Олег РОЙ

## ТРИ КРАСКИ

ЭКСМО
Москва
2013

УДК 82-3
ББК 84(2Рос-Рус)6-4
Р 58

Оформление серии *С. Груздева*

Издание осуществлено при содействии
литературного агента *Н. Я. Заблоцкиса*

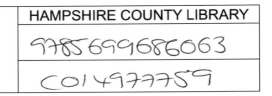
**Рой О.**

Р 58  Три краски / Олег Рой. — М. : Эксмо, 2013. — 320 с. —
(Капризы судьбы. Романы О. Роя).

ISBN 978-5-699-68606-3

Под Новый год Лариса получила от родной телекомпании подарок — набор красок для волос. И хотя ей как самой отстающей со-
труднице подсунули бракованную упаковку, девушка не обеспокоилась
качеством косметики. Все знают: по натуральному цвету волос многое
можно сказать о характере человека. Думала ли Лара, что окрашива-
ние в черный повлечет глубинные изменения и темперамента, и образа
жизни! Не нарадуется теперь начальство успехам своей журналистки.
Счастлива и она сама: не зависит от мужского внимания, чувствует
в себе самодостаточность. Но в коробке осталось еще две краски —
блонд и рыжий. Каких чудес ждать от их использования?

УДК 82-3
ББК 84(2Рос-Рус)6-4

ISBN 978-5-699-68606-3

# Глава 1

## ИЗ ДНЕВНИКА ДЖОНА ХЕМИСТРИ

### 10 октября 2011 года

…Моя Эмми… она меняется! Она становится другой! Я не могу поверить своим глазам, но она вышла оттуда! Она поняла, как нужно это сделать! Еще вчера, когда я открывал дверцу, Эмми пристально за мной наблюдала. Я заподозрил, что это внимание неспроста, но после решил, что ошибся, принял желаемое за действительное. А сегодня… Она сама отворила дверцу и совершила все именно так, как делал я: повернула ключ, при этом слегка приподняв засов! Неужели это действие вакцины? Неужели это сделал я?! Да, совсем забыл написать, кто я — ведь это важно, в случае если мои эксперименты удачны, страна… (зачеркнуто) мир должен знать своих героев!

Меня зовут Джон Хемистри, я ученый. Числюсь в штате косметического холдинга, по известным причинам не буду называть его полностью.

А Эмми — это моя любимая!

Моя подопытная мышь.

Я назвал ее по имени одного очень дорогого мне человека, но об этом потом.

### 15 октября 2011 года

Она уже свободно выходит из клетки. Сама отворяет засов, сама затворяет. Странно, она даже не пытается убежать. Вчера Эмми подбежала ко мне и внимательно следила за тем, как я работаю. Мне показалось, что она изучает алфавит. Может ли моя милая крошка что-то понимать, ведь она всего лишь мышь? Я решил поставить научный эксперимент. Сейчас сделаю табличку с надписью: «Кнопка вызова — нажать, когда хочется есть» — и повешу ее в клетке. Там же установлю кнопку. Смешно, но мне хочется верить, будто что-то получится...

### 17 октября 2011 года

Мои ожидания тщетны. Она не нажимает на кнопку. Впрочем, это отнюдь не странно, чего я мог ожидать от мыши — разве она научится читать? Даже человек вряд ли бы смог освоить чтение самостоятельно, основываясь только на наблюдениях. Тут нужен учитель. Боже мой, о каком учителе я пишу, когда речь идет о простой серой мыши?! Я, наверное, схожу с ума — с утра до ночи сижу над формулами, мне даже по ночам снятся цифры. Стоит меньше работать. Впрочем, надо дать Эмми алфавит, чтобы знать, что я хотя бы пытался.

### 21 октября 2011 года

Не могу описать, какое волнение я сейчас испытываю. Сегодня утром, как обычно, пришел в лабораторию и долго сидел, изучая свою вакцину. Я придумал некую композицию, которая может изменить ее, и, возможно, в таком виде вакцина даст больше результатов (по известным причинам не стану писать ее формулу здесь). Я был так занят, что, признаюсь, совершенно позабыл насыпать в кормушку Эмми свежих зернышек, как делал обычно каждое утро. Вот я сидел и думал и вдруг услышал звук, настолько резкий и неожиданный, что подпрыгнул. От волнения у меня задрожали руки. Они дрожат и до сих пор — ведь это была Эмми! Она нажала на кнопку! Нет, я знал, я верил, я надеялся. ведь не зря я подкинул ей уменьшенную копию алфавита. Я даже видел, что она листает его, но умение читать недоступно даже обезьяне! Невероятно! Я, конечно, сразу же подбежал к клетке и дал Эмми поесть. А еще погладил по шерстке. И мне показалось, что ей приятно!

### 23 октября 2011 года

Она действительно читает. Я сделал три таблички: «Нажать один раз, если хочется есть», «Нажать два раза, если хочется пить», «Нажать три раза, если хочется получить палкой по голове». И, что удивительно, трехразовый сигнал не прозвучал еще ни разу. Зато по одному-два раза она нажимает постоянно. Из-за этого дурацкого эксперимента Эмми стала поправляться, а я — худеть, для меня уже невыносимо бегать к клетке и обслуживать эту мышь. Я начинаю подумывать о смене объекта эксперимента. Вчера завел вторую особь, назвал ее Кристи. Это тоже самка. Теперь она сидит совсем близко к Эмми, их разделяет только стенка, и, похоже, Эмми это не по душе — по крайней мере, она периодически забрасывает свою соседку семечками. Я пока не спешу ставить эксперименты над Кристи, надо полностью изучить, что происходит с Эмми. Она опять нажала на кнопку, пойду дам ей поесть.

### 30 октября 2011 года

Умна, хитра, властна — такой стала Эмми после того, как я втер в ее шерстку эту вакцину. Это величайшее открытие! Я, конечно, мог бы прямо сейчас раскрыть свои карты и получить огромные средства на развитие проекта, но не хочу торопиться — возможно, есть побочный эффект, который до сего момента еще не обнаружился. В таком деле спешка неуместна. Нельзя зазнаваться, хотя я (чего скрывать) уже начал прикидывать, на что потрачу Нобелевскую премию. Разве мама могла представить, что я вознесусь на высоты науки?! Мама… Даже ей я не могу пока рассказать про свое изобретение, к тому же она меня не поймет, ведь она не ученый, не физик, не химик и даже с косметическим холдингом, в котором я работаю и имени которого по известным соображениям не называю, никак не связана. Увы, обстоятельства сложились так, что моя мама — обычная уборщица, подметающая улицы Манхэттена. А папа… Кто его знает, какой он? Он бросил маму еще тогда, когда я только-только стал заявлять о себе в ее чреве. Мама говорит, что он, наверное, теперь поэт или певец, потому что уж очень хорошо пел дифирамбы. А еще, возможно, бегун, потому что, узнав о ее беременности, едва не позабыв подхватить собственные трусы, бежал так быстро, что за ним не угнался бы даже чемпион по бегу.

Пока я был совсем маленьким и спрашивал про папу, мама отмахивалась, говорила, что он уехал далеко-

далеко, на необитаемый остров. И с тех пор в моем сознании отец предстает передо мной худым, бледным,
кареглазым (прям как я), с развевающимися от ветра
курчавыми черными волосами. Он нагишом бегает
по песчаному берегу среди пальм и пышной раститель-
ности и при этом умудряется петь нечто вроде: «О соле,
о соле миа!..»

Я пишу какие-то глупости, должно быть, но это Эмми загоняла меня до сумасшествия. Кстати, о ней —
я сделал четвертую табличку: «Нажать четыре раза,
если потребуется помыть посуду после еды», — и теперь, каждый раз после того, как Эмми поест, она нажимает кнопку четыре раза. Мне кажется, она издева-
ется надо мной — на ее усатой мордочке появляется
подобие ухмылки. Я подумываю провести трубопровод
с маленьким краником в клетку, чтобы Эмми смогла сама мыть за собой посуду.

### *14 ноября 2011 года*

Нет, она вконец загоняла меня. Крис дрожит от страха, когда Эмми к ней приближается. Уж не знаю, чем та
ее запугала. Она все меньше походит на мою Эмми, ту,
ради которой я дал имя милой мышке. С Эмми (вернее,
лучше написать Эмили, чтобы различать их) я познако-
мился в колледже. Она стала для меня единственным
другом, кроме нее, никто мне не был нужен.

И вот как это случилось.

Надо сказать, со мной в принципе никто и не общал-
ся — это все из-за того, что я не такой, как все. Уж так
вышло, что у беспутного отца и матери, которая способна только мести тротуары, родился сын гений. Я это

пишу не потому, что самолюбив. Напротив, все свое сознательное детство я пытался доказать обратное — что я такой, как все. Но, увы, гениальность скрыть невозможно. Уже в четыре года я ремонтировал бытовую технику — начал со светильника, а затем разобрал все, что было в доме. Ко мне шли соседи с утюгами и чайниками, тостерами и прочей кухонной ерундой. К восьми годам я освоил весь школьный курс по математике, физике и прочим точным наукам.

Я не гуманитарий и, возможно, даже сейчас пишу с ошибками. Но на орфографию мне наплевать, тем более когда одним глазом я подглядываю за своей умной мышью, моющей посуду. В общем, к тому времени, как я пошел в колледж, я знал больше, чем многие профессора. Меня сразу же поразило то, с каким усердием мои одноклассники отмахиваются от науки: казалось, они пришли сюда не для того, чтобы учиться, а для того, чтобы всеми силами противостоять учению. Они проказничали, писали девочкам любовные записки, носились как сумасшедшие по коридору во время перемены, напоминая скорее стадо орангутанов, чем представителей homo sapiens. Для меня такое поведение было несвойственно. Я сидел над книгами, тренируя свой пытливый ум, а потому оставался в одиночестве. Я чувствовал себя отвергнутым и в то же время понимал, что это — ерунда, что я гораздо выше моих собратьев по колледжу, но отнюдь не по разуму, я способнее, чем все они, вместе взятые.

Я обратил внимание на Эмили почти случайно. Проходя как-то по коридору, я поднял взгляд от своей вечной спутницы — толстой книги с дополнительными лекциями по высшей математике — и вдруг застыл, увидев ЕЕ. Эмили... Я помню ее такой, какой увидел тогда: невысокая, синеглазая, с белокурыми волосами, связанными в пучок. Она стояла в коридоре с подругой и обсуждала мальчишек из класса. Эмили училась не в моей группе, и потому я увидел ее впервые. Я услышал, как ее подруга сказала, что вокруг одни кретины, а она тихо ответила, что вряд ли это так, что все люди хороши по-своему. Эта наивность, эта вера в людей меня зацепила.

— Вот на этого посмотри! Ну разве не кретин? — спросила подруга, бесцеремонно ткнув в мою сторону. — Эй, парень, рот закрой — бегемот запрыгнет!

Эмили улыбнулась и вдруг посмотрела на меня как-то особенно ласково. Так что я, завороженный ее взглядом, двинулся к ней как под гипнозом и... В итоге я сшиб ее, учебники высыпались из рук девушки, я судорожно начал собирать их, все время извиняясь. Ее подруга снова крикнула что-то обидное, обозвав меня, а Эмили засмеялась — вовсе не обидно, а все так же ласково...

Вынужден отвлечься.

Эмми звонит, она снова просит пить. Мне кажется, моей мыши нужно придумать какое-то занятие, ей просто скучно, вот она меня все время и подзывает. Пойду поищу ей что-нибудь из литературы.

### 15 ноября 2011 года

Я не нашел ничего, кроме какой-то религиозной брошюрки — толкование Библии и что-то вроде псалтыря. Сам я, как человек неверующий, подобной ерундой не балуюсь, но книжка маленького размера, Эмми будет удобно ее читать, тем более ничего другого более-менее художественного под рукой нет — все же у меня тут не Национальная библиотека. Поэтому я подкинул ей брошюру. Кажется, Эмми нравится. Сегодня она всего один раз поела и попила и даже забыла вымыть за собой посуду. Вот и отлично, значит, я пока могу вернуться к воспоминаниям о моей Эмили.

Она была замечательной девушкой — совсем не дразнила меня и не сторонилась. Она, правда, оказалась очень смешливой и не могла остановиться даже тогда, когда надо мной издевались другие — хохотала словно сумасшедшая. Я поначалу обижался, но потом понял, что у Эмили просто такой веселый нрав, и перестал обращать на это внимание. С третьего года наши группы объединили, и тут уж стало совсем здорово — Эмили была всегда рядом. Она даже села возле меня — не за одну парту, конечно (я полагаю, это бы ее очень стеснило), но за соседнюю, ту, что стояла за моей. Рядом с ней сидел Бен Дикент, веселый рослый парень. Я видел, что девчонки засматривались на него, но знал, моя Эмми не такая — она не поведется на накаченную фигуру, понимая, что внутренняя красота человека гораздо важнее внешней. Я верил, она видит, насколько у Бена неразвитая мозговая функция, и мог поспорить (да и сейчас могу), что мысли у этого парня были самыми низменными и глупыми. Каждый день Эмили невольно подтверждала мои предположения. Сидя с Беном, она то и дело дергала меня, придумывая массу идиотских поводов: то ей надо подсказать, то дать списать, то решить за нее задачу. Мне было приятно такое внимание, я делал вид, что верю, будто она не может справиться со всей этой ерундой сама, и, разумеется, помогал ей.

Я знал, что влюблен, и с каждым днем все более уходил в это чувство. От одного взгляда Эмили кружилась голова, немело горло, дрожали руки. О, это было прекрасное и самое глупое чувство, какое только дано людям! С Эмили я забывал о самом интересном: о формулах, о новых теоремах, о заданиях, которые так волновали меня раньше. Я радовался новому для меня чувству и в то же время презирал его, боялся, что это гадко, что я становлюсь смешным и глупым.

Возможно, это звучит нелепо, но я хотел даже сделать ей признание и просить ее руки. Такие мысли стали посещать меня уже к моменту окончания колледжа, в ту весну, когда все словно сумасшедшие стали готовиться к выпускному балу. Эмили уже тогда была для меня очень близким человеком. Мы вместе занимались алгеброй, вместе штудировали книги у меня дома. Она уже не морщила нос при виде моего убогого жилья, хотя поначалу, признаюсь, некое подобие брезгливости появлялось на ее красивом лице: ведь Эмили была из богатой семьи и привыкла к роскоши.

Я уговорил ее поступать в Гарвард, хотя, честно сказать, и сам не был уверен в ее силах, но я бы сделал все-все, чтобы она смогла туда пройти, ведь я был настолько влюблен, что не представлял жизни без моей Эмили. Она согласилась, и вот мы вместе грызли гранит науки. Точнее, грызла она, а я помогал, потому как все то, что она изучала, для меня было равносильно букварю — просто до предела…

Прерву мое повествование — только что я взглянул на клетку и остолбенел от изумления: Эмми (речь теперь идет, разумеется, о мыши) стоит и крестится. Она приняла религию! Невероятно! Надо бы и самому прочитать ту брошюрку… Или лучше не читать — достаточно и одного религиозного фанатика в нашей маленькой лаборатории.

### 16 ноября 2011 года

Это уже не мышь, это настоящая львица. Я чувствую, что устаю от нее. Мне нужно отдохнуть, взять отпуск, но я не могу себе этого позволить — столько событий происходит в моей жизни. И теперь мне крайне необходимо изложить их на бумаге (точнее, отобразить на мониторе), но на все не хватает времени. Развитие Эмми (мыши) достигло своей высшей точки. Дальше уже ничего не происходит, мне кажется, что начинается спад. Нет, меня это не расстраивает, я, честно сказать, жутко утомился с нею. Завтра попробую ввести вакцину Кристи — измененный состав. Не знаю, как отразится это на белой мыши, но надеюсь, ее поведение станет не таким агрессивным и властным, как у Эмми. А пока продолжу рассказ о моей Эмили.

Итак, мы готовились к экзаменам. Она приходила ко мне каждый день, смеялась и делала какие-то странные намеки. Один раз Эмили спросила у меня, был ли я когда-нибудь влюблен. Я очень смутился и, кажется, даже покраснел. «Интересно, Джонни, когда ты женишься? Хватит ли тебе смелости признаться девушке в любви и повести ее под венец?» — лукаво улыбаясь, интересовалась Эмили. А я старался изо всех сил сохранять спокойствие. Под влиянием этих намеков я все больше стал думать о признании.

Но однажды, когда Эмили пришла ко мне, мне показалось, что девушка расстроена. Я спросил ее, что случилось, но она тут же попросила ни о чем ее не расспрашивать и предложила сразу перейти к занятиям. Я согласился, однако стоило мне прочитать условия первой же задачи, как Эмили подняла от книги голову, внимательно посмотрела на меня — так, что я почувствовал: еще немного, и я покраснею. «Джонни, ты умеешь хранить секреты? Нет, не отвечай, я знаю, что умеешь. А еще я знаю, что ты меня любишь», — вдруг сказала она.

От этих слов я залился краской и почувствовал, что не могу дышать. Я посмотрел украдкой в окно, в тот момент мне почему-то хотелось открыть его настежь и глотнуть свежего воздуха. Я думал именно об этом глотке воздуха, но все равно не шевелился, мои суставы затекли, ноги онемели. Я был совершенно парализован. «Я плохая, Джонни», — вдруг грустно проговорила Эмили. В ее голосе слышалась такая горечь, и я тут же пришел в норму. «Нет, ты хорошая», — попытался я возразить. «Нет, Джонни, ничего не говори, я плохая. Я издеваюсь над тобой. Смеюсь над тобой…» Она произнесла это, и я вдруг понял, что знаю это и что принимаю как должное — я не видел ничего в этом обидного, ведь она, несмотря на всю свою красоту, свое обаяние, являлась обычной девушкой. Она не была мною и не могла понять многих вещей, пыталась соответствовать другим людям, ничем не выделяться среди них, а потому проигрывала. Я открыл рот, чтобы сказать ей все это, но не издал ни звука. Странно, строя формулы, решая задачи или читая теорию, я чувствовал себя богом, но рядом с этой девушкой я оказывался ребенком, лишенным дара речи. «Я плохая, — повторила Эмми. — Зачем я тебя мучаю? Пришла сюда, хотя знаю: стоит ему позвонить, и я помчусь к нему! Просто он гонит меня, словно маленькую собачонку, и вот я снова здесь. Как все это надоело, Джо! Как все это унизительно! Я падаю в пропасть и сама понимаю это! Понимаю, но лечу...»

Я затаил дыхание. В голове не хотела укладываться вся информация. Хотя зачем я вру? Конечно же, там все сложилось — это проще пасьянса, но я не хотел принять это новое: Эмили встречается с Дикентом. Я давно слышал нелепые слухи об их взаимной симпатии, но не верил им... Я положился на Эмили, и вот она пала, низко пала. Она прямо, недвусмысленно признавалась в предательстве. Мне кажется, она угадала мои мысли, потому что вдруг замолчала, посмотрела на меня так искренне, так взволнованно и спросила: «Тебе обидно? Тебе больно, да? Видишь, а ты говоришь, что я хорошая. Хорошая не причинила бы боль такому замечательному человеку, как ты. А знаешь, Джонни, тебя не любят в колледже. Я иногда и сама удивляюсь, почему?! Ведь ты не сделал никому зла. Но ты... как бы сказать, ты не такой, как все. Немного флегматичный, немного инфантильный. Словно ребенок, и притом ты превосходный специалист, умнейший человек. Они называют тебя идиотом, «ботаником» и еще кучей некрасивых слов, а я не возражаю и поддерживаю их, делая вид, будто с ними заодно. Боже, какая я плохая! Поэтому он меня и бросил. Я заслуживаю этого, Джонни! Я его не виню! А знаешь, надо исправляться! Давай пойдем с тобой на выпускной бал вместе, давай? Я докажу им всем, что я не согласна с ними. Мы оденем тебя так, что упадут все парни колледжа. Ты будешь самым клевым, самым замечательным парнем во всей округе! Договорились, Джо?»

Никогда еще Эмили не была столь разговорчивой. Вероятно, это от нервного расстройства. Девушка все говорила и говорила, а я понимал только одно: она любит Дикента! В конце концов я все же встал, подошел к окну и раскрыл его настежь. Весенний теплый воздух скользнул по моему лицу, но не принес свежести — зря я так надеялся на этот глоток. В груди по-прежнему давило, я задыхался. В какой-то момент мне даже захотелось выгнать Эмили, но потом случилось нечто, что перевернуло все в моей душе, перевернуло снова, уже второй раз за один день.

Эмили подошла ко мне, обняла и вдруг коснулась прохладными губами моих губ. Нет, я даже не могу понять, как это произошло, я настолько был погружен в свое отчаяние, что... Не знаю, может, я стоял спиной или уже повернулся к ней. Когда она сделала шаг мне навстречу? О, как бы я хотел увидеть это со стороны! Но этот поцелуй, он словно пронзил меня током. Это был электрошок, реанимация умирающего организма. Я очнулся, я ожил, я почувствовал, что живу, дышу и что люблю ее!

О, даже сейчас, сидя в тесной душной лаборатории, я чувствую, как отчаянно колотится мое сердце, как убыстряет свой бег кровь в венах, как краски мира становятся ярче и насыщеннее. Только представьте, что же я ощутил в тот момент!

«Договорились, Джо? — повторила Эмили свой вопрос. — Ты пойдешь со мной на выпускной? Ты будешь моим спутником там, на балу?»

Стыдно писать о том, что произошло дальше, потому что я упал в обморок. Да-да, в тот момент, когда меня впервые поцеловала девушка, я потерял сознание и пробыл в обмороке около трех минут. В чувства меня привела Эмили, вбрызнув мне в лицо водой. Я открыл глаза, но все равно чувствовал слабость и усиленное сердцебиение. «Мой дорогой Джо, какой же ты милый!» — сказала тогда Эмили с нежностью и легкой грустью.

В тот день мы не занимались наукой, Эмили ушла, чтобы дать мне отдохнуть. Надо ли писать, что в ту ночь я так и не уснул — все думал о том, как быть дальше. Меня раскачивало, словно маятник, бросая то в одну, то в другую сторону: то я решал навсегда покончить с Эмили, разорвать все отношения, написать ей письмо и в жесткой форме расставить все точки над «i» (выражать свои мысли в устной форме я опасался, так как мог упасть в очередной обморок). Но уже через несколько минут я начинал думать по-другому: если она призналась мне в том, что смеялась надо мной, а затем пригласила на бал (к моему стыду, это должен был сделать я, а не она), то, значит, я ей небезразличен. Она позвала меня, и я должен использовать свой шанс. Если принимать меня за «x», а Дикента за «y», не спешите ставить знак неравенства. В этом уравнении у нас с ним равные шансы. Еще неизвестно, кому достанется

Эмили! В конце концов, проворочавшись всю ночь, я решил, что должен бороться. Я с детства тренировал свой мозг и накапливал познания, но забыл о силе воли и благовидной упаковке этого выдающегося ума, то есть о красоте своего тела.

Наутро я занялся тем, что обшарил все близлежащие магазины, чтобы купить хоть что-то достойное для бала. Изначально, до приглашения Эмили, я не собирался туда идти, считая танцульки глупостью, детской шалостью, да и средств на развлечения у меня явно не хватало. Но теперь я взглянул на бал иначе: нет, это не дурацкая тусовка. Бал даст возможность добиться своей цели — в данном случае завоевать внимание и симпатию Эмили. Она оценит, что я для нее сделал!

Однако, пробежавшись по бутикам, я понял: все не так-то просто. Для того чтобы одеться и выглядеть более-менее прилично, требовалась немалая сумма, которой у меня не было. Вместе с тем до выпускного оставалось чуть меньше месяца — я еще мог заработать. И тогда, примчавшись домой, я кинулся искать работу. В Интернете ее оказалось немало: написание рефератов и курсовых, дипломных и преддипломных, решение сложных задач и прочее. Для моего уровня все это было ерундой, но на эту ерунду требовалось время, а все мои дневные свободные часы заполняла подготовка к вступительным экзаменам и обучение Эмили. Да, ситуация была еще та, но я все равно ответил на несколько объявлений, решив, что стану работать по ночам. Я ничего не говорил Эмили, она, кстати, тему бала тоже не затрагивала. Мне казалось, мы понимаем друг друга подсознательно и стараемся не стеснять.

«Она наверняка думает, что я снова могу упасть в обморок», — предполагал я и молчал о том, что не сплю ночами, решая дурацкие чужие уравнения.

Вскоре Эмили стала что-то подозревать. Она была так мила, так внимательна ко мне! «У тебя вид не очень, — заметила она как-то. — Ты хорошо себя чувствуешь?» — «Я? Я... да...» — замялся я в ответ и отвернулся, стараясь не покраснеть. «Ты должен себя беречь, Джонни! — улыбнулась Эмили. — Я уверена, ты еще покоришь свои вершины». Теперь, спустя несколько лет, я стал воспринимать эти слова иначе. Возможно, она имела в виду мое профессиональное будущее, а может, вообще нечто другое. Но тогда... тогда я почему-то во всем видел ее, все слова воспринимал только на ее счет. То есть я думал, что вершина — это она, Эмили, и она сама заранее обещает мне победу. Как же все было глупо!

Наконец, я скопил достаточную сумму и купил фрак. Каким же я был идиотом! Надо было выбрать джинсы и какую-нибудь щегольскую рубашку на манер тех, что носит Дикент. От его пижонского прикида меня тошнило, но надо было все же перебороть себя и одеться именно так. Но я решил поступить по-своему: я оделся, словно на вечер оперной музыки, и был осмеян еще на подходе к колледжу. Чем ближе пробирался я ко входу в заведение сквозь эту шумную разряженную толпу, тем больше смешков слышал в свой адрес: эти глупые лузеры оборачивались, тыкали в меня пальцем, сгибались от хохота, свистели и что-то кричали вдогонку.

Я не обращал ни на кого внимания, я искал ее, Эмили. Я не знал, где она, ведь мы так ни о чем не договорились. Может, мне следовало зайти за ней и привезти ее сюда... Я мучился в сомнениях и упрекал себя за то, что не догадался переговорить с Эмми заранее. Но в моем представлении роль кавалера бала должна была начаться у входа в колледж: я хотел дождаться свою королеву у самых дверей, а потом, когда она появится, галантно поклониться и предложить взять меня под руку. Нечто подобное я видел в каком-то старом кино. Именно так, мне думалось, я покорю Эмили окончательно, и она забудет своего Дикента.

Итак, не найдя ее, я встал у дверей колледжа, словно статуя, и тем самым привлек к себе еще большее внимания. Смеялись уже, кажется, все. Но я не слушал глупых комментариев. Я ждал Эмили, с ужасом обдумывая, что я скажу ей при встрече. «Привет, это я!» — банально! «Ты готова? Тогда пойдем?» — еще хуже! «Выглядишь великолепно!», «Чудесное платье!»... Знать бы, что говорят при встрече эти вертлявые пикаперы... Но додумать я не успел, потому что все мысли вдруг вылетели из моей головы, когда на лестнице появилась Эмили. Такая прекрасная в длинном платье, сверкающем, словно изумруд. Она улыбалась, и улыбка ее была не менее блистательной, чем искрящиеся чешуйки платья. Она явилась передо мной, словно сказочная принцесса, заставив забыть обо всех смешках и издевках. Она шла ко мне, разом даря и счастье, и горе. Счастьем было видеть ее, а горе было в том, что под ручку с ней вышагивал... Дикент! Чем ближе они подходили, тем отчетливее я видел: она улыбалась не мне и светилась не из-за меня, она была счастлива, потому что этот пижон шел рядом. Они помирились, и Эмили снова стала для меня недосягаемой вершиной. Это был удар, настоящий удар. Я почувствовал, как закружилась голова, и потерял сознание...

### 17 ноября 2010 года

— Джонни! Джо! С тобой все в порядке?

— Бен, ну сделай хоть что-нибудь! Он вообще дышит?

— Джо! Надо отвести его в больницу! Кто-нибудь, позовите врача!

Эти слова упорно пробивались в мое сознание. Наконец я открыл глаза и сквозь дымку увидел лицо Эмили — она склонилась надо мной и с беспокойством что-то твердила. За ее плечом маячил он, Бен Дикент, самый ненавистный мне человек. На его лице застыла ухмылка. Глупый папочкин сыночек, жалкий пижон, не умеющий доказать ни одной теоремы. В его жизни все куплено, он не знает, что это такое — пробивать себе дорогу самостоятельно, быть непризнанным гением, белой вороной в черной каркающей стае.

— Эмили, с ним уже все хорошо, — потрепав ее по плечу, проговорил Дикент. — Пойдем, нас ждут!

Моя богиня испуганно обернулась на него, затем посмотрела на меня. В ее синих глазах я читал сожаление.

— Но, Бен, Джо... Ему плохо!

— Эмили, пошли! Он уже очнулся! Не позорься! Сегодня наш день! Мы с тобой вместе, и этот бал, он создан для нас, ведь правда? Зачем тебе этот глупый попугай! Посмотри, на нас все глазеют. Не хватает еще, чтобы кто-нибудь подумал, что мы из одной компании!

Должно быть, вся эта чушь подействовала, потому что Эмили снова взглянула на меня с такой тоской и сожалением, повела плечами, как бы подавая знак, что ничего сделать не может, и, протянув руку этому недоноску, пошла прочь.

Я видел, как она уходит — моя Эмили, моя непокоримая вершина, человек, которому я поклонялся столько лет, девушка, на которой я даже думал жениться! Я знал, что надо делать: встать и побрести, шатаясь, следом. Да, именно шатаясь, потому что от пережитого потрясения я вряд ли смог бы идти ровно. Но идти надо, и я бы дошел. Догнал бы его, схватил грязной рукой за серебристую рубашку. Почему грязной? Потому что я упал и, естественно, испачкался. Сейчас мой костюм не стоил и гроша, никто и подумать не мог, сколько денег на него ушло, сколько бессонных ночей пришлось пережить, чтобы одеться так, как я мечтал. Впрочем, мне теперь явно не до фрака. Итак, я догоняю его, дергаю за рукав. На серебристом рукаве остается грязная пятерня, но меня это не смущает, я даже рад. Да, рад, я стал совсем другим человеком после этого обморока!

Они поворачиваются, оба. Эмили смотрит с удивлением и даже с испугом. Естественно, с испугом, ведь она видит, что я изменился, она все понимает в считаные секунды. Ну а у этого придурка на губах снова начинает играть язвительная ухмылка. Но недолго, потому что уверенным ударом кулака я стираю эту гнусную мину. Брызжет кровь, оставляя на рубашке неряшливые пятна, — разбиты губа и нос. Не мои — Дикента, и это придает мне еще больше сил. Пока он зажимает пальцами нос, чтобы не испачкать рубашку еще больше (тоже мне чистоплюй!), я снова размахиваюсь. Новый удар — и Дикент падает.

— Джонни, что ты делаешь? Перестань! — кричит Эмили и кидается к любимому, к этому типу. Она хочет поднять его, но этот придурок слишком тяжел.

Тем временем он встает сам. Отплевывается.

— Я всегда знал, каков ты, сукин сын! — На разбитых губах Дикента вдруг появляется улыбка: — Прикидывался «ботаником», а на самом деле настоящий мужик! Ну, дай же пять! — он протягивает руку для рукопожатия.

Эмили тоже начинает сиять невероятно счастливой улыбкой:

— Я верила в тебя, Джо! Я знала, ты покажешь себя! Это все было подстроено, чтобы тебя спровоцировать! Я даже не думала идти на бал с Дикентом, ведь правда, Дикент?

— Конечно, разве ты не знаешь, Джо? Я уже давно встречаюсь с Джейн, мы с ней собираемся пожениться.

Я смотрю в сторону и вижу Джейн, девчушку моложе нас на два года, маленькую, худенькую, прыщавую, совсем неказистую.

— Да, Бен, эта девушка как раз тебе пара, — замечаю я не то с ехидством, не то искренне.

Бен расплывается в счастливой улыбке.

— Я знаю! — говорит он и медленно, шатаясь — прям как я несколькими минутами раньше, — идет к Джейн.

Эмми радостно подбегает ко мне, хватает меня под руку, и мы отправляемся на бал...

Да, вот так я все это представил, глядя, как они удаляются. Я все еще лежал на полу, раздавленный, грязный, униженный. На меня глазело не меньше двух десятков любопытных прыщавых рож. О, им не понять, что гений высок даже в унижении! Что они вообще могут знать о гениальности? Что они могут знать обо мне?

Я встал, отряхнулся и медленно, шатаясь, поковылял прочь от этого колледжа. Финита ля комедия! Я решил твердо, что не буду больше иметь никаких дел с девушкой по имени Эмили Берклинг. Я забуду ее также быстро, как она забывала формулы и все то, чему я ее учил, я не буду упоминать ее имени, я сотру из памяти малейшие ее следы и выброшу все книги, к которым она прикасалась. Можно ли забыть человека? Конечно, можно! Просто не вспоминать о нем! Все проще простого.

Эмили пришла спустя два дня. С видом побитой собаки. С грустными, наполненными слезами синими глазами. Я открыл дверь, и она, облокотившись о дверной проем, посмотрела на меня. И так искренне, так тихонько прошептала: «Привет!» Нет, если бы она сказала что-то другое, если бы просила прощения, сделала бы замечание о погоде, об учебе или о чем-то еще, я бы знал, что ответить. Я предусмотрел все варианты, но не это простое и дурацкое «Привет!».

— Ээээ… — сказал я, не найдя ничего лучше, чем эта буква.

А Эмили тем временем прошла в квартиру. Я даже отодвинулся, чтобы пропустить нежданную гостью. На моей неприступной крепости вывешен белый флаг при первом же марш-броске врага — я сдался, униженно поднял руки, не решившись вступить в бой. Как же велика была ее власть надо мной!

— Не оставляй меня, пожалуйста, Джо! Прошу! Без тебя я не смогу никуда поступить, я не справлюсь!

Ты — моя последняя надежда! — бормотала Эмили, моргая. — Я знаю, я ужасна! Я снова тебя предала. Но я ведь с самого начала не скрывала, какая я плохая. Вспомни, ты знал об этом! Так в чем же я виновата?

Она говорила, а я тем временем уже раскладывал на столе учебники, которые, признаюсь, так и не выбросил, помня об их полезности.

Эмили пришла ко мне за помощью, не мог же я оттолкнуть ее, тем более сейчас, когда до вступительного экзамена оставалось всего ничего. Уже через полчаса я понял, моя память не сравнится с ее: я еще не успел забыть Эмили, а все формулы уже давным-давно выветрились из этой милой головки. Мы снова вместе грызли гранит науки.

Рассказывая о прошлом, я так увлекся, что позабыл о самом главном: о моем эксперименте. Опыты с Эмми считаю завершенными. Ее успехи достигли своего апогея и явно пошли на спад. Она все чаще забывает помыть посуду и все реже обращается к книге. Если так пойдет и дальше, еще через месяц-другой Эмми вернется к прежнему состоянию. Надо бы подумать, как закрепить эффект применения моего фатума на более длительное время.

Однако теперь я занят другой мышью — Кристи. Забитое белое создание, стандартная особь, ничем не отличающаяся от других мышей. Я втер ей в шерстку видоизмененную вакцину из пузырька № 2. Там есть некий элемент, описывать который здесь не буду по известным причинам. Итак, сегодня первый день эксперимента. После введения вакцины Кристи уснула и пока не просыпалась. Не знаю, сможет ли она вынести это испытание. Возможно, дело закончится летальным исходом.

Кстати, еще хотелось написать об одном инциденте. Вчера в лабораторию заходил Томас Меркенсон, сотрудник производственного отдела. Его взгляд так и лип к моим пробиркам и ампулам. Этот тип показался мне крайне подозрительным. Если бы я писал роман и решил ввести в него шпиона, он выглядел бы именно так: маленький, вертлявый, с неприметным лицом, жирными прилизанными волосами и бегающими глазками. В общем, субъект отвратительнейший.

Как назло, в этот момент Эмми (в смысле, мышь) затеяла мытье посуды. Она аккуратно вымыла две мисочки и нажала на кнопку пять раз, что означало «забрать посуду».

На Меркенсона такое поведение мыши произвело непередаваемое впечатление. Сначала он снял очки и протер их, потом потер глаза. Нацепил очки на нос, уставился на бедную Эмили, отчего она фыркнула и повертела лапкой у виска, давая ему понять, что он сошел с ума. Я тут же смекнул, что если по холдингу пойдут слухи о моих открытиях, то у меня могут возникнуть проблемы.

Потребуются отчеты, бумажки, возможно, часть моих экспериментов вообще признают незаконными. Жизнь приучила меня к осторожности, и я на всякий случай решил поостеречься и сделал все, чтобы увлечь Меркенсона разговорами и увести подальше от мыши. Я нес всякую чушь: говорил о погоде и осенней усталости, рассказывал о планах на Рождество, которых у меня на самом деле не было и быть не могло. В общем, вел себя, как клоун.

Но на Томаса Меркенсона, похоже, мои уловки не подействовали. Он все вертел головой, пытаясь высмотреть мою Эмми, и вдруг, не вытерпев, спросил:

— Она действительно мыла посуду, я не ошибся? И еще она покрутила у виска лапой...

— Кто? — я округлил глаза в изумлении.

Меркенсон дрожащей рукой указал в сторону, где за колбами и сосудами скрывалась клетка с Эмили.

— Там, мышка...

Я многозначительно поглядел на Меркенсона (не могу передать, скольких усилий мне это стоило), затем вкрадчиво спросил:

— Томас, простите за прямоту... Как давно вы брали отпуск? Мне кажется, вы переутомились. Скажу честно, здесь я ставлю эксперименты (для того меня и приняли на работу), некоторые из них даже успешны. У моих мышек есть определенные достижения, но они настолько ничтожны, что вы их и не заметите. Я даже представить не могу, что нужно сделать, чтобы мышь мыла посуду или крутила лапой у виска! Вам надо срочно в отпуск! Отдохнуть, поспать!

Последние слова я говорил, выпроваживая гостя из лаборатории. А он все кивал и со страхом оглядывался на клетку. Хорошо, что Эмми от двери не видно. А то неизвестно, чем она занималась, может быть, читала книгу, а может, отворяла клетку, чтобы пойти погулять.

Я так и не понял, зачем приходил Меркенсон. Возможно, он забыл о цели своего визита в тот самый момент, когда увидел мышь. А может, он пришел сюда, чтобы шпионить за мной. Неудивительно, что ученый моего масштаба привлекает к себе повышенное внимание. Не знаю почему, но эта мысль преследует меня — очень уж подозрительным показался мне этот Томас. Я подумываю о том, чтобы перевести Эмми в другое, более безопасное место — ведь, не ровен час, сюда еще кто-нибудь может заглянуть.

А пока продолжу записывать историю девушки по имени Эмили.

Она успешно поступила в Гарвард, разумеется, благодаря исключительно моим усилиям. Меня туда тоже зачислили без всяких заминок. Я думал, что, поступив в одно заведение, мы станем с Эмили ближе, но все произошло с точностью до наоборот. Она отдалилась от меня и, как мне кажется, выбрала неверный путь, заводя знакомства с сомнительными людьми. Вокруг нее всегда толпилось много юношей и девушек, причем не самых лучших представителей нашего университета. Все девушки, с которыми она водила компанию, были глупы и грубы, а парни, как на подбор, оказались под стать Бену Дикенту. Кстати, про этого франта. Их отношения с Эмили закончились, и он исчез с ее горизонта. Мне кажется, Эмми вовсе не тосковала, и не прошло и двух недель, как она нашла ему замену — белокурого мальчика с фальшивой улыбкой и до зубной боли банальным именем: Сэм Уокер.

Я наблюдал за их отношениями издали, не беспокоил Эмили, просто ждал, когда закончится и это увлечение и она вновь вспомнит обо мне. Она любила меня, только меня, я знаю это точно. Она любила и ценила лишь меня одного. Весь секрет в том, что Эмили, словно ребенок, бросалась на все яркое и красочное, мечтала о красивом парне, как маленькая девочка мечтает о кукле. Но дети вырастают, и куклы заполняют чердаки и пылятся в углах. Так и Эмили, она обязательно бы повзрослела и вот тогда вспомнила бы обо мне, поняла, что я именно тот, кто ей нужен.

Я пишу и сам себе удивляюсь. Со стороны так и кажется, что эти записи пронизаны самодовольством и напыщенностью, не меньшими, чем у того же Дикента. Но невозможно высказаться иначе, и не потому что я самолюбив, просто я знаю внутренний мир моей Эмили. Это для меня теорема. Не могло получиться иначе, я твердо убежден: Эмили все равно пришла бы ко мне, рано или поздно. Я никому и никогда об этом не говорил, потому что меня бы засмеяли, но здесь, в своем дневнике, я ведь могу писать все, что лежит у меня на душе. К тому же я надеюсь, что эти строки никто и никогда не будет читать, ведь я пишу их только для себя. Я ученый и должен привыкать вести записи.

Итак, у Эмми появилось новое увлечение, а сама она по-прежнему оставалась увлечением моим. Моей болью, моей бессонницей, моим уязвленным самолюбием.

Но ничто не сравнится с той болью, которую я пережил, когда узнал о ее гибели.

Да-да, Эмили умерла!

И виноват в этом не кто иной, как Сэм Уокер! Он сел пьяный за руль и повез Эмили на загородную прогулку. Итог предсказуем. (Господа! Не зря полиция предупреждает: не пейте за рулем, пристегивайте ремни безопасности и переходите дорогу только на зеленый свет светофора!) Итак, случилась авария, лобовое столкновение, у Эмили не было шансов выжить. Какая глупость, какое безрассудство — погибнуть рядом с таким пижоном. Зато он выжил, оклемался, восстановился и, кажется, метит сейчас в депутаты. Что ж, жизнь его накажет, но Эмми...

Я узнал о ее смерти в университете и тогда впервые в жизни сбежал с лекций и напился. Вдрызг. Я плакал по Эмили весь вечер и всю ночь, а наутро страдал от головной боли и похмелья. Эта гадость, которую в себя вливают миллионы (да что там миллионы — миллиарды людей!), губит человечество. Отмирают клетки головного мозга, происходит множество необратимых процессов. Больше я не пью.

Кажется, Кристи проснулась. Пойду к ней.

### 20 ноября 2010 года

Он опять пришел — этот Томас Меркенсон! Уверен, неспроста он сюда таскается. Я, разумеется, был уже во всеоружии. Услышав стук в дверь, я ввел вакцины со снотворным Эмили и Кристи, и они сразу заснули. И, как оказалось, не зря.

— Эта мышь, мистер Хемистри, не дает мне покоя! Извините за столь странную просьбу, но можно я еще разок взгляну на нее? — обратился ко мне Меркенсон, когда я отворил ему дверь.

Я засмеялся:

— Томас, вы меня удивляете! Неужели вы до сих пор думаете, что моя мышь мыла посуду?

Меркенсон покраснел:

— Нет, но… Понимаете, Джон, раньше у меня никогда не было видений. Возможно, я действительно много работаю. Пожалуйста, покажите мышь, чего вам стоит?

— Хорошо, проходите. — Я развел руками и пропустил гостя в лабораторию.

Эмили спала сладким сном, укрывшись байковым одеялком.

Черт! Я совсем забыл про это идиотское одеяло! И зачем только я в качестве эксперимента подсунул ей его? Дело в том, что несколько недель назад я заметил, как она из сухой травы делает себе постель, и решил дать Эмми настоящие постельные принадлежности. Мои догадки оказались обоснованны — мышь действительно мечтала спать на подушке и укрываться одеялом. Не могу передать, с какой радостью Эмми устраивала свое ложе. И вот теперь оно выдало меня.

Разумеется, Меркенсон был удивлен — его брови так и поползли вверх. Он несколько раз протер очки, обежал клетку, удивленно размахивая руками, и постоянно твердил под нос:

— Невероятно! Это просто невероятно! И ведь как она держит лапы — словно человек, а не мышь! Это уникум! Это фантум, я не могу передать словами, что чувствую, глядя на вашу прелестную мышь! Она может приносить деньги, если показывать ее на ярмарках! Вы понимаете это? И как, как вы достигли такого результата?!

Его расспросы застали меня врасплох. Я молчал, пытаясь лихорадочно придумать хоть какое-то объяснение.

— А что особенного? — сказал я наконец. — Разве не все мыши спят именно так?..

И замолк, осознав, что сморозил глупость.

И тогда я решил, что не стану ничего объяснять — с какой стати я, выдающийся ученый, должен рассказывать этому лысоватому толстяку о своих экспериментах? Что понимает он, всю жизнь проработавший в отделе по производству красок для волос? В чем, кроме ста оттенков каштанового, может он смыслить? Нет, это выше меня — так унижаться я не стану!

— Мистер Меркенсон, в каждой работе есть свои секреты, — окинув его презрительным взглядом, начал я. — Эта мышь — мой секрет. Поэтому я убедительно прошу вас ни о чем меня не спрашивать и об этой мыши никому ни слова, договорились?

Лицо его побагровело, глазки подозрительно прищурились.

— Ага! — хмыкнул проныра. — Я всегда подозревал, что у вас, мистер Хемистри, тут творятся какие-то странные делишки. Вы что-то скрываете, а вот что — это еще нужно узнать! Не может, я повторяю, не может, — он поднял вверх короткий толстенький указательный палец, — какая-то мышь вести себя подобно человеку. И вам меня не провести! Я видел, что она мыла посуду и показывала мне жестом, что я дурак! Я это знаю! Вернее, я знаю, что я не дурак, но знаю, что мышь говорила… Тьфу! Не говорила, а крутила пальцем. Ой, не пальцем, а лапой! В общем, вы меня поняли! Я это так не оставлю!

Последние слова он выкрикнул, уже стоя на пороге. Затем еще раз, прищурившись, оглядел лабораторию. Мне показалось, что вот-вот раздастся мрачный хохот, каким смеются за кадром эпические злодеи, думая, что посадили героя в лужу и до взрыва Галактики осталось полторы минуты.

— Еще увидимся, мистер Меркенсон!

Вместо смеха раздался грохот захлопнувшейся металлической двери. От этого звука сосуды и пробирки жалобно зазвенели.

Вот так я нажил смертельного врага.

Я понял, что у меня не так много времени. Держу пари, что через несколько дней в лабораторию придут другие люди, которые будут говорить со мной совсем по-другому. А может, меня просто уволят, потому что о результатах моих исследований не должен узнать никто, даже начальство. Я прекрасно понимаю, что мое открытие можно использовать во зло. Если оно действует на людей так же, как на мышей, можно создать отряды специально выращенных, то есть выкрашенных с использованием моих формул, людей — чертовски умных, агрессивных, настойчивых. С такой армией можно завоевать весь мир!

Что же я наделал? Неужели я, кабинетный ученый, осмелившийся высунуть нос на улицу только для того, чтобы купить в магазинчике через дорогу булочки, открыл двери всемирному злу?

Хотя постойте, возможно, выход есть. Он — во второй моей вакцине.

Тут самое время написать о Кристи. Я был так занят ею, что целых три дня не мог найти время для записей. Применение вакцины дало результаты. Это несомненно, но в какой степени — судить пока рано. Мышь ведет себя очень странно. Сначала тихо сидела в углу клетки, не сводя глаз с Эмми. Я подумал уже, что ничего не происходит, но на второй день вдруг обратил внимание: взгляд Кристи поразительно влияет на саму Эмми. Если раньше она вела себя агрессивно, то теперь проявляются всяческие знаки любви: рвется к Кристи, подкидывает ей вкусные зернышки. Сегодня я заметил, что также по отношению к Кристи себя стала вести и другая, недавно приобретенная мышь по имени Джерри (всегда любил этот мультик про кота и мышонка). Кристи не стала, подобно Эмми, агрессивной или чересчур любознательной, нет, она все та же, но меня ставит в тупик ее магическое влияние на окружающих.

Признаться, я и сам стал замечать, что Кристи стала особенной — ее шерстка гораздо приятнее на ощупь, чем у других. Ее глазки смотрят покорно и особенно ласково. Нет, она явно преобразилась! Неужели это тоже действие вакцины? Что же несут мои открытия: рождение нового Наполеона или царицы Клеопатры? Как человечество сможет использовать его, с благой ли целью?

Нет, нельзя, нельзя обнародовать изобретение, иначе... Я даже боюсь предположить, что произойдет в этом случае. И потом, если вакцина действует на мышей, все же это не значит, что она будет также действовать на людей! Экспериментов пока не было и вряд ли вообще будут — это очень, очень опасно.

Я чувствую, что мне все труднее держать свое открытие в тайне. Надо выговориться, получить одобрение, рассказать кому-то, продемонстрировать Эмми и Кристи. Но кому? Меня окружают люди, которым я, мягко говоря, не доверяю, особенно этот лысый в очках — мистер Меркенсон. Скоро моя лаборатория наполнится толпой таких же выскочек, сующих нос куда ни попадя. Я уже подумываю о том, как уничтожить все мои записи в случае облавы. Нужно позаботиться обо всем: установить программу для мгновенного и полного стирания информации, содержащейся в компьютере, и приготовить яд для мышей — они не должны попасть в чьи-то руки…

Кажется, как раз в этом месте нелишним будет написать немного о моей работе. Формально я работаю в концерне по производству красок и всяческих непонятных и неинтересных мне средств для волос. Однако это только формально.

Я, со свойственным мне юмором, называю этот холдинг косметически-космическим. Изначально мне казалось, что работа здесь не представляет для меня никакого интереса. Однако у них первоклассные охотники за головами, они умеют находить и ценить действительно умные головы. О, сколько людей пыталось меня уговорить на эту работу! Со мной общались профессора Гарварда, уверяя, что это мой шанс; даже мама, которая мало интересовалась моими делами, вдруг стала с жаром обещать мне бесчисленные возможности, которые будут, если я приму предложение о сотрудничестве. В общем, их труды увенчались успехом — компания, чье название по известным причинам я не стану здесь писать, заполучила меня в качестве сотрудника по производству косметической серии по уходу за волосами. Какое скучнейшее название! Об этом ли я мечтал, когда часами сидел над сложнейшими формулами и грезил о том, чтобы разрабатывать материалы для полетов в космос и отдать свою жизнь наноразработкам и другим высоким сферам?! А тут… краски для волос.

Однако директор холдинга, мистер N, рассказывая о преимуществах данной работы, о высокой зарплате и прекрасных условиях для сотрудников, вдруг шепнул:

— И потом, мистер Хемистри, у нас вы сможете заниматься стратегическими разработками, уверяю! У нас богатый и многофункциональный холдинг! При этом одни специалисты работают над тем, чтобы у женщин не секлись кончики волос, а другие — над созданием биологического оружия!

Я, конечно, и раньше подозревал, что всякие женские штучки, которыми они брызгаются или мажутся, вполне походят на биологическое оружие (особенно приторные духи — выживают только сильнейшие!), но удивился, как откровенно об этом говорится.

Мистер N подмигнул, и мне стало ясно: они знали, что делали, когда подсылали ко мне своих охотников, и неспроста интересовались студентом последнего курса Гарвардского университета — им нужен был специалист не для производства косметики! Нет, их цели намного глобальнее! Им нужен профессионал, способный взять на себя реализацию гораздо более интересных идей. И я сдался, тем более что было любопытно, а какое место в этом холдинге отведут мне?! Мне выделили лабораторию и предложили несколько направлений для исследований. Все они сводились к одному: нужно найти что-то такое, что могло бы изменять поведение или даже характер человека.

Эта идея сразу меня захватила. И вот, день за днем, я шел к изобретению моих вакцин. Честно говоря, я не очень-то верил в успех, хотя сам процесс работы так увлек меня, что я с трудом могу вспомнить, что еще, кроме интереснейших экспериментов, происходило в моей жизни за последние два года. И вот я на пике своих успехов, но об этом никто не знает. И, странное дело, я не хочу, чтобы узнали. Неужели я так мало ищу славы? Неужели у Франкенштейна были те же мысли? Или Менделеев... Увидев таблицу во сне, сразу ли он понял, что информацию о ней надо донести до широких масс? Может, я не должен был вообще заниматься наукой? Может, я не прав? Как будет развиваться человечество, если такие ученые, как я, станут столь усердно скрывать свои открытия? Мне необходимо подумать обо всем этом.

### *22 ноября 2010 года*

С моими мышами пока не произошло значительных изменений. Я по-прежнему наблюдаю за ними. Параллельно работаю над вакциной. Мне пришло в голову усовершенствовать ее еще немного. Интересно, какие результаты это даст? Я попробую поэкспериментировать над Джерри. Меркенсон больше не появлялся. Начальство тоже меня к себе не вызывало. Странно, ни одного гостя. Я даже специально установил несколько датчиков и регулярно опечатываю дверь, чтобы никто не пробрался в мою лабораторию незаметно. Но все в порядке. Похоже, я зря беспокоился — Томас вовсе не шпион, просто обычный сотрудник, не слишком умный к тому же. И, похоже, я незаслуженно его обидел. Надо бы извиниться. Хотя зачем извиняться, разве это прилично — совать свой нос в чужие дела? Пусть он извиняется!

Но нет, вовсе не о Меркенсоне я сейчас думаю и вовсе не ради него сел сюда стучать по клавишам. Дело совсем в другом. Вернее — в другой.

# Три краски

Да-да, как ни странно, речь идет именно о женщине. Вчера со мной произошло очень странное событие: я встретил девушку. Можно, конечно, сказать, что этих девушек пруд пруди и я, должно быть, встречаю их в офисе или даже на улице (когда, подняв повыше воротник куртки, перебегаю через дорогу за булочками). Но все это не то, этих девушек я и не замечаю, словно мы с ними существуем в разных измерениях и на разных планетах: они на Земле, я — на Марсе.

А *эту* я заметил. Не мог не заметить.

Все дело в том, что она так похожа на Эмили. Поразительно похожа! Когда я увидел ее вчера впервые, мне показалось, земля разверзлась у моих ног. Неужели бывают столь схожие лица?! И что самое интересное, как выяснилось, она находится всего в нескольких шагах от меня — работает в моем же холдинге.

Я узнал, ее зовут Кристин — прямо как мою мышь номер два. Это просто помешательство! Иногда я думаю, что между девушками и мышами гораздо больше общего, чем воображают и те, и другие. Например, имена. И писк. И стремление тащить всё в свою норку... И боятся друг друга они совершенно одинаково...

Однако хватит лирики, лучше сухо и подробно, как при научном эксперименте, изложу все, что произошло.

Я шел на работу, как назло, погодка выдалась на редкость противная — с утра моросил затяжной дождь. Небо черное и мрачное, повсюду лужи, а я в моих обычных немного дырявых ботинках (некогда купить новые, к тому же, признаюсь, я побаиваюсь магазинов: они такие большие и непонятные!). Но ладно ботинки, к ним я уже привык и даже научился ценить их за хорошую вентиляцию. Обидно то, что я оказался без зонта. То, что следовало его взять с собой, я выяснил, когда уже вышел из дома, но возвращаться не решился — дурная примета. К тому же мне не терпелось попасть в лабораторию.

В общем, я схватил газету из ящика и, накрыв ею голову, устремился в холдинг. Я живу недалеко от работы и потому не пользуюсь транспортом. Транспорту вообще, по-моему, нельзя доверять. Эти маленькие вагоны похожи на клетки для мышей. А уж мне ли не знать, что именно делают с лабораторными мышами! В общем, путь до работы я преодолеваю вприпрыжку. Вот и вчера я уже подходил к зданию холдинга, когда почувствовал, как меня обдало грязью — с ног до головы, вернее, с облагороженных незапланированной производителем вентиляцией ботинок до промокшей газеты.

Я очнулся от своих размышлений и, посмотрев по сторонам, понял, что дело в машине, неудачно заехавшей на полном ходу колесом в лужу. Я уже собрался осыпать водителя всяческими нелюбезностями, но взглянул в кабину и обомлел. Она, Эмили, и была водителем этого автомобиля! Ради меня она покинула салон автомобиля и с тревогой кинулась мне навстречу. Ее распущенные золотистые волосы вмиг промокли под проливным дождем. Платье превратилось в жалкую тряпицу, мало скрывающую восхитительную фигуру девушки. Один ее вид обжег меня изнутри так, что пришлось опустить глаза, дабы не упасть в обморок.

— Простите, пожалуйста! Боже, вы весь грязный! Может, я возьму вашу одежду, чтобы привести ее в порядок? Вы пришлете мне ее? Пожалуйста, я прошу! У меня нет слов для оправдания. Я очень плохой водитель. Три месяца за рулем. А толку никакого... — Эта девушка, так похожая на Эмили, умоляюще смотрела на меня.

Мне показалось, еще чуть-чуть, и она расплачется. Глядя в ее прекрасные глаза, я напрочь позабыл об этой проклятой луже, о своем испорченном костюме. Мне захотелось защищать эту девушку от всех опасностей на свете! Мне даже захотелось создать для нее эти опасности — лишь бы было от чего ее защищать, лишь бы она не ушла так же внезапно, как появилась в моей жизни!

«А вдруг ее тоже зовут Эмили?» — мелькнула в голове сумасшедшая мысль.

— Ерунда! — зачем-то стряхивая с брюк капли дождя, пробормотал я в ответ. — Не стоит беспокоиться. Простите, мисс...

— Кристин, — девушка улыбнулась. — Зовите меня просто Крис.

— Прямо как мою мышь! — заявил я. Разве нормальный человек мог такое сказать? А я прямо это и ляпнул — значит, у меня все-таки не все в порядке с головой! — Кристина, — важно добавил я затем (терпеть не могу в себе эту важность!). — Извините, мне пора!

И ушел. Надо же было повести себя так глупо! Я не могу простить себе этой выходки до сих пор! Как можно было уйти, оставив ее под дождем? Почему не предложил зайти в лабораторию и выпить чашечку чая? И можно твердить сколько угодно, что мне эта девушка совершенно безразлична, я все равно буду знать, что лгу самому себе. Еще как небезразлична! Это — вторая Эмили (если не считать мышь). Мое сердце стучало так громко, что я боялся разрушить близстоящие здания, мои ноги ступали так нетвердо, что я еле добрел до лаборатории.

Весь вчерашний день я провел в размышлениях о Кристин и параллельно наблюдал за ее хвостатой тезкой. Мое настроение не улучшилось и сегодня утром. Придя на работу, я, как всегда, короткими перебежками продвигался по коридору, никого не замечая, и потому испугался, когда на меня что-то налетело и едва не сбило с ног. Я с трудом сохранил равновесие, и каково же было мое удивление, когда, подняв глаза, я увидел, что это Кристин. Она, должно быть, как и я, шла, глядя себе под ноги, и просто не заметила меня. В руках ее были бумаги — всего несколько листков. Остальные — на полу.

— Ой, это вы? Простите, я опять, кажется, причинила вам неудобство! — Она так мило, так естественно смутилась.

— Да, судя по нашим встречам, вы для меня крайне опасны, — заметил я, присев на корточки, чтобы помочь ей собрать документы.

Не могу описать, как я был взволнован, но на моем лице, как всегда случалось со мной от волнения, застыли дурацкая важность и безразличие.

— А что вы тут делаете? — вкрадчиво спросила Кристин.

— Работаю, — ответил я. — А вы? Пытаетесь все-таки меня доконать?

— Нет, — она засмеялась и почему-то покрылась румянцем. — Я тоже здесь работаю.

— Здесь? — я был ошеломлен. — В этом холдинге? И кем же?

— Менеджером по продажам.

— Понятно! — Дурацкая важность не покидала меня. — Вот ваши документы, — я передал ей подобранные с пола бумаги. — Извините, мне пора!

Я снова ушел.

Сейчас я чувствую себя глупее некуда. Как я с ней обошелся? Откуда во мне эта заносчивость? И ведь она мне нравится! Мыслями я там, в отделе продаж! Что со мной творится? Сколько раз жизнь доказывала мне, что от женщины можно ждать только зло, а я опять за свое?!

Нет, я не поддамся чувствам! На этот раз все будет иначе! Я правильно веду себя! Надо выбросить из головы всю эту чушь и работать, работать, работать!

### *23 ноября 2011 года*

Сегодня у меня не так много времени на записи — надо успеть взять все необходимые анализы у Джерри. Вакцина для третьей мыши уже почти готова. От мысли о ней у меня учащается сердцебиение: что нового она принесет? Первая вакцина стимулировала ум и властность, вторая — неисчерпаемое либидо. Что дальше?

Но сегодня, как ни странно, меня занимает другое. Вот мешаю реактивы, а пробирки так и норовят выскользнуть из рук. Я должен освободиться до шести вечера — в семь у меня встреча с Крис. Только подумать, как все переменилось всего лишь за сутки! Да, я счастлив, влюблен, и мы идем в кафе. Я никогда в жизни не был в кафе с женщиной! Я не знаю, как себя вести. Что говорить, что заказывать, в чем, черт возьми, вообще идти... Надо все продумать, но сначала — мыши!

### 25 ноября 2011 года

Перечитав последнюю запись, понял, что ничего толком не рассказал — во всем виновата спешка. Как вышло, что у меня с Кристин состоялось свидание? Почему я изменил свое отношение? Как я встретился с нею? Ничего не понятно! Чтобы исправить ситуацию, напишу теперь.

Итак, 22-го числа я был ужасно угнетен собственным бессилием и собственным дурацким поведением. Несмотря на то что я пытался выкинуть Кристин из головы, у меня ничего не выходило. Даже Крис, моя мышь, не могла заставить меня забыть о Кристин. Вместо того чтобы проводить опыты, я думал об этой странной девушке. Судя по обеим нашим встречам, она такая же рассеянная, как и я, а значит, из нас может получиться идеальная пара!

Итак, вечером, в дурном расположении духа, я побрел домой. И, выйдя из офиса, посмотрел в ту самую сторону, где еще за день до этого автомобиль Крис обрызгал меня грязью... И что я увидел? Она стояла возле своей машины.

— Ну наконец-то, — улыбнувшись, проговорила девушка. — Я уже думала, что ты заночуешь в этом душном офисе. Ты всегда так много работаешь?

Честно говоря, я опешил. Этот тон — тон человека близкого и давно знакомого — меня слегка смутил.

Не было никакой официальности, мне это даже показалось немного неприличным. И потом, с какой стати она меня ждала? Я остановился, не в силах подобрать слова. А она продолжала:

— Джон… Я узнала, что тебя зовут Джон… Конечно, ты можешь подумать, будто я преследую тебя, но это вовсе не так. Я действительно испытываю неловкость за обе наши случайные встречи и хотела бы загладить вину. Можно я подвезу тебя до дома?

— Спасибо, но мне идти всего полквартала, — попытался возразить я, но Кристин, видимо, не была настроена на отказ. — Неужели так сложно не сопротивляться и дать девушке возможность загладить свою вину? Какие же вы, мужчины, вредные… — она надула губки и стала еще милее, чем прежде. Я, конечно, далеко не эксперт по женской части, но мне кажется, некоторым женщинам идет, когда они слегка обижаются.

Я сел в машину. Признаться, я с самого начала, как только Крис заговорила об этом, захотел побыть с ней, не уходить, поговорить хоть немного, но эти дурацкие привычки, манеры, правила приличия! Машина тронулась, и я впервые в жизни пожалел, что живу так близко — мы доехали до дома в считаные минуты.

— Ну и?.. — кокетливо улыбнулась Кристин.

Я не понял, о чем она. Как я уже упоминал, у меня не было опыта общения с девушками. К чему это «ну»? Может, Крис намекает на оплату проезда? Где же портмоне? Неужели, как всегда, в ящике рабочего стола?

— Сколько я вам должен? — суетливо спросил я, выгребая из кармана мелочь.

Кристин засмеялась, и я снова почувствовал себя полным идиотом.

— Я имела в виду не это! Может, ты пригласишь меня на чашечку чая? Или кофе?

Я задумался. Вести ее в квартиру точно нельзя — у меня там полный кавардак.

Я живу отдельно от мамы и весь поглощен наукой, а потому мало занимаюсь уборкой. Держать в доме прислугу не в моих правилах: терпеть не могу, когда кто-то трогает мои вещи. На самом деле у меня не так уж не убрано, и я всегда могу найти в ворохе вещей нужную колбу, книгу или даже парные носки. Ну, с носками я, может, и погорячился, но кто же увидит, что на правой ноге синий носок, а на левой — красный, если на обеих ногах ботинки, причем даже одинакового цвета? Но я не о том. Я хотел сказать, что моя квартира — эталон творческого беспорядка, уже много лет успешно балансирующего на грани полного хаоса.

Поэтому боюсь, если я приведу Кристин к себе, она задохнется от книжной пыли, удивится тому, сколько всего можно разбросать по полу, а еще может случайно нарушить это хрупкое равновесие. Нет, это точно не вариант! По-видимому, переживания отразились на моем лице, потому что Кристин вдруг добавила:

— У меня есть прекрасная идея: давай завтра сходим в кафе. Скажем, вон в то, за углом!

Она ткнула пальцем в первый попавшийся дом, и я с удивлением увидел там вывеску итальянского кафе. Странно, никогда раньше не замечал, что здесь есть кафе. А вообще, что замечал я раньше? Мне все больше нравилась эта девушка: ее непосредственность, ее подвижность, ее легкость. Поручи она мне выбрать место для нашей первой встречи, я бы полдня изучал карту местности, потом принялся бы шарить по отзывам в Интернете, потом подсчитал бы, во сколько выйдет поесть и выпить в этом заведении, а то и вовсе перешел бы к экспериментальной части, прежде чем озвучить решение. Кристин же делала все с пол-оборота — туда, значит, туда.

Таким образом, участь моя была решена. От меня требовалось лишь собраться и вовремя прийти на свидание. Я, как и писал прежде, долго думал над тем, в чем пойти, о чем говорить и что делать. В итоге решил ничего не менять: пришел как есть, в обычном костюме, и говорил о том, что было действительно мне интересно, то есть о формулах.

Мне казалось, Кристин разделяет мое увлечение — по крайней мере, она, не перебивая, меня слушала. А потом я пошел ее проводить. Я слышал, что так нужно делать на свиданиях, но все не знал, как лучше высказаться, и топтался на ступеньках кафе. К счастью, Кристин оказалась умницей, она правильно поняла мое «ммм…» и «гмммм…» и сама попросила составить ей компанию. Когда мы подошли к ее дому — а у Крис такой милый, уютный на вид домик, — она вдруг быстро прикоснулась губами к моим губам и убежала. Я даже не понял, как случился этот поцелуй. Шорох ветра, мимолетное прикосновение бабочки, которая тут же упорхнула прочь. В это волшебное мгновение я ощутил такой прилив счастья, что едва не упал в обморок от переизбытка чувств.

Сегодня мы договорились снова идти гулять!

### 2 декабря 2011 года

Долго не писал, на это совсем нет времени. Вся моя жизнь заполнена работой с мышами и мыслями о Кристин. Я все время думаю только о них четверых. Кристин, Эмми, Джерри и Крис — вот то, что заполняет мои дни и ночи. Все четверо меня радуют. Вернее, пока только трое: Джерри все еще готовится к эксперименту. Я планирую ввести вакцину послезавтра. Для меня это событие. Каких еще сюрпризов можно ждать? Как бы там ни было, я уже достиг грандиозных результатов!

Вчера Кристин впервые заговорила о моей работе. Она спросила, интересно ли то, чем я занимаюсь. Дабы ее развлечь, я припомнил забавный случай. Когда, два года назад, я только приступал к работе в холдинге, имя которого я по известным причинам не хочу называть, я попытался изобрести средство, препятствующее облысению. На лысых крыс оно действовало безотказно. И вот я добился разрешения начальства на привлечение к эксперименту небольшой группы людей. Каково же было мое разочарование, когда все испытуемые, вместо того чтобы обзавестись густой шевелюрой, обросли шерстью. Причем с головы до ног, и буквально за одну ночь.

Все эти так называемые «йети» с дикими криками ворвались наутро в мою лабораторию — они были неотличимы от первобытных людей! Я спрятался за шипящими пробирками, и «йети», к счастью, не успели меня найти — подоспела охрана холдинга и увела их. Правда, до сих пор не знаю куда. Надеюсь, на стрижку.

А еще был странный случай с тушью для ресниц. Нужно было ввести в обычную тушь компонент, который бы удлинял и утолщал ресницы. Мне казалось, я точно знаю, что нужно. После того как несколько девушек накрасились усовершенствованной мной тушью, случилось страшное: ресницы настолько удлинились, что безнадежно сплелись между собой и девушки не смогли открыть глаза. Пришлось остричь ресницы вообще.

Мои рассказы произвели на Кристин огромное впечатление.

— Какая у тебя интересная работа! Потрясающе! — произнесла она. — Знаешь, несмотря на все твои неудачи, я буду рада помочь тебе в следующей разработке. Обещаю, при любом исходе не буду жаловаться. Ты сейчас над чем работаешь?

Я ответил, что это пока тайна и что после тех экспериментов я не ставлю опытов над людьми. Затем сменил тему, но мысль о том, что Кристин, возможно, и есть тот самый человек, которому я могу открыться, не дает мне покоя. Мне так давно хотелось поговорить с кем-нибудь! Могу ли я ей доверять?

### *3 декабря 2011 года*

Сейчас глубокая ночь. Я пишу, с трудом справляясь со своими эмоциями. Меня переполняет такое счастье, что его сложно описать. Свершилось! Мы с Кристин были близки! Я даже не мог мечтать об этом! Она в тысячу раз лучше Эмили, она искренняя, добрая, чуткая, она — совершенство! Крис никогда не предаст меня, я знаю! Это женщина, с которой я хочу провести всю свою жизнь, которой хочу открыться до конца! Во всем! Я готов доверить ей самое дорогое, что у меня есть, — своих бесценных мышек! И конечно, я рассказал ей о своих экспериментах! Она нашла их восхитительными! Она говорит, я — второй Франкенштейн! Она верит в меня! Завтра введу вакцину Джерри!

### 4 декабря 2011 года

Ввел вакцину Джерри. Теперь испытуемая мышь уснула. Я смотрю на нее и думаю о Крис и о том, что у нас с ней было вчера. Я мечтаю, когда закончится сегодняшняя работа и я снова увижу эту дивную девушку. Она сегодня еще не звонила. Должно быть, занята.

### Снова 4 декабря 2011 года

Все кончено. Они идут. Это настоящая облава. Мне позвонил начальник и сказал: «Мистер Хемистри, мы знаем о тех опытах, что проходят в вашей лаборатории. Сейчас к вам придут люди. Вы откроете им дверь и выдадите все три вакцины с точным описанием их состава».

Я кинул трубку и побежал уничтожать все свои записи. Как жаль, что я не успел увидеть, как повлияет третья вакцина на Джерри, мышь еще не проснулась. Правда, теперь это не имеет значения. Со слезами на глазах я усыпил всех троих — яд для мышей был заранее заготовлен специально на этот случай. Я убивал моих крошек и плакал, как плакал, когда потерял Эмили-первую.

Сейчас я уничтожаю документы. Эти записи удалять не буду, ведь здесь нет формул и названий. Оставлю для потомков — может быть, какой-нибудь ученый когда-нибудь прочитает их и поймет, что нельзя доверять женщинам.

Это Кристин, она сдала меня, теперь я знаю точно! Я ведь открылся только ей одной! Какое ужасное предательство! Все подстроено! Эти встречи и то, что она решила со мной... О боже! О наука! Как же это ужасно!

Они думают, что поймают меня! Но нет, я не сдамся! Я проберусь через черный вход и унесу пробирки с вакцинами... Мое сокровище, мой фатум!..

Они уже стучат в дверь! Отключаюсь...

# Глава 2

### *Россия, г. Москва*

Десять! Минус десять за день! Нет, не погода и даже не килограммы. Лара привыкла подсчитывать свои неудачи, с сарказмом наблюдая, как разваливается ее жизнь. Подводя итоги дня, девушка всегда смотрела, сколько в нем плюсов, а сколько минусов. Выходило по-разному, но сегодняшние минус десять побили все рекорды.

Сначала этот дурацкий сон, который посещает ее, наверное, в сотый раз: разноцветные жирафы, целых три — красный, зеленый и ярко-синий, даже более близкий по цвету к фиолетовому, — стояли поодаль и смотрели на нее. «Разве такое возможно? — думала Лара, не в силах оторваться от этих прекрасных существ. — Разве бывают такие создания? Они — совершенство! Нет, я никогда в жизни не видела ничего красивее!» Девушка вдруг пожалела о том, что у нее нет с собой фотоаппарата. Да что там фотоаппарат, тут камера нужна! А еще лучше — профессиональная, с оператором. «Эх, такой сюжет пропадает!» В голове тут же, словно картинка из пазлов, сложился текст: «Сегодня наша съемочная группа обнаружила новый вид животных, доселе не известный ученым. Что это — мутация или природный дар? Для чего нужна столь яркая окраска африканским животным? Способны ли такие цвета защитить жирафов, уберечь их от чего-то, или же это свидетельствует о приближающейся катастрофе?»

Лара мечтательно закрыла глаза. «Мой голос, мои слова, — думала девушка, — но сейчас я проснусь, и все исчезнет! Эх, жаль, что даже во сне у меня ничего не выходит так, как хочется». Что-то мягкое и влажное коснулось ее руки — от этого прикосновения Лара вздрогнула и открыла глаза.

Оказывается, она все еще в том волшебном мире! Перед ней стоял жираф — тот самый, фиолетовый. Он согнул длинную шею так, что голова его находилась на уровне Лариных глаз. Взгляд его был совсем как человеческий и почему-то вопросительный. О чем он ее спрашивает? Девушка замерла в испуге. Все мысли об операторе, камере и даже о репортаже напрочь вылетели из ее головы. Осталась лишь одна мысль, назойливая, словно муха: «Сейчас что-то будет!» И она не ошиблась: жираф резким движением разогнул шею и вдруг издал вопль — визгливый, противный вопль, похожий на крик десяти, а может, даже сотни слонов: «И-и-и-и!»

В ушах отчаянно зазвенело.

Лара открыла глаза. Противный навязчивый звук не прекращался — и кто придумал такие идиотские будильники? Одним движением руки она нажала на кнопку. Настала долгожданная тишина. Девушка закрыла глаза в надежде поспать еще хоть чуть-чуть. Может, получится снять репортаж про жирафов? Разноцветные жирафы... Бред! Который уже раз она видит этот сон? Наверное, десятый, а может, сотый. Заснуть никак не удавалось. Как назло, в голову полезли мысли о работе, о задании, которое ей дали вчера.

«Ты должна задать именно тот вопрос, что я написала, понятно? Не лезь со своими бредовыми идеями! На тебя уже жалуются! Не позорь наш канал!» Когда начальница выражала недовольство, то становилась похожей на кобру: впалые щеки чуть раздувались, глаза горели яростью, даже волосы приподнимались, она постоянно подергивала плечами, словно пыталась скинуть с себя старую огрубевшую чешую.

Бр-р-р! Лара поежилась и помотала головой, пытаясь отогнать это ужасное наваждение. Хватит думать об Алинке — будто свет на ней сошелся! Пора вставать!

Девушка высунула ногу из-под одеяла и тут же засунула обратно — в квартире дубак. Может, совсем не пойти на работу? Устроить себе выходной, забить на все! Целый день проваляться под пуховым одеялом, глядя в этот пожелтевший потолок сталинских времен?

Лара вдруг ощутила себя одинокой и несчастной. Нахлынуло отчаяние, жалость к себе и ненависть ко всей этой убогой жизни. На глаза навернулись слезы. Она укрылась одеялом с головой, готовясь как следует прореветься. Но не успела — в комнате послышалась мелодия, сначала тихая, но все более набирающая мощь. Телефон!

Как ошпаренная Лара вскочила на ноги. Время-то! Уже девять! А она все лежит и куксится! Съемка в двенадцать, а еще надо вчерашнее загнать, а еще найти кассету, взять блокнот, не забыть оператора! Блин! Алина небось взбесится! Она, кстати, судя по сигналу, и звонит!

На начальницу у Ларисы стоял особый трек: песня Васи Обломова «Начальник». «Позор тебе, сволочь, гадина, жадина...» — заливисто звучало из мобильника.

— Алле! — Лара почувствовала, как дрожит ее голос. Не стоит поддаваться панике! Надо соврать, что она уже в метро, что уже бежит или стоит в пробке или еще что-то — только не дома в кровати.

— Ты сейчас где? — не здороваясь, спросила Алина.

— Я? — Лара беглым взглядом окинула комнату: старый платяной шкаф, серые, в выцветший цветочек, обои — и не смогла соврать: — Дома... Но я уже почти бегу!

— Опаздываешь? — Лара услышала, как злорадно ухмыльнулась кобра.

— Я... нет. Ну просто, Алин, вчера съемка была поздняя, ты же знаешь!

— А исходник нужен сейчас! Или ты будешь это через неделю давать? Новости, девочка, не ждут, они должны бежать сплошным потоком! Я вообще тебе поражаюсь: пришла на телеканал и ведешь себя, словно с луны свалилась... на мою голову!

«А ты будто сплошную радость приносишь, — думала Лара. — Сидишь в студии, ничего не делаешь. На всем готовеньком материалы клепаешь. Ты когда сама в последний раз на съемке была? Привыкла, что за тебя «рабы» бегают! Зато в сюжете себя упомянуть не забываешь…»

— Я сейчас принесу, — отогнав от себя злые мысли, пообещала Лариса. — И сразу на съемку помчусь!

— А ты успеешь? Вадик-то уже поехал.

— Куда? У нас же в двенадцать…

— Угу, в пятнадцать! — хмыкнула змеища. — Ты что, не в курсе? Перенесли на десять! Вообще-то все знают, до одной тебя доходит, как до жирафа… Тугодумка!

— Съемка в десять? Тогда я побежала!

Алина что-то крикнула в ответ, но Лара ее не слушала. Вторая проблема за одно утро, причем проблема гораздо более весомая, чем прежде. Кинув телефон на кровать, девушка судорожно натягивала колготки. Все-таки какая бессовестная эта Алина! А еще напарница называется — по крайней мере, так директор ее назвал, когда представлял. Какая она напарница? Она предательница! Всегда выворачивается, а ее, Лариску, подставляет! Если что не так, всегда Лариса виновата! А Вадик? Тоже хорош! Взял и поехал на съемку! Один! И ей даже не позвонил! А если бы она не узнала о переносе времени? Если бы не приехала и не задала тот самый вопрос, что написала ей на бумажке Алина? Что бы тогда? Увольнение? Или насмешки и позор? Как можно работать в команде, когда каждый сам за себя!

Впрочем, если говорить об Алине — каким она может быть участником команды? Эта молодая стерва готова прогрызть себе дорогу даже в граните, а знаменитая Миранда Пристли — Дьявол, который носит Prada, — при встрече с ней разом бы побледнела, скукожилась и записалась к ней в ученицы. В общем, Алина запросто перемирандила саму Миранду.

Лара уже закрывала входную дверь, но тут, конечно же, сломала ноготь. Ногти всегда имеют обыкновение ломаться не вовремя, а особенно перед важными событиями, значимыми встречами, романтическими свиданиями... Их кальцием не корми, только дай подвести в решающий момент. Вот и третий минус. А ведь день-то еще только-только начался! Пришлось возвращаться и быстро приводить ноготь в порядок.

Уже забегая в набитый троллейбус, Лара вспомнила, что забыла телефон. Черт! Кажется, неприятности пошли чередой, скоро она уже собьется со счету! Что за день такой сегодня! Неужели опять возвращаться? Да нет, тогда она уже точно не успеет! Чего еще не хватает? Ручку взяла, блокнот взяла, вопрос помнит... Удостоверение? В студии! Не ехать же за пропуском? Но как тогда она пройдет в здание? Ерунда какая-то!

— Ваш проездной документ, пожалуйста, — прервала ее размышления полная кондукторша. Лара полезла в сумочку за проездным и, как всегда, не нашла. Извиняясь, краснея и запинаясь, она несколько раз перебрала все то, что было внутри, — куда подевался этот чертов проездной?

— Ищите, я к вам еще подойду, — недовольно пробурчала кондуктор и ушла. Несмотря на тучность и соответственно занимаемый в пространстве немалый объем, она умело и легко просачивалась сквозь толпу. Лара снова и снова копалась в сумке, злясь на свою нерасторопность, на людей, стоящих вокруг плотным кольцом и мешающих поискам. Наконец, на очередной остановке освободилось место. Лара юркнула на него. Еще раз просмотрела содержимое сумки. Нашла! Прилип к обложке паспорта! Ну, хоть что-то хорошее! На часах полдесятого, а она уже вымотанная до безумия. Девушка прикоснулась лбом к холодной поверхности стекла, посмотрела на свое отражение. Большие серые уставшие глаза глядели на нее с мокрой грязной дороги. Глаза цвета асфальта. Мама говорит, у Лары очень красивые глаза. Да какая в них красота, когда они так идеально сливаются с грязью? Нет в них ничего, кроме обреченности и усталости! Или есть? Лариса пытливо осмотрела свое отражение. Нет, внешность вроде нормальная: черты лица правильные, нос прямой, волосы длинные темно-каштановые, между прочим, именно такие, какими ее наделила природа, а не крашеные или мелированные. Брови тонкие, слегка приподнятые к вискам, нос и губы совсем обычные. Обычные… Но в том-то и дело, что вся ее жизнь подходила под определения «вроде ничего», «нормально», «обычное». Все у нее всегда обычно, то есть никак. Обычная работа, обычная жизнь, безразличное ко всему окружение…

— Ну что, нашла? — раздалось над самым ухом. Лара вздрогнула и перевела взгляд на полную кондукторшу.

— Да. Вот, — она протянула проездной.

— Ну вот бы и сразу так. А то вечно насуют в сумки, не разберутся сами, — снова пробурчала женщина и, раздвигая толпу локтями, поплыла дальше.

Вроде ничего страшного, но настроение еще больше испортилось, и Лариса поставила себе пятый минус за сегодняшнее утро.

Через несколько минут троллейбус подкатил к станции метро. Лара вылезла из него, безрадостно оглядела серую скучную улицу с грязными тротуарами и нырнула вниз, в подземелье. Итак, трудовой день начался, и закончится он не скоро.

К счастью, место съемки для Лары было знакомое — ветбольничка у «Шаболовской». Правда, говорят, там сменился человек — в прошлый раз усатый дядечка был очень любезен, долго и витиевато отвечал на вопрос, а затем все пытался усадить их с оператором за чай. Сейчас, по слухам, там сидит женщина. Впрочем, какая разница, у кого брать синхрон? Один несущественный ответ на один несущественный вопрос на обширную тему: нападения собак на прохожих... Лара готова была зуб дать: у Алинки уже все написано и смонтировано, осталось только впихнуть этот маленький кусочек интервью в назревающий сюжет.

К ветбольничке Лара подбежала в пять минут одиннадцатого. Почти не опоздала. Ворвавшись внутрь, она оказалась в широком вестибюле и вдруг наткнулась взглядом на одну из дверей, которую не замечала до этого дня. Дверь-то была непримечательной, а вот вывеска... «Три жирафа» — гордо сияло на золотистой металлической табличке. Лариса так и остолбенела. Откуда жирафы в декабрьской Москве? Что вообще это значит? Усилием воли оторвавшись от разглядывания странной вывески, девушка поспешила по коридору.

— Вы к кому? — поинтересовалась женщина в очках, проходившая мимо.

— Я на съемку. К Евгении Ивановне. Телевидение, — смутившись, произнесла Лара.

— На съемку? А где ваша камера? Документ покажите...

— Я забыла. И телефона нет, не могу оператору позвонить. Он уже здесь. Я надеюсь... — Лара чувствовала себя глупее некуда.

— Ну не знаю... — протянула женщина. — Мне откуда знать, что у вас назначено? Вы, девушка, пришли без документа, без камеры, а я вам на слово верить должна?

Лара опустила глаза. Неужели не пропустят? Тогда как же этот вопрос? Что скажет Алинка? Погонит ее взашей, и тогда все надежды рухнут...

— Ладно. Подождите тут, — сжалилась женщина, видимо, прочитав все тяжелые мысли наЛарином лице.

— А скажите, — набравшись мужества, спросила Лариса, — «Три жирафа» — это что? Какая-то ветеринарная служба, занимающаяся экзотическими животными?

Собеседница посмотрела на нее как на умалишенную.

— Девушка, вы что, действительно думаете, что попали в Африку? «Три жирафа» — это кафе. Для сотрудников, — добавила она поспешно. — Ждите здесь, сейчас схожу, узнаю по поводу пропуска!

— «Три жирафа»... — пробормотала Лара, когда женщина удалилась. — Ну да, не называть же кафе «Три хомячка»...

Время неумолимо летело. Летело так, как никогда, а сейчас была на счету каждая секунда. Ларе пять минут, что не было ветеринарши, показались пятью часами. Наконец, девушка услышала шаги. Это был Вадик: высокий, худощавый, с длинной прядью черных волос, спускающейся по лицу до самого уха, на котором поблескивала сережка. Вадик на студии был самым крутым (на Ларин взгляд) оператором и, к несчастью, чаще всего попадал на съемку с ней. К несчастью — потому что Лара робела и боялась его как огня. Она запиналась, когда задавала вопрос, краснела, заранее предчувствуя, что провалит все дело, и страшно смущалась. А еще знала, что Вадик, дай только повод, обсуждает Ларино поведение в студии, выставляет ее на посмешище и нисколько не стыдится. Стыдится почему-то она, стыдится и боится слово лишнее сказать. Вот и сейчас, увидев его, девушка потупила взгляд.

— Вот ты где? Пойдем! — Вадик жестом позвал ее за собой.

Семеня за оператором, Лариса попыталась оправдаться:

— Я телефон забыла. А про то, что съемка сдвинулась, только утром узнала. Ты мне не сказал…

— Нам сюда, — не обращал никакого внимания на оправдания Вадик.

— А меня тут еще не пропускали. А та женщина, у которой синхрон брать, она уже ждет? Где камера?

— В Караганде, — сказал, как отрезал, Вадик.

— Шесть! — громко проговорила Лара, подсчитывая сегодняшние неудачи, и остановилась в узком коридоре.

— Вот сейчас он пройдет еще полкоридора и даже не заметит моего отсутствия… — прошептала себе под нос, не спуская взгляда с удалявшегося оператора. Вадик действительно уверенно двигал вперед, напрочь позабыв о бедной журналистке. Делать нечего, проглотив обиду, Ларе пришлось припустить за ним — работа не ждет.

Все уже было готово к началу съемки: камера стояла на штативе, стол прибран, за ним торжественно восседала интервьюер — некто Евгения Ивановна. Лара зашла в кабинет, поздоровалась.

— Я вам задам всего один вопросик: постарайтесь уложиться в двадцать-тридцать секунд, иначе придется подрезать. Хорошо? — улыбнувшись, спросила она.

Женщина в ответ внимательно осмотрела журналистку и холодно заметила:

— Вот как? Всего двадцать секунд? Мы вас, девушка, дольше ждали...

Лара онемела, не в силах ничего ответить, зато Вадик, обычно такой молчаливый, вдруг проговорил:

— Вы не обижайтесь, Евгения Ивановна. У нас Лариса — человек новый. Иногда как ляпнет. Не привыкла еще с людьми общаться... Говорите столько, сколько считаете нужным.

Сказал и одарил Лару коротким, но таким прожигающим взглядом, что внутри у бедной девушки все заныло. Чего она не так сказала? Ведь слышала сама, что так говорят перед тем, как брать интервью... Алина ее прибьет!

Лара толком и не заметила, как прошла съемка. Семь неудач совершенно выбили ее из колеи, все ее мысли теперь вращались вокруг одного: так больше жить нельзя. Разве этих постоянных унижений она хотела, когда уезжала из родного дома, отрывалась от любимой мамочки, вселялась в московскую грязную общагу, училась на журфаке? Она мечтала доносить до людей истину, рассказывать об интересных событиях, делиться своими мыслями и эмоциями! А что получила? Должность подставки под микрофон, именуемую «помощником репортера»? И еще репортер какой попался — хуже не придумаешь. А ведь изначально Лариса хотела быть самостоятельным журналистом. На эту должность она пришла в телекомпанию. «Потерпите немного, вот вольетесь в работу, и тогда переведем вас», — пообещал директор. Конечно, Лариса тут же согласилась. Для нее это было настоящим счастьем. Директор сказал «немного» — значит, месяца два-три, не больше! Найти работу, да еще и без опыта, сразу после окончания вуза — это же бесспорная удача! Теперь все пойдет отлично!

Только на этом везенье и закончилось. Удача махнула хвостом и ушла, позабыв о Ларе навсегда. Это «немного» уже вылилось не в три месяца и не в шесть, а в целый год, два месяца и две недели. И, кажется, пройдет еще год, но ничего не изменится.

В студию Лариса с оператором вернулись к полудню. Здесь, как всегда, царил хаос. Еще не дойдя до входной двери, они встретили съемочную группу, которая, пробегая мимо, еле удостоила их кивком и непонятным возгласом. На проходной, сидя на кожаном кресле, шушукались дизайнер Антоха, красавчик, и курносая хохотушка Танька. Пол-офиса шепталось, обсуждая нетрадиционную ориентацию Антона, у которого с Танькой тесная женская дружба: вместе ходят за духами и тряпками, вместе разносят сплетни. Впрочем, Лара особо не вникала — в конце концов, это не ее дело. Еле слышно поздоровавшись, она побрела на второй этаж, уже не пытаясь догнать ускакавшего наверх оператора.

— Ларис, Алина тебя искала. Ругалась из-за какой-то кассеты! — крикнула ей вслед Таня, и Лара почувствовала, как застучало ее сердце — приближается восьмая беда.

Кассета! А взяла ли она ее вообще? С этой съемкой все наперекосяк. Остановившись, прислонив сумку к перилам, девушка снова стала судорожно, уже в который раз, перетряхивать ее нутро. Слава богу, хоть в этом повезло — вот кассета, родимая, лежит!

Лара быстро упихала в сумочку все вылезшие из нее вещи и едва ли не галопом рванула на рабочее место.

— И где тебя черти носят?! — едва заскочив в журналистскую, услышала она вместо приветствия недовольный Алинин возглас.

Высокая, стройная, стильная девушка с иссиня-черными гладкими, как шелк, волосами, рассыпавшимися длинными прядями по покатым плечам, преградила ей дорогу. Если убрать этот злобный взгляд и змеиную настороженность в лице, Алинка была очень даже хороша изысканной, немного восточной красотой, именно такой, какой хотелось бы обладать самой Ларе. Однако сейчас в разъяренной Алине очарования было мало.

— Вадик уже полчаса назад пришел, а ты вечно, как тетеря сонная, еле ходишь. Ты хоть понимаешь, что из-за тебя монтаж стоит? Как я без этого синхрона монтировать буду? Где кассета? — орала она, не давая возможности оправдаться.

— Ну оставила бы место... — не сдержавшись, проговорила Лара. — Ты же сама вопрос придумывала.

Да и ответ наверняка знала. По смыслу подобрала бы фразу…

— Она меня еще учить будет! — ехидно засмеялась Алина, повернувшись к Светке — своей закадычной подруге. — А что, может, сама смонтируешь, раз такая умная? Ты же, кажется, на звание самостоятельного репортера претендуешь, да?

— Хи-хи-хи, — вкрадчиво рассмеялась Светка.

Лара вконец растерялась. Монтировать сюжет — это, конечно, ее мечта, но сейчас выходило как-то боком. Что это: шутки кобры или очередное испытание? Хотя, конечно, если б всерьез, то для нее, для Лары, представилась бы возможность показать себя профессионалом, способным на что-то большее, чем гонять из одного конца города в другой и задавать придуманные другими вопросы. Но самое главное — она смогла бы поработать с *ним*, с Кириллом! Сесть рядом, рассказать о том, как она представляет себе этот сюжет, а может, поговорить и на другие темы… Лариса домечталась до того, что представила, будто он даже пригласит ее сходить куда-нибудь вечером.

Девушка подняла глаза на ехидно усмехающуюся начальницу, и мечты ее развеялись. Нет, конечно, нет! Такого, что она напридумывала, нет и никогда быть не может. Кирилл никогда не обратит на нее внимания — это аксиома.

— Ну чего молчишь, репортер? Идешь вместо меня работать или нет? — ехидно смеясь, спросила Алина.

Лара уже окончательно вернулась с небес на землю. Отвернулась, обвела унылым взглядом закрытое жалюзи окно и низкий навесной потолок с тусклыми лампочками, заливающими помещение блеклым, давящим на мозг, светом. Девушка чувствовала, что Алина не спускает с нее глаз, чувствовала в этом взгляде все презрение и издевку, но ничего не могла поделать. Лучше смотреть в сторону, разглядывать компьютеры, стоявшие длинным рядом. Или уволиться? Уволиться и уехать к маме, в Ахтубинск! Может, выход? Нажилась в Москве, хватит!

— Ладно, Аль, поржали и харэ! — встряла в разговор Светка. — Пойдем лучше покурим!

— Пойдем! — отозвалась Алина и снова обратилась к Ларе: — А ты в следующий раз потрудись приносить материал вовремя!

На Ларином языке вертелось много гадостей в ответ: сказать, чтобы начальница потрудилась сама ездить на съемки или то, чтобы предупреждала заранее о съемке, ведь это из-за этой гарпии ее, Ларино, сегодняшнее утречко было еще то. Но девушка ограничилась лишь виноватым «угу» — все равно не переспоришь, чего нервы тратить.

Она юркнула за свободный компьютер — за год так и не обзавелась своим. И дело тут не в ее нехозяйственности — дай ей волю, она бы, конечно, обзавелась. Разве плохо обладать и своим компом, и столом, и вращающимся удобным креслом, но вот только не дают, приходится делить одно место на всех — на всех таких же рабов, как и она, а их в студии пять человек.

Алинка все еще вертелась в кабинете — сначала искала сигареты, потом мобильник, затем что-то еще. Все вокруг нее суетились. Машка нашла телефон, Катька предложила свои сигареты. Прямо королева, а не репортер — аж противно.

— Ну что, кто на монтаж? — заглянув в журналист-скую, спросил Кирилл.

Лара почувствовала, как краснеет. Она уткнулась в монитор, делая вид, будто увидела там что-то инте-ресное, а сама краем глаза следила за монтажером. Ху-денький, светленький, небольшого роста — совсем не Ларин идеал. Знала бы она, что ее зацепит такой, как выражается мама, *окурок*, рассмеялась бы. А теперь, когда пульс зашкаливает от одного его вида, вовсе не до смеха. Да и важен ли рост, когда в Кирилле есть что-то особенное, нечто манящее. Наверное, это и на-зывают изюминкой или мужской притягательностью. Вроде и смотреть не на что, а все бабы млеют...

— Я! Я! Я! — визгливо закричала Алинка, размахи-вая кассетой, и торжественно вручила ее Кириллу. — На, загони. Я щас курну и приду!

— Курить — здоровью вредить, — отозвался мон-тажер, принимая кассету, и вдруг, заметив Лару, доба-вил: — Привет, Ларис!

Она кивнула, не в силах ничего сказать. Вот это честь! С ней лично, в присутствии всех! «Привет, Ларис!» — простые слова, но *как* это прозвучало из его уст! Ласко-во, нежно, особенно! Такое приветствие вычеркивает три — нет, пять плохих случаев за сегодняшний день!

Пока Лара млела от этих слов, вернее, от его голоса, дверь в операторскую распахнулась.

— Привет! — поздоровалась с порога Анька, девуш-ка с экстравагантной яркой внешностью, которая всегда удивляла офис своими немыслимыми нарядами.

Сегодня она была в длинном балахоне с разрезами на локтях: то ли платье, то ли блузке, впрочем, навер-

ное, все же платье, потому что юбки не наблюда-
лось — ноги облегали тонкие, похожие на колготки,
лосины. Несмотря на наряды, Анька оказалась вполне
неплохим человечком и стала единственным Ларисы-
ным другом. Тоже новичок, работает не более полуго-
да, правда, прикреплена она к другому журналисту —
Свете. В этом смысле Ане повезло: Светка к своим по-
мощницам относилась не в пример лучше Алины. Хотя,
конечно, профессия все равно рабская. Порой Ларе
казалось, что обе они — и сама Лариса, и Анька — вы-
брошены из этого мира телевизионщиков, обе лишние.
И за кого им держаться, если не друг за друга…

— Чего ты там смотришь? — заинтересовалась Анька, заглянув в Ларин монитор. — «Одноклассники»?

— Ага. Я там темку создала, — не отрываясь от ком-
па, ответила та. Лара знала, Аня — заядлая форумчан-
ка. Где она только не сидит! Между прочим, даже романы умудряется заводить в сетях.

— На фиг там сидеть! Пошли лучше чай попьем, по-
сплетничаем. Новости расскажу!

Лариса настороженно огляделась вокруг — все были
заняты своими проблемами, до них никому и дела нет.

— Пошли! — кивнула она в ответ.

Они тихонько вышли на кухню. Это было маленькое
помещение, в котором только и помещались что угло-
вой диванчик, крохотный стол и прикорнувшая на кол-
ченогой тумбочке микроволновка.

— Тебе, как обычно, зеленого, без сахара? — спросила Анька, разливая кипяток по кружкам.

— Угу, — отозвалась Лара.

— Фу, как ты пьешь эту гадость! Вообще не могу понять, как можно жить без кофе, — улыбнулась девушка.

Делая глоток обжигающего напитка, Лара вспомнила, что сегодня за весь день еще ничего и не ела. Может, от того такое жуткое настроение!

— Ну чего ты мне рассказать хотела? — напомнила она Ане.

— Прикинь, я тут на выходных знаешь кого видела?..

— Кого? — спросила Лариса без особого любопытства — просто потому, что подруга этого ждала.

— Здоров! — Дверь приоткрылась, и сквозь небольшую щель на кухню просунулась голова темноволосого парня с серьгой в ухе — фотограф Пашка из районной газеты, опять, видимо, по рабочим делам приперся. — К вам можно? — полушепотом спросил он.

— Привет! Смотря для чего — мы тут вообще-то шушукаемся! — гордо закинув голову, ответила Анька и скорчила мину, означающую: «Ходят тут всякие. Мешают».

— Для чего? Ну, к примеру, позвать куда-нибудь погулять, — непонятно, то ли шутя, то ли всерьез проговорил Павел.

Лара посмотрела на подругу — ни для кого не являлось секретом, что Пашка ухлестывает за Анькой. Только Ане он совсем не нравится, даже раздражает (по Анькиным словам, хотя Лара могла бы в этом усомниться: если подругу его внимание действительно так бесит, то откуда на ее лице эта самодовольная улыбка?).

— Не до прогулок сейчас! Паш, иди! — Аня досадливо махнула рукой.

Парень расстроился.

— Ну и ладно! — сказал он, а потом добавил: — Как дела вообще?

— Нормально! — Анька закатила глаза, демонстрируя, как ее достали навязчивые кавалеры. — Иди уже, дай поболтать!

Пашка тут же исчез в дверном проеме. Ларе почему-то стало его жалко.

— Зачем ты с ним так? — спросила девушка, ставя на стол чашку.

— Да ну его! — ответила Анька, сохраняя на лице самодовольную улыбку, и тут же вернулась к прежнему разговору: — Так вот! Видела Кирилла! По бульвару шел! А угадай с кем?

Теперь Лариса была действительно заинтересована. Сердце взволнованно заколотилось, а дышать стало трудно, словно она только что на время бежала стометровку.

— С кем? — выдавила из себя девушка.

— Ну, угадай! — не унималась подруга.

— Не знаю я. Да не томи! Рассказывай! — Ларе не терпелось услышать, а Анька, почувствовав себя на коне, видимо, решила ее помучить.

— Слушай, в тебе совсем нет журналистского чутья и желания самостоятельно узнавать что-то. Как ты вообще выбрала эту профессию? Давай, сама решай эту задачу!

— Да при чем здесь профессия? С кем Кирилл гулял? Ларе было вовсе не до шуток.

— Да при том! Все при том! Вот ты здесь второй год работаешь, а что о своих коллегах знаешь? Что они все — гады ползучие, это ясно при первом взгляде. А вот копнуть! Даже Кирилл… Тебе он нравится, а много ли ты про него знаешь? Давно бы сама выяснила,

чем он после работы занимается. Может, и не сидела бы сейчас с таким несчастным видом лягушки, недо-
превратившейся в принцессу!

— Тихо ты, — замялась Лара. — Не дай бог, услышат.

— Вот и я про то! Живешь в своем мире, боишься
что-то изменить. Даже во внешности…

«Тук-тук-тук», — послышался легкий стук в дверь.

— Кого еще черт принес? — возмутилась почему-то
раскрасневшаяся Анька. — Опять Пашка?

Однако через мгновение на пороге появился сотрудник рекламного отдела Гера. Вид его был странным —
прическа необычная: круглая голова коротко остриже-
на, а челка — длинная, выкрашенная в контрастный
цвет, что подчеркивало и без того заметно вздернутый
нос. Креативщик, любитель фэнтези-фильмов и ком-
пьютерных игр, где борются добро и зло, целиком по-
груженный в свой мифический мир.

— Кто здесь не работает? — рыкнул он на девчонок.

Лара промолчала, зато Анютка отозвалась не менее
любезно:

— Иди отсюда! Не твоего ума дело!

В ответ Гера повел себя очень даже странно — вы-
тянул вперед руку и монотонно и устрашающе вдруг
прокричал:

— Здесь нечистая сила! Изыди, дьявол!

Где-то вдали раздался смешок Алинки. Анька и Лара
переглянулись так, словно увидели психа, а Гера пробормотал что-то еще и удалился.

— Вот придурок! Скоро он меня достанет, и я не по-
стесняюсь в выражениях, — пробормотала Анька, когда
наступила долгожданная тишина.

— Да уж... Ну так что, рассказывай! — Лариса не могла больше ждать. Пусть самое страшное уже наконец будет произнесено.

— Нет, попробуй сама, — упрямилась Анька. — Ты так и не угадала.

— С Танькой? — Лара знала, что иногда с подругой лучше не спорить.

— Не-а.

— С Герой? — сказала Лара и состроила брезгливую рожу.

— Нет. Ты больная, что ли? Ладно, скажу: с А...

— Алиной? — Лара вздрогнула. — Не может быть! Кажется, стул покачнулся под ней, а чашка вдруг опрокинулась на стол... К счастью, чая в ней уже не было...

— Вот именно! — согласилась Аня. — Так что, подруга, выходит, у тебя нет шансов.

Анька говорила это так, что Ларе было непонятно — то ли подруга ликует, то ли сочувствует. На душе у Лары заскребли кошки.

— И почему все достается этой дуре? — мрачно произнесла она. — И что же они делали?

— Да ничего такого — просто гуляли, — пыталась успокоить ее Анюта.

— Ну и ладно! — Лару уже совсем достал этот разговор. — Пусть разбираются сами. Мне как-то не до этого...

— Что случилось? Расстроилась, что ли? — Анька пытливо заглянула в глаза подруге.

— Да ничего, Ань, достало все! Уйду я, наверное...

— А как же Кирилл?

— А что Кирилл? Видишь, вот с Алинкой гуляет... Со мной только здоровается... Правда, как здоровается! — Лара закрыла глаза и засмеялась: — А вообще, Ань, сегодня счет восемь—один, в смысле, восемь неудач и одна удача.

Лара не успела договорить, потому что в дверь снова постучали.

— Блин, вы заколебали! — закричала Анька. — Покоя нет!

Дверь распахнулась, и на пороге, как тень отца Гамлета, возникла Алина.

— Чаи распиваем! Работать когда будем? — холодные змеиные глаза нацелились на Лару.

— У меня до съемки еще полчаса в запасе... — стала оправдываться девушка.

— Полчаса? Ты лучше подумай, как не опозориться на съемке! Вадик мне рассказал, как ты с ветеринаршей поговорила, я чуть в обморок не упала! Это же надо так облажаться! — Алинка сверкнула бешеным взглядом. Нет, ну кобра, точно!

Дверь захлопнулась. Лара и Аня несколько минут просидели молча.

Стараясь не разреветься, Лара выжала из себя единственную фразу:

— Девять—один!

— Да, все-таки мне со Светкой больше повезло, — тихо заметила Анька. — Она хоть и сука порядочная, но все-таки пофигистка, а это тоже большое достоинство.

Вечером Лара возвращалась домой с единственной мыслью: не пора ли все менять? Анька завела речь про внешность, про ее дурацкий образ жизни, да замолчала, наверное, решила не обижать. Но Лара все равно уловила — даже подруга считает, что с ней что-то не так. Что она вообще тут делает? Пытается что-то доказать, пытается стать репортером. Лезет куда-то, а все с силой ее отпихивают. «Как ты вообще выбрала эту профессию?» — вспомнила Лара Анькин вопрос. И правда, как? Как так получилось? Сейчас трудно объяснить. Может, надо было стать врачом? Или учителем? Или экономистом? Сидеть в офисе, бумажки перебирать... Наверное, серым невзрачным мышкам там как раз самое место...

Лара вошла в промозглую квартиру. За день здесь стало еще холоднее. Не снимая куртку, только скинув мягкие угги, девушка пробежала в комнату, врубила свет, телевизор, компьютер, затем кинулась на кухню, нажала на кнопку чайника. В какой-то передаче по телеку рассказывали, что включать чайник — вредная привычка, не уступающая даже привычке курения. Правда, сейчас Лара сделала это не по привычке, а под влиянием вполне естественного желания — согреться. Ей хотелось обнять ладонями чашку с дымящимся ароматным чаем, укутаться в теплое одеяло и позвонить маме по скайпу.

Лара кинула в кружку пакетик, залила кипятком, поежилась, пощупала батарею. Вот про что надо сюжеты снимать! Про безмозглую работу коммунальщиков! Может, завтра пойти в — как их там? — РЭП или ЖЭК поругаться? Да ну на фиг! Хватит ей ругани на работе.

Зажав в ладонях кружку, как и мечталось, она направилась в комнату. В сети скайпа уже горел ник «Ольга Матюшина». Пока звонок проходил, Лара соображала, что скажет маме. Всю правду! Что на работе все плохо, что устала, что хочет домой и что завтра, наверное, плюнет да уволится! И вообще она не журналист, а помощник корреспондента. Типичный раб, за копейки пашущий на унизительной, бессмысленной должности. И никто не знает о том, что на самом деле Лариса талантливая, чувствительная и тонкая девушка. Что она пишет статьи, от которых у самой душа разрывается, а однажды придумала историю любви и выложила ее в Интернете — и этот пост собрал столько отзывов, что даже сама Лара удивилась. Никому нет до этого дела, и Лариса может всю жизнь так и проторчать на подхвате, подтаскивая кирпичики для чужой карьеры и чужой славы…

Соединение наконец установилось.

— Алле, дочка! Ну слава богу! А я тебя с шести жду! Работы много?

— Ну да… А ты чего, пораньше домой пришла? — Лара решила собраться с духом, прежде чем вывалить на маму груз своих проблем.

— Да вот отпустили раньше сегодня, больных не так много.

— Ну и правильно, а то ты в последние дни жила в этой больнице. — Лара знала, что работа медсестры, очень тяжелая и мало оплачиваемая, все же позволяла ее семье сводить концы с концами, поэтому мама работала как проклятая, иногда действительно целыми сутками.

— Представляешь, иду я и знаешь кого вижу? Ирину Колесову, ну, твоей Наташки маму!

— И как она?

— Да никак, Наташка толком не работает — то там, то сям. Образования нет, оно и сказывается. Так и будет, как мать, полы мыть. Спрашивала про тебя. Да ничего, говорю, работает Лара, журналистом, на канале известном.

Мама улыбнулась — ее лицо с круглыми щеками стало еще шире. А глаза — точно такие же, как у Лары, глубокие, серые, цвета мокрого асфальта, — смеялись. Лара видела, как мама ею гордится, и сердце вдруг защемило.

*«И что я сейчас буду ей говорить? Что врала ей все это время? Мама-то думает, что живу я в квартире в центре, а не на отшибе, что питаюсь правильно, что от парней отбоя нет, а я только посылаю их налево и направо, и вообще, по ее мнению, жизнь моя полностью налажена...»*

— Мужа у нее, у Наташки, нет. Да и где его тут возьмешь? Тут три калеки! — продолжала мама. — С работой плохо. Ну ты сама, Ларочка, знаешь. В общем, все тут, как всегда, серо и уныло! Ты-то там как?

— Нормально, — еле выдавила из себя Лариса. — Слушай, мам, я на Новый год приеду в гости, наверное.

— Да ты что? — Мама сделала такие глаза, словно испугалась одной этой мысли. — Даже не вздумай! Что в нашей глуши делать? В твои годы надо на праздниках в более интересных местах бывать, у нас тут даже и ухажеров нет. Иди лучше в ресторан с кем-нибудь...

*«В ресторан с кем-нибудь. Был бы вариант. Но как маме об этом скажешь?»*

— Мам, но может...

— И не вздумай! Все, заканчиваем тему. Давай о чем-нибудь другом поговорим...

Поболтав с мамой о том о сем, Лара совсем поникла. Даже домой не съездить. Во всем виноваты дурацкие вымыслы и желание не ударить в грязь лицом — живу, мол, хорошо, все превосходно. Но ведь хочется как лучше, чтобы мама не переживала. А получается, как всегда.

Жуть как захотелось плакать от одной мысли об одиноком празднике, но она прикусила губу и сдержалась. Пошарила в кармане, нащупала телефон, машинально набрала Анькин номер. Может, подруга хоть что-то подскажет...

— Алло! Давно не виделись! — бойко зазвенел Анюткин голос.

— У меня проблемы! И большие! — сбиваясь, охая, Лара стала пересказывать Аньке разговор с мамой.

— Да какая же это проблема! — засмеялась, дослушав, подруга. — Найди кого-нибудь — друга какого-нибудь — и гуляй праздники!

— Скажешь тоже — найди! Будто у меня их толпы под дверью стоят! И потом, ты же знаешь, мне какой-нибудь не нужен. Мне нужен он! — Лариса вздохнула и уставилась в зеркало, мысленно сравнивая себя с эффектной Алиной.

Сравнение, разумеется, не добавило оптимизма. Обыкновенная лабораторная мышь, скучнее не придумаешь!

— Так добивайся его! — В голосе подруги послышалось раздражение Лариной всегдашней покорностью. — Я все смотрю на тебя и удивляюсь: ты ничего не делаешь, а только вздыхаешь...

— А что я должна делать? Вешаться ему на шею?

— Зачем вешаться? Надо потихонечку, с намеком. Поговорить, пошушукаться. Ну и ревность — тут нужен кто-то третий... Знаешь же, стоит появиться одному мужику, и другие подтянутся. Они как стадные животные — табуном за одной кобылой ходят. Им нужна конкуренция, адреналин, драйв...

— Сравнила! — хихикнула Лара. — Я тебе не кобыла! — Она вздохнула, уже представляя себе одинокий Новый год при зажженных свечах на этом самом старом диване. — Нет, надо смириться и признать, что я неудачница!

Девушка задумалась. Несмотря на обрисованные только что безрадостные перспективы, ей вдруг подумалось, что все могло бы быть совсем иначе... Вот если бы получилось хотя бы завоевать внимание Кирилла, черт с ней, с этой работой.

— А вообще, если бы Кирилл обратил на меня внимание, я бы с ним и к маме съездила... У нас в городе все бы умерли, когда бы нас с ним вместе увидели!..

— Слушай, я придумала! — Анька так завопила в трубку, что Ларе пришлось отдернуть руку с телефоном, убрав его подальше от уха. — Надо объявление в Интернете дать! Или просто порыться — знаешь, там можно найти таких любителей эксклюзива...

— Слушай, я уже заметила — ты одна из них, — засмеялась Лариса. А потом добавила: — Не буду я в Сети рыться, не для меня это! С моим везением лично мне достанется какой-нибудь маньяк! Чувствую, Ань, накрылась моя поездка к маме! Эх, сама виновата.

— А зачем ты ей врала?

— В общем, я и не особо врала… Она сама строила блестящие предположения, а я поддакивала… Да, мам, и кавалеров много. Да, на работе ценят… Ну, конечно же, я у тебя большая умница… — Лара тяжело вздохнула. — А мне сейчас так хочется уехать домой, так накипело на душе! Вот бы уволиться — и поминай как звали!

— Придумала! — снова заорала Анька. — Пашку бери!

— Ты только потише ори, когда тебе очередная гениальная мысль в голову придет, а то я оглохну, — возмутилась Лара. — Какого Пашку? Твоего ухажера?

— Ну да! Да какая тебе разница? Это ж для отвода глаз. Я его попрошу — и он согласится сделать вид, будто за тобой ухаживает. Ты же знаешь, как он старается мне угодить! — В Анькином голосе послышалась гордость.

— И как ты это себе представляешь? Да ну, ты что? — не поняла Лариса. — Нет, я не хочу! Не буду! Не надо!

— Вот так и представляю! Сейчас прямо позвоню и попрошу, по дружбе, с тобой на людях погулять. Согласна? Да это один вечер. И все!

— Не знаю. Мы с ним вроде вообще не общаемся! Привет — пока! А ты говоришь о свидании…— растерянно бормотала Лариса.

— Блин, вот и познакомитесь — нашла проблему! — У Аньки все было просто. — Подумай сама: пусть Кирилл увидит, что у тебя кто-то появился. Мужики знаешь какие собственники! Может, в нем проснется ревность и охотничий азарт... И чего я раньше не догадалась! Ну чего, просить или нет?

Лара нахмурилась. В конце концов, она ничего не теряет. Была не была!

— Ладно, проси. Хотя нет, не надо! Все, Ань, заканчиваем на этом — ничего не надо! — опомнилась она.

— Ничего не слышу! Договорились так договорились! — захихикала подруга и отключилась.

Лара положила трубку и призадумалась. Плакать уже совсем не хотелось, зато на душе стало как-то уж совсем неспокойно. Она подошла к столу, вытащила толстую тетрадь и совершила еще одно действие дурацкое (впрочем, ей было свойственно поступать неразумно): ровным почерком написала сначала дату «20 декабря 2011 года», а затем поставила счет «10:1» — счет ее сегодняшних неприятностей. Такая привычка у Лары была с самого детства — мама учила ее всегда перед сном делать выводы о прошедшем дне.

Написав, она долго смотрела на числа, затем пролистнула несколько страниц назад. Везде зло преобладало над добром: «6:3», «4:1», «7:4», но все-таки сегодняшний день — рекорд.

### США, Лос-Анджелес
### Из съеденных записей Джона Хемистри

Наконец они дали мне бумагу и ручку. Только сегодня, хотя я просил об этом на протяжении всего времени, что нахожусь здесь. На самом деле я разгадал их коварные планы. Они хотят узнать, где оно — мое творение! Они хотят выяснить, куда я его спрятал, и наивно надеются, что я доверю эту тайну бумаге. Но я не так прост! Сейчас я пишу это, но, как только окончу страницу, сразу же ее съем. Зачем тогда мне все это? Чтобы духовно выжить!

Мне важно мыслить, держать свой мозг в напряжении! К тому же я привык вести дневник, и мне хочется выговориться! Я не могу никому рассказать о том, что произошло со мной в последние несколько дней — как круто повернулась моя жизнь в тот самый момент, когда я удалил из компьютера все свои исследования, усыпил мышей и бежал, захватив три вакцины.

Я думал, мне удастся исчезнуть. Черный ход, к которому я устремился, выходил в цех по производству красок для волос. Как раз тот самый цех, в котором частенько ошивался этот очкастый предатель, Меркенсон.

Я бежал по мостику над лентами, на которых длинной чередой тянулись открытые тюбики с краской. До двери, выходящей из цеха, оставалось совсем чуть-чуть. И тут я услышал, как меня окликнули. Обернувшись, я увидел Меркенсона — он тоже бежал по мостику, вслед за мной. Черт! Я понял, что, даже если удастся выбраться из цеха, меня все равно схватят — по всей видимости, холдинг оцеплен! Это Кристин, это все она — гадкая, лживая натура! Женщинам нельзя доверять! Теперь это научно доказано, ведь оба моих эксперимента по построению отношений с ними позорно провалились! На этот раз положение мое оказалось даже хуже, чем раньше. Я посмотрел на Меркенсона. О, как я его ненавидел в тот момент! Я даже на секунду пожалел, что не могу ему врезать: во-первых, не позволяет воспитание, а во-вторых, сейчас не тот момент, когда стоит тратить драгоценное время на драку.

— Стой, Джон! Тебе некуда бежать! Тебя все равно поймают! Лучше расскажи все! Ты обогатишься, поверь мне! — орал этот тип, и я почувствовал отчаянье: неужели ловушка захлопнулась?..

Теперь мне остается только выпить эликсиры и умереть, потому что они предназначены лишь для наружного применения. Это будет смерть во имя науки. Героическая смерть, но, о Эйнштейн, ведь я еще так молод и так талантлив!.. Я мог бы сделать для человечества еще так много!..

И вдруг Меркенсон споткнулся — и это вполне объяснимо: мостик состоял из мелких прутьев, таких частых, что провалиться сквозь них было невозможно, но вот зацепиться ботинком легко, а Томас был обут в эдакие стильные бутсы с узкими носами. В общем, он упал, и это дало мне несколько драгоценных секунд. Я уже хотел привести в исполнение свой героический план, но вдруг взгляд остановился на проезжающих мимо по ленте тюбиках. В том месте, где стоял я, они проезжали еще без колпачков, зато почти сразу за мной на конвейере имелась специальная насадка, их закупоривающая.

Обернувшись на Меркенсона и убедившись, что он, пытаясь подняться, совсем не смотрит на меня, я вскрыл пробирки и вылил содержимое в краски — в первые три проезжающие мимо тюбика. Не думайте, будто я сделал это из страха за свою собственную жизнь, я поступил так ради всего человечества, ведь моя жизнь, мой гениальный мозг принадлежат не мне, а ему! Я не могу лишать людей новых суперважных открытий!

Итак, я влил содержимое пробирок в краску и сделал это как раз вовремя, потому что, стоило тюбикам отъехать на метр, Меркенсон снова оказался на ногах и помчался за мной. Я тоже пустился бежать — нужно было как можно дальше увести преследователя от драгоценных флаконов. Я быстро преодолел расстояние до двери, отворил ее и... увидел на пороге Кристин.

— Прости меня, Джо! И помни, я люблю тебя! — фальшиво воскликнула она.

И в этот миг я почувствовал дикую боль в затылке и упал.

Очнулся я здесь — в сырой камере с заколоченными окнами, маленькой душевой и узкой кроватью. Я пытался кричать, требовал адвоката, даже грозил, но тюремщики объяснили мне, что чем смиреннее я буду, тем больше шансов у меня выбраться. «Вы сейчас вне власти закона и в наших руках, мистер Хемистри! То, что вы здесь, не знает никто, и ваша судьба зависит только от вашего поведения! Мы не требуем много — просто напишите о своих опытах! Дайте нам формулы вакцин! Не отпирайтесь, уверяя, будто впервые слышите о таких экспериментах, — мы ведь уже в курсе всех ваших дел».

Я молчал, а они злились. Несколько раз мне делали какие-то уколы, от которых помутнело в голове. Я сопротивлялся и уверен, что даже в бреду не выдал им тайну, помещенную в самую потаенную часть сознания. «На трубе было десять мышей. Одна убежала — осталось девять. На трубе было девять мышей. Одну съела кошка — осталось восемь...» — отсчитывал я во время пыток. И сознание восторжествовало над бренным телом!

Один раз я увидел ее, Кристин. Она пыталась мне что-то сказать.

— Я люблю тебя, Джо! Я хочу тебе только счастья, только добра! Скажи им! — шептала она.

Я открыл глаза и уставился на ее сосредоточенное лицо.

— Не говори ничего! Будь стоек! — добавила Кристин и улыбнулась.

Я с недоумением взглянул на нее.

— Скажи или не говори? — уточнил я, сам не знаю почему. Ведь я больше не доверял этой лживой девице и совершенно не намеревался повиноваться ее воле.

— Скажи и не говори! — повторила она и приложила палец к губам, словно призывая молчать. — Ты и сам все знаешь! Ты молодец, Джо!

Больше я ничего не слышал. Я закрыл глаза и отрубился. Сколько продолжался этот кошмар, не знаю. Мне снились пробирки, краски, говорящие мыши и монстр, который то превращался в черта, то становился похожим на Меркенсона.

Но однажды я очнулся. Было тихо. Я лежал на кровати и вдруг понял: я в сознании. Наконец-то! Наконец они оставили меня в покое! Однако наслаждался я этим недолго — через какое-то время одиночество тоже стало меня угнетать. Человек, который приносит еду, со мной не разговаривает. Меня ни о чем не спрашивает, а мои расспросы абсолютно игнорирует.

Огромная удача, что сегодня я, наконец, добился того, чтобы мне дали бумагу и чернила. У меня даже возникла мысль написать Кристин письмо, полное самых жестких обвинений, но я не стану, я буду выше этого. Теперь мне предстоит съесть свои записи, потому что скоро должны принести ужин, и наверняка они захотят проверить, не написал ли я что-нибудь… Жаль, нет воды — бумага жесткая и сухая, и даже запить нечем.

## Глава 3

### *Москва*

Стоило Ларе проснуться, открыть глаза и вспомнить все события вчерашнего дня, как она ужаснулась: это ж надо было дойти до такого, чтобы просить человека ухаживать за ней! Нет, так делать точно не надо! Слава богу, она отказалась! Надо сегодня же позвонить маме, сказать всю правду, сознаться, что ее дочь неудачница и все такое… Или нет, она может и не решиться. Лучше приехать и все рассказать — и про работу, и про жизнь, и про отсутствие парня! Да!

Позволить себе размышлять, валяясь в постели, Лариса не могла. На работу она, как обычно, катастрофически опаздывала. Наскоро одевшись, девушка выбежала из дома, когда до начала рабочего дня оставалось совсем чуть-чуть — всего полчаса. Разумеется, за такое время доехать она не успеет, но переживать об этом уже поздно. Хоть бы Алинка укатила куда-нибудь на съемку! Хотя дождешься от нее…

Лара забежала в студию и сразу же встретила Аньку. Сегодня на подруге был полупрозрачный черный топ и кружевные шаровары, которые болтались словно флаги на ее тоненьких ногах. Анька шла по коридору, а Лара схватила ее за руку и потащила к окну.

— Слушай, — еще не отдышавшись от бега, прошептала Лариса, — я по поводу того, что мы вчера с тобой решили. Мы же все решили, правда?

— Ты про Пашку, что ли? — засмеялась Анька. — Не волнуйся, я все поняла.

Ларе показалась, что усмешка у Аньки какая-то ехидная. Точно ли она все поняла? Девушка хотела уточнить, но не успела, потому что за спиной раздался знакомый голос:

— А, пришла наконец!

Лариса вздрогнула, словно в ее беззащитную спину только что вонзили острый кинжал, и оглянулась. В проходе стояла Кобра. Как всегда, удивительно стильная и до умопомрачения злая.

— Я тебя уже заждалась. Вот скажи мне, кто из нас хочет повышения — я или ты? Тогда почему ты себя так ведешь? Опаздываешь, плюешь на все мои просьбы... Как овечка молчишь, тихоня! Лепишь косяки за косяками и вздыхаешь о том, как же тебе не везет. Я права? Или думаешь, я ничего не замечаю? — Алина отчитывала ее прямо перед всеми собравшимися в журналистской.

Лара опустила глаза и покраснела. Она почувствовала, как Анька бойко долбанула ее по ноге — видимо, ожидает, что подруга начнет защищаться, но Лариса окончательно лишилась дара речи, когда подняла голову и вдруг увидела Кирилла.

— Так что ты скажешь? Где ты была? Почему опоздала? — изливая яд со своего языка, спросила Кобра.

— Проспала, — промямлила Лара и снова опустила голову — нет, не быть ей хорошим корреспондентом! Она даже защититься не может, не говоря уже о том, чтобы приводить какие-то доводы.

— «Проспала», — передразнила ее Алинка. — На, бери кассету и дуй на съемку! Через полчаса уже начнется. Оператор тебя уже давно ждет!.. Погоди, сейчас его на мобильнике наберу...

«Позор тебе, сволочь, гадина, жадина…» — послышалась из Ларисиной сумки знакомая песня.

— Ну и рингтон! — усмехнулась Алина. — Да возьми же трубку, тебе кто-то звонит. Интересно, кого это ты так любишь?..

Лара, с видом приговоренного к повешению, медленно раскрыла сумку. Тем временем начальница нервничала.

— Что это он трубку не берет? — пробормотала она, крутя в руках телефончик, и вдруг бросила случайный взгляд на экран и застыла, точно ее обратила в камень Медуза горгона.

Лариса втянула голову в плечи, ожидая, когда небеса обрушат на нее неминуемую кару. Кажется, повешение было бы еще милосердной казнью…

— Так это я твой номер по ошибке набрала! — зловещим тоном сказала Алина. — И что это?

— Это… это… — Лара судорожно искала ответ. — Это Вася Обломов… Очень модная песня… — пробормотала она совсем тихо.

Кто-то захихикал.

Поток не слишком добрых пожеланий, изливающийся из Ларисиного мобильника, уже почти иссяк, когда Алина наконец нажала на «отбой», сбрасывая звонок.

— Ну… — проговорила она примерно так, как волк, угрожавший зайцу в известном мультфильме, — ну мы с тобой еще разберемся… Потом!

Кобра повернулась на каблучках и поцокала куда-то по коридору.

Аня бросила на подругу полный сочувствия взгляд, но ничего не сказала. Говорить, собственно, было нечего — ситуация вырисовывалась вполне понятная.

# Три краски

* * *

Он знал, что рано или поздно удача обязательно окажется на его стороне. Да, сейчас он — птица невысокого полета, однако еще рано судить, игра только началась.

Когда он был еще мальчишкой, то обожал свою маму и все время держался за ее юбку. «Маменькин сынок», — говорили о нем, а встреченная цыганка, которой он отдал всю мелочь, что была у него в кармане, сказала больше: «Ты станешь богатым и успешным человеком, и все это принесет тебе женщина. Помни о моем предсказании и не упусти свой шанс», — произнесла она, сверкнув ведьминскими зелеными глазами. Он и запомнил. Запомнил на всю жизнь и твердо поклялся себе быть зорким.

Сейчас уже несколько лет, как мама умерла. Он теперь жил один и все искал ту самую женщину, что должна стать его счастливым билетом в золотую страну безделья и процветания. Одна беда — цыганка не дала ее примет. И как же ее узнать?..

Вокруг него всегда было много женщин, но какая из них та самая… или он просто ее еще не встретил? Ничего, время еще есть. Он умеет ждать…

* * *

Вечером, сев за комп, Лара снова принялась вспоминать сегодняшние невзгоды. Провалов выходило поменьше, чем вчера: если посчитать опоздание, Алинкины утренние вопли и случай с телефоном, то всего три минуса. Правда, со звонком вышло паршиво. Очень паршиво. Может быть, не на один, а на три минуса, а может, даже на пять. Но и в этом случае получается минус семь, а не минус десять. До десяти все равно, слава богу, недотянуть. Впрочем, и плюсов никаких: за этими скандалами даже Кирилл с ней не поздоровался. Может, зайти в монтажную? Заскочить на секунду, под любым предлогом? Просто увидеть его! Это добавит ей сил. А плюс-то какой... От одной этой мысли Ларино сердце бешено заколотилось. Она неуверенно встала и решительно двинулась по коридору по направлению к монтажной. Но вот странно, чем ближе девушка подходила к заветной двери, тем медленнее становились ее шаги. Дойдя до монтажной и прикоснувшись ладонью к потрескавшейся псевдозолотой ручке двери, Лара и вовсе замерла. Вот зайдет она и что скажет? Нет, она не сможет...

Где-то рядом послышался шум чьих-то шагов. Лариса отскочила от двери, чувствуя, как лицо ее заливается ярким румянцем. Слава богу, не Алинка, а Василий Андреевич — директор их маленькой телестудии, тучный седовласый мужчина за сорок пять. Прошел, низко опустив голову, на ходу кивнул Ларе. Она промямлила еле слышное «здрасти» и устремилась в сторону кухни. Ей срочно нужно выпить чаю, расслабиться. И как можно быстрее! Пока чайник закипал, она думала о Кирилле. Сколько будет продолжаться эта ее любовь? Она ведь уже не девочка — почти тридцать лет, а все как пятнадцатилетняя: мечтает, боится подойти, стоит под дверью. Может, надо все изменить? Может, и права Анька?

Чайник вскипел, но Лариса про него забыла. Она вдруг подумала, что если сейчас откроет дверь кухни, то обязательно столкнется с монтажером. А если так, то она что-нибудь ему скажет! Девушка потянула на себя ручку двери, приоткрыла ее, но не полностью, и тут же замерла: в коридоре на диване, рядом с кухней, сидели Алинка, Танька и Антон, дизайнер с повадками голубого. На полу возле них стояла большая коробка, заполненная косметикой. К Новому году, догадалась Лара, вспоминая, что в прошлом году все в качестве подарков получили косметические наборы.

— Нет, ты посмотри, какая гадость! Все мятое! — жаловалась Танька, держа в руках какую-то упаковку. — Вот сволочи! Ведь знают, что на подарки заказываем.

— Дай гляну, — Антон выхватил из Танькиных рук коробку и вскрыл ее.

Алинка заржала, а Танька испуганно воскликнула:

— Ты чего делаешь? Как ты вскрытую подаришь?

— Глянь, и тюбик весь измазанный, похоже, он даже переполненный, — заметил Антоха, рассматривая белый флакончик, который он брезгливо держал на вытянутых руках подальше от себя. — Фу, гадость! На, возьми обратно.

— Ну деловой! А мне дарить и отвечать, — чуть не плакала Танька. — Придется теперь выкинуть! Между прочим, сумма на подарки-то полностью израсходована!

Алинка в это время разглядывала упаковку.

— Да ладно тебе! Фирма-то хорошая! — заметила Кобра. — Ты этой тихоне подари! Напарнице моей, Ларочке! Может, похорошеет!

— Ты думаешь? Что-то сомневаюсь… — съязвил Антон. — Мне кажется, ей ничего не поможет…

— Да неудобно, — помялась Танька.

— Неудобно на голове стоять, и то, если ты не акробат! — сострила Алинка и принялась дальше рыться в коробке. — Смотри, тут еще есть этой же фирмы. И вот — три штуки. Цвета какие-то не очень, да и ладно: все это положишь в красивый пакетик, и вот тебе подарок!

— Да на фига ей три краски? — еще сопротивлялась Танька. — Еще и совсем разные!

— Пригодится. Ты знаешь, как она на Кирилла смотрит! Так, может, внимание привлечет, — ответила Алина так язвительно, что Лариса поняла: ее рингтон вовсе не остался незамеченным и забытым.

Но больше всего взволновало Лару даже не это. Начальница знает о ее чувствах к Кириллу! Девушка услышала, как глухо отбивает ритм ее собственное сердце, судя по всему, провалившееся куда-то в пятки.

— Да ты что? Она втюрилась в Кирюху? — заинтересовался Антон, придвинувшись к девчонкам.

— А то ты не замечал? — продолжала Кобра. — Прикинь, я тут на днях увидела, как она...

Дальше Лара уже ничего не слышала, потому что Алинка перешла на шепот. Чтобы не выдать себя в самый неподходящий момент, Лариса прикрыла дверь, села за стол и расплакалась. Боже, как же ей жить дальше?! Мало того, что ей считают возможным подарить всякую гадость, так еще и про Кирилла все знают! Что делать? Надо бежать, прямо сейчас, сломя голову, но сил никаких нет. Да к тому же, если она выйдет сейчас из кухни, те трое догадаются, что она все слышала.

С честью встретить их насмешливые, а может, еще хуже, жалостливые взгляды она не сможет. Значит, нужно сидеть тихо, как мышка, и ждать, пока они разойдутся!

Приняв это решение, Лара почувствовала еще большее унижение — ее обсуждают, а она не может набраться храбрости, чтобы остановить это безобразие! Плывет по течению и даже грести перестала. Снова вспомнила Анькин вопрос: как ты вообще выбрала эту профессию? Нет, не ее это! Зря она полезла в журналистику, ведомая детской мечтой стать репортером! Как же теперь жить, после такого унижения?

Девушка сидела на кухне долго, больше получаса. Опомнилась только, когда взглянула на часы и увидела, что время уже шагнуло за шесть вечера. Она с трепетом выглянула в коридор — на диване уже, конечно, никого не было. Лара помчалась в журналистскую, схватила сумку, быстро накинула куртку. Озираясь по сторонам, стараясь не встретиться ни с кем из сотрудников (мало ли что, вдруг все в офисе знают о ее чувствах к Кириллу), Лариса выскочила из студии. Уже на улице она застегнула молнию на куртке, поправила сумку и, переведя дух, бойко зашагала по направлению к метро.

— Лариса! — закричал ей кто-то вдогонку. Лара обернулась и не сразу узнала в парне, одетом в черный пуховик с капюшоном на голове, Павлика. А когда узнала, то почему-то отвернулась и пошла дальше — общаться с ним сейчас ей не хотелось.

— Лариса, мне Анна сказала, после шести... — прокричал он вслед.

Лара прошла еще несколько шагов и все-таки сжалилась над бедным юношей. Остановилась. Пытаясь справиться с накатившим раздражением, проговорила:

— Послушайте, все отменяется! Вам, видимо, Аня не сказала...

— А что она должна была сказать? — Пашка посмотрел на Ларису вопросительно.

— То, что все отменяется, — Лара выдохнула, немного успокоилась и, виновато улыбнувшись, добавила: — Так неудобно получается: вы сюда пришли, я еще удираю, как ненормальная. Я просила Аню не звонить вам. Но сегодня весь день был таким суматошным, мы с Анькой как-то на бегу поговорили. Наверное, она не поняла. Ну, я пойду… Ничего, что я отняла у вас столько времени?

— Ничего, я планировал потратить даже больше, — засмеялся Пашка.

У Лары отлегло от сердца — значит, все обошлось.

— Да, — девушка засмеялась, — не хочу никакой лжи, понимаете?

— Понимаю! — Павел кивнул.

— Ну, тогда до свидания!

— До свидания! — Он улыбался и стоял, словно не понимая смысла разговора.

Лариса пожала плечами — псих какой-то — и, не дождавшись, когда он уйдет, пошла первой.

«Странный, — думала она, — согласился ухаживать за незнакомой девушкой. Он же меня совсем не знает — еще с Анькой общается. А я-то… И стоит, улыбается. Может, он того? Ну в смысле, не в себе…»

Погруженная в свои мысли, Лариса даже и не думала смотреть под ноги. И — снова неудача — налетела на кирпич и, разумеется, грохнулась прямо на асфальт. Коленку обожгло жгучей болью. Чувствуя себя неуклюжей тетерей, Лара ужасно разозлилась. Прежде всего, конечно, на себя, ну и на остальной мир в придачу. Как назло, этот навязчивый парень подбежал и стал донимать ее расспросами, тут же перейдя на «ты»:

— Тебе не больно? Где болит? Давай я тебе помогу встать!

Ну что за день такой сегодня? Что он здесь делает, этот Пашка? Лара разозлилась, как никогда.

— Да отстань ты! — воскликнула она в сердцах. — Не до тебя сейчас! Не понимаешь, что мне больно?

Парень сделал шаг назад.

— Но на земле сидеть нельзя. Холодно ведь, — тихо добавил он, — застудишься!

Фу, какие слова! Так только мама ей говорила, когда Лара была маленькой! А этот Пашка… липкий он какой-то, наверняка классический маменькин сынок и прирожденный подкаблучник. Весь такой хороший, весь правильный, аж до зубного скрежета! И чистенький… Лара посмотрела на испачканный рукав своей куртки, и ей вдруг стало себя так жалко, до слез! Кобра с утра до ночи в студии пилит, Вадик, оператор, ее ни во что не ставит, Кирилл не обращает никакого внимания, еще и с Алинкой гуляет, мама в гости не пускает, а она сама… она сама выдумывает несуществующую жизнь. У Ларисы не хватает смелости признаться, что она — попросту неудачница. Она готова была разреветься прямо сейчас, но Пашка все еще стоял рядом — опять же, к несчастью. Лара сглотнула ком слез, попробовала встать. Не получилось. Нога жутко ныла.

— Ладно, помоги мне встать! — неохотно разрешила она наконец. Получилось грубовато. «За что я с ним так? Он-то ни в чем не виноват…» — подумала Лара и, чтобы исправиться, поспешно добавила: — Пожалуйста.

Павел потянул ее за локоть. Боль в колене усилилась, когда Лара встала на ноги.

— Больно! — стиснув зубы, простонала девушка. — Нет, подожди! Так не пойдет! Вернее, так не дойдет нога… до метро… Вернее, я не дойду до метро! Можешь мне помочь добраться до какой-нибудь лавочки? Мне нужно присесть. Я посижу, отдохну немного и пойду дальше.

— А если боль не пройдет? — покачал головой Павел. — Нет, давай я тебя до дома доведу, так спокойнее.

— Да говорю тебе, не могу я идти! Больно!

— Ну ладно! Вон там скамейка. Пойдем, посидим, ты придешь в норму. И дальше поковыляем, — предложил Павел.

Лара хотела возразить, но здравый смысл все-таки победил — без помощника ей явно не справиться. Останавливаясь через каждый шаг, они потихоньку доползли до скамьи.

— А может, перелом? — озадачилась Лара и вздохнула: не везет так не везет!

— Ну-ка пошевели ногой. Да нет, все нормально, видишь, двигается. Скорее всего, серьезный ушиб, — сказал Павел с таким серьезным профессорским видом, что Лариса не выдержала и вдруг расхохоталась.

— Ты чего? — не понял юноша.

— Да ничего, — смеялась она. — Нянчишься со мной, как с маленькой. Вот свалилась я на твою голову. А еще ухаживать за мной собрался, герой! Представляешь, сколько бы со мной было проблем — ведь я только и делаю, что собираю беды.

— Да ладно, скажешь тоже, — не поверил Павлик. — Какие еще беды ты собираешь?

— Да никакие! — Лара вдруг перестала смеяться и шмыгнула носом. — Все валится из рук. Все плохо. Уже жить не хочется, честное слово! — Из глаз все-таки полились слезы. Чтобы загнать их обратно, Лариса закинула голову, но они, противные, не слушались и все текли и текли.

— Так, теперь ты еще и плакать вздумала, — вздохнул Павел и присел рядом на скамейку. — Странная ты, честное слово. И падаешь на пустом месте.

— Там был кирпичик, — возразила Лара.

— Не знаю, я никакого кирпичика не заметил. Короче, не важно, падаешь. Теперь плачешь. Что с тобой происходит?

— Да ничего. — Лариса снова вздохнула. Пашка умел разговаривать с женщинами, это очевидно, и отчего-то ей вдруг показалось, что ему можно доверять. — Москва, Москва... — с горечью проговорила она. — С детства эта Москва грезилась. Ахтубинск — маленький. В Ахтубинске жизни нет. В Ахтубинске задохнуться можно. Представляешь, так и говорила! Думала, ну как же это я буду в этой дыре жить? Работать, как мама, медсестрой за шесть тысяч? Нет уж, увольте! И вот я здесь! И кто я? Где она, эта жизнь? Где он, воздух свободы? Где оно, счастье? — Лара почувствовала, что замерзла, и накинула капюшон. — Знаешь, я теперь только понимаю — правильно говорят: «Где родился, там и пригодился». Надо валить отсюда! Ну ничего, не пропаду и в Ахтубинске. Устроюсь там на местное телевидение. Там меня будут уважать, с московским-то опытом. Буду зарабатывать копейки, зато...

— Ну ладно, размечталась! — оборвал ее Павел. Лара посмотрела на него и заметила, что он улыбается. —

95

Я, как коренной москвич, твое мнение не разделяю! Лучшего города ты не найдешь! Ну вот смотри: тут ты борешься, творишь, что-то пытаешься доказать. А там что — две крыши и одна водопроводная труба? И снимать по пятьдесят раз в год репортажи о достижениях местной администрации или сенсацию о спасенной с дерева кошке? Нет, это точно не для тебя!

— А откуда ты знаешь, что для меня? Ты меня разве знаешь? Сам ты кто? Фотограф газетенки?

— Пусть газетенки, но фотограф! — с гордостью проговорил Пашка. — Даже в маленькой редакции жизнь может бурлить. Москва — город огромных возможностей. Посмотри, сколько тут всего! — Пашка махнул в сторону проезжей части, но Лара там, кроме серых от грязи машин, ничего особенного не увидела и только пожала плечами. — А сколько миров, — продолжал он мечтательно, — в любом закоулке, в любой кафешке свой микроклимат. Кстати, по поводу кафешек… Кажется, ветер становится сильнее. И еще подмораживает. Давай-ка мы с тобой до какой-нибудь забегаловки доковыляем и там поговорим, ладно?

— Кафешки? Но я не голодна… — растерялась Лара, пытаясь встать со скамейки, но боль в колене тут же напомнила о себе.

— Ничего! Чашка горячего кофе не помешает. — Павел подтянул ее за руку, помогая подняться.

Лариса заметила, что прохожие на них оборачиваются — должно быть, видок у нее — атас. Слава богу, Павел внешне еще ничего — худенький, невысокий, почти вровень с ней. И весь аккуратненький, одевается как тинейджер: брюки с накладными карманами, в ухе серьга.

## Три краски

Путь до ближайшего заведения отнял у Лары много времени и сил. Пока они шли, окончательно стемнело, и Москва залилась яркими огнями фонарей. Разноцветные гирлянды замигали на магазинах и клубах, напоминая о приближающемся празднике. Лара вдруг почувствовала, что от одной мысли о Новом годе ей хочется плакать — разве можно в праздники быть настолько несчастной?

— Нам направо, — скомандовал Павел, указывая на еле заметный вход в кафе. Кажется, оно так и называлось «Кафе». Лара поймала себя на мысли, что за весь путь (он был не длинным, метров сто, но шли они минут двадцать, наверное) ни Пашка, ни она сама не промолвили ни слова. И зачем он с ней нянчится?

Внутри кафешка оказалась достаточно теплой и уютной. Играла приглушенная музыка, совсем ненавязчиво. Несколько человек сидели за столиками. Самый классный, на Ларин взгляд, стол в углу, прямо у окна, был свободным. Туда ее и дотащил Павлик, затем присел рядом.

— Слушай, а тебя дома не ждут? А то как-то неудобно… — спросила его Лара.

— Не-а. Я один живу! И совершенно свободен, — ответил Павел.

Лара закусила губу.

— А чего ты со мной ходишь тогда? Тебе какая польза? Я же тебе объяснила, что все отменяется, — превозмогая стеснение, спросила она.

— Да, объяснила. Но как я скажу Ане, что бросил ее подругу с больной ногой посреди улицы? — пожал плечами парень. Как раз в этот момент к столику подошел официант. — Тебе чай или кофе? — спросил Павел.

97

— Чай, зеленый, без сахара. И все! — отчеканила Лара, злясь, сама не зная на что. — Так, значит, все дело в Ане? — ехидно заметила она, когда официант ушел. — И что, ты готов ухаживать непонятно за кем, лишь бы ей угодить? Ты к ней это... неравнодушен?

Лара спросила и тут же пожалела — такой вопрос может обидеть ее спутника. Сейчас встанет и уйдет, а ей что делать?! Однако уже сказала, и Паша словно был готов к такому вопросу:

— Почему непонятно за кем? Мне лично понятно... Нормальная ты девчонка, только колючая порой... — сказал он просто. — И Аня мне очень симпатична. Я знаешь сколько ее фотографий сделал! Через снимки видна душа человека. У Аньки, поверь, она широкая. Она вообще человек неординарный, это и внешне заметно...

— Душа через снимки? Да ладно! — засмеялась Лара.

— Ну смотри. — Пашка полез в плотную тканевую сумку грязно-серого цвета, которая все время висела у него на плече, достал оттуда фотоаппарат. Лара и глазом не успела моргнуть, как Павел наставил на нее камеру и несколько раз нажал на кнопку.

— Ну зачем ты меня фотографируешь? — Девушка закрыла лицо руками. — Знаешь, что сбежать никуда не могу. Между прочим, я жутко нефотогеничная.

— А мы проверим. — Павел просмотрел снимки. — Мне кажется, ты ошибаешься. И еще я думаю, у тебя тоже душа широкая, как у Аньки. Вот проявлю фото и точно скажу.

Минуту они сидели молча. Ларе показалось, он сказал нечто особенное, тревожащее. Момент получился каким-то волнительным. Хорошо, что его нарушил официант, который принес кофе, чай и какие-то лепешки. Лариса вдруг забыла, что уверяла, будто не голодна, и накинулась на еду. Пашка ей активно помогал.

— Так скажи мне, — спросил он, — почему ты передумала насчет встречи?

— А ты прям пожалел? — Лара улыбнулась.

— Ну, знаешь, не каждый день предлагают с девушкой погулять, — ответил Пашка.

— Да ладно! — Она искоса поглядела на него и хихикнула: — Можно подумать, вокруг тебя девушек мало.

— Да нет, достаточно. — Павел отхлебнул кофе и с аппетитом откусил большой кусок лепешки. — Но все они... не такие. Ну не для меня, что ли... Разве что Аня. Она хорошая, и, когда она попросила встретиться с тобой, я был рад выполнить ее просьбу...

«Ну вот, — подумала Лариса, ощущая, как падает с небес на землю, — все дело все равно в Ане. Интересно, почему одни девушки нравятся парням, а мимо других те проходят и даже не смотрят в их сторону?»

— Ну, так и скажи своей Ане, что я тебе отказала! — резко ответила она.

— А может, еще подумаешь? — лукаво спросил Пашка.

— И не надейся! Я твердо решила! — покачала Лара головой. — Пойдем, мне уже лучше. Не сидеть же здесь до ночи.

Они вышли из кафе. Лариса действительно уже могла идти сама, хоть чувствовала боль и немного прихрамывала, но Пашка отпустить ее одну отказался наотрез. «Я же обещал отвести, значит, отведу!» — твердо сказал он.

Они поехали на метро, потом на троллейбусе, затем пошли вдоль темных переулков окраины. Все это время Пашка рассказывал о себе, о друзьях, об университете.

— У нас на филологическом немного народу училось, пацанов так вообще мало. Поступило восемь, а закончило трое, — говорил он.

— А как же ты филологию закончил, а работаешь фотографом? — удивлялась Лара.

— Как обычно, — усмехнулся Павлик. — У нас полстраны так — сначала поступают, учатся, а потом задумываются о профессии. А у меня, кстати, образование подходящее: сам снимаю, сам статьи пишу.

Лариса шла рядом с ним и радовалась, что не одна. Обычно она едва ли не бежала по улицам своего довольно сомнительного района и вздрагивала всякий раз, увидев на дороге компанию подростков. А с Пашкой, оказывается, не так страшно, а еще довольно интересно. Вроде беседа самая простая, однако идет так легко, словно они знают друг друга уже много лет.

— А что, интересно было среди девчонок учиться? — спросила Лара.

— Еще как интересно! — парень засмеялся. — Списывать давали, жалели. Преподаватели тоже, кстати, к парням лучше относились, мальчики там — редкость.

— Ну да. Странно, что ты не женился в студенческие годы.

— Ничего странного. Все как обычно, еще не вытащил свой счастливый билет. Мне нравилась девушка упертая, которая взаимностью не отвечала. — Он немного виновато развел руками: — Ну не умею я предмет обожания выбирать... Это твой дом? Ну ничего, нормальный! А говоришь, плохо живешь. Этаж какой?

— Пятый.

В подъезде они ненадолго замолчали. Поднимаясь, Лара обдумывала, как быть дальше — пригласить Пашу зайти или не стоит? Не пригласить — неудобно: весь вечер с ней носится как курица с яйцом, что бы она без него делала?! Но пригласить — и того хуже. Во-первых, не сочтет ли он это намеком на нечто большее, а во-вторых, перед Анькой стыдно — все-таки ее ухажер.

— Ну ладно, — помялась она уже перед дверью. — Спасибо, что помог... В общем, было приятно пообщаться...

— Мне тоже! — ответил Павлик. — Слушай, а может, все-таки погуляем завтра? — неожиданно добавил он. — Просто так? Ты не бойся, не укушу! Я не ради Аньки прошу. А ради себя — вечера такие скучные стали...

Он так искренне просил, что Лара все-таки задумалась: в общем-то, ничего плохого не случится, если она проведет несколько часов в Пашкиной компании. Тем более общаться с этим парнем действительно легко и интересно — не то что с другими потенциальными кавалерами.

— Но только разок, — сдалась Лара.

— Разок — это даже очень неплохо. В кино сходим, по аллеям погуляем, просто поговорим.

Девушка пытливо посмотрела Пашке в глаза. Неужели он начинает за ней ухаживать? Да нет, взгляд прямой, откровенный. Карие, почти черные глаза смотрят так дружелюбно и искренне — по-дружески, значит. Ему же надо перед Анькой выслужиться, вот и все! Впрочем, что она сама-то теряет?

— Давай! Во сколько?

— Сразу после работы! Я тебя встречу! — улыбнулся Пашка.

Утром, как всегда, охладевшие чувства и трезвость выспавшегося разума ввели Лару в состояние депрессии. Зачем она согласилась встретиться с Пашкой?

Ведь не хотела же! Куда катится ее жизнь? Куда сама она катится? И ведь не может противостоять этому!

В смешанных чувствах девушка притащилась на работу: ей было стыдно от одной мысли, что придется смотреть Аньке в глаза. И, конечно же, едва успела она войти в студию, как наткнулась на подругу. Анька подхватила ее под локоть и потащила в сторону — туда, где их не могли услышать местные сплетницы.

— Ну что, Пашка тебя встретил? Я ему твой номер телефона дала! — зачастила она.

— Ань, я же просила ничего не делать! — Лара вздохнула. — Ты меня что, не поняла?

— Все я поняла! Но решила на свой страх и риск сделать — так лучше будет, — раздраженно откликнулась подруга. — Ну что, не вышло? Обиделась? Ну давай вместе пошлем этого Пашку? Или извинимся, только не злись!

— Да не злюсь я! — ответила Лариса. — Встретил он меня вчера возле студии. Я его послала куда подальше.

— Ты? Пашку? С ума сошла? Разве так можно обращаться с молодыми людьми? — снова возмутилась Анька.

— Ты же только что предложила это сделать вместе, — напомнила Лара.

— То я, а то ты. У тебя знакомых парней не так много, чтобы ими так раскидываться! Я тебе поражаюсь!

— Кто бы говорил! — отрезала Лара. — И вообще, дай рассказать. Короче, я его послала. И сразу споткнулась и упала: идти не могу, встать тоже. Сижу в снегу, дура дурой. А он ничего оказался, внимательный. Мало того, что встать помог, еще в кафе сводил и потом до дома проводил. А еще… короче, выпросил еще одну прогулку… — Лара почувствовала, что краснеет.

— Слушай, как неожиданно! — Анькины глаза загорелись. — Может, у вас вообще роман будет? На свадьбу позовешь?

— Да иди ты со своей свадьбой! Твой ухажер — сама за него и выходи! Мне он нужен, как корове бантик. Просто…

— Ага, ага… — Анька так улыбалась, что Ларе ничего не осталось, как улыбнуться в ответ:

— Хватит ржать. Я тебе чистую правду говорю!

— И что вы теперь? Куда идете?

— Не знаю… Прогуляться или в кино… — Лара постаралась говорить как можно беспечнее, но, кажется, выходило еще хуже.

— Ну все. Ты втюрилась, да? Втюрилась? — Аня засмеялась, но Ларе стало очень неприятно.

— Дура ты! — она отвернулась от подруги. — Отлично знаешь, в кого я втюрилась. Кстати, не только ты, но и весь офис…

— Как так? — не поверила Анька, но в это время из коридора раздался голос Кобры, соизволившей, наконец, появиться на работе.

— Потом расскажу, а то опять схлопочу по шее ни за что, — быстро проговорила Лара.

Рабочий день пронесся быстро, как одно мгновение. Обычная суета, рутинные дела — ничего особенного… Ну, почти ничего. «Раз все и так знают про Кирилла, то терять мне нечего», — подумала Лариса и решилась на первый шаг. Конечно, небольшой, но для Лары это было из ряда вон выходящее. Она заговорила с ним! Да, заговорила — правда, на третий раз. В первый раз, столкнувшись с Кириллом в коридоре, она сказала «Привет». Причем он сказал то же самое в этот же миг, так что получилось синхронно и смешно, но засмеялась только одна Лариса. Смешок этот показался таким жиденьким и неуверенным, что она готова была под землю провалиться, а Кирилл пошел дальше. На второй раз, увидев его в журналистской — он зашел за кассетой, — Лара отвернулась. Кирилл тоже не обратил на нее внимания. Ну а в третий раз она встретила Кирилла уже на лестнице — выходящего из студии после рабочего дня.

И тогда девушка вдруг набралась решимости и задала самый глупый вопрос, какой только могла придумать.

— Уже домой? — спросила она, улыбаясь как-то жалко.

— Конечно, вообще-то пять минут седьмого, — ответил он, и Лара снова почувствовала себя дурой.

«Хоть бы Пашка меня ждал!» — думала она, выходя из здания. Ей так хотелось, чтобы Кирилл увидел, что ее встречают.

Лариса повертела головой, с надеждой всматриваясь в засыпанную снегом улицу. Так вон он, Пашка, такой же, как вчера — смешной, но какой-то милый и удивительно домашний, свой. Лара так обрадовалась, что сама этому удивилась. Она помахала Пашке рукой, стараясь привлечь внимание Кирилла. Все напрасно — он даже головой не повел ни в ее сторону, ни в сторону дожидающегося поклонника. Накинув на голову капюшон, надев наушники, Кирилл шел стремительной походкой, находясь где-то в своем мире.

— Ты сегодня раньше, — Павел поспешил к ней навстречу. — Короче, пойдем в кино. Я узнал, кинотеатр тут в двух шагах. А пока идем, давай в такую игру поиграем: на вопросы отвечать быстро, не задумываясь.

— Что? — Лара растерянно посмотрела в сторону удаляющегося Кирилла.

— Как дела, говорю?

— Нормально: три плюса и один жирный минус, — пробормотала Лариса.

— Не понял?..

— Да это так, мысли вслух, — Лара встряхнула головой, пытаясь справиться с отчаянием. — Что ты там говорил?

— Я предлагаю в игру поиграть: на вопросы отвечать быстро, не задумываясь.

— Давай, что уж теперь делать…

Лара подумала: «Черт, все это зря — и Пашка, и эти встречи, игры…» Но уже через пять минут она обо всем забыла — играть действительно было интересно.

— Любимый цвет? — кричал Пашка.

— Синий! — как можно быстрее отвечала Лара.

— Черный! — в этот же момент отвечал на свой же вопрос Павел.

— Любимая сладость?

— Мороженое!

— Халва!

— Бе-е, терпеть не могу халву!

— Как можно не любить халву? Это самая лучшая сладость в мире…

— Фу, не говори про нее!

— Ну давай дальше. Любимая книга?

Так, рассказывая о своих предпочтениях, они и не заметили, как оказались в кино. Сидя в креслах, продолжали играть, пока на них не стали шикать соседи. Пришлось ненадолго замолчать. Общаться с Пашкой Ларе становилось все интереснее и интереснее. «И почему с ним не общаться? — подумала она. — С друзьями же проводят время просто так».

После фильма Пашка снова пошел ее провожать. Сегодня идти было гораздо легче — коленка не ныла, ветер со снегом в лицо не задувал, и вообще настроение у обоих было отличным. Они продолжали играть в вопросы.

— Слушай, — вместо очередного вопроса спросил Пашка, — ты не пропадай, ладно? Просто знай, что я всегда готов с тобой пообщаться... как друг!

Лара кивнула — она и сама об этом думала.

Она пришла домой отдохнувшая. Вот она, жизнь! Может, все это и к лучшему? И, на удивление, сегодня первый день, когда тоска по Кириллу оказалась не такой сильной, как обычно. После того как Ларины надежды на его ревность разбились... Вспомнив об этом, девушка почувствовала, как разволновала ее мысль о Кирилле. Нет, это неизлечимо, она больна им навеки!

Но, так или иначе, вечер был отличный. Достав записную книжку, Лара записала счет: три плюса, один минус. Но потом, подумав, исправила тройку на четверку, заметив: «С Пашкой погулять — тоже ведь плюс!»

### ИЗ ЗАПИСЕЙ АГЕНТА ГОВАРДА МОРТОНА

**Лос-Анджелес**

**27 декабря 2011 года, 11:30 по Гринвичскому времени**

Через три минуты старт. Смотрю на часы и начинаю обратный отсчет. Немного волнуюсь. Итак, я лечу в Россию. Это задание — моя первая серьезная работа. Перед тем как поручить его мне, Томас сказал: «Если справишься, станешь нашим постоянным агентом!»

## Три краски

Честно говоря, думаю, у меня все получится.

Началось, правда, дело не слишком удачно. Этот тупой ученый, совершенно не от мира сего, Джон Хемистри, не хотел сознаваться, куда спрятал результаты своих опытов. Правда, под влиянием лекарств он кое-что сболтнул, промямлив сквозь сон: «Краски, я сунул их в тюбики с краской». Ха-ха, интересно, помнит ли он это? Или считает себя крепким орешком? Впрочем, не важно. С этого этапа всю работу по поиску красок поручили мне.

Чувствуя себя Шерлоком Холмсом, я провел целое расследование и с помощью моего собственного детективного метода (кажется, он так и назывался?..) выяснил, что данную партию краски отправили в Россию. Хорошо, что я знаю русский. Проблема в том, что в партии целых пятьсот восемьдесят тюбиков. Все они разлетятся по Москве, если я не приму срочные меры.

И я незамедлительно начал действовать. Во-первых, позвонил в Москву и остановил солидную партию товара, сославшись на несуществующий брак. Мне, конечно, принялись что-то втирать про убытки и хранение на складе, но я их живо урезонил, пригрозив судом. Американских юристов боятся все, да что там, они даже сами себя боятся. Слышал я про одного юриста, который сам на себя подал в суд и даже умудрился выиграть дело... Впрочем, я не о том. Так вот, после угрозы обратиться в суд со мной сразу согласились, и неотправленные коробки останутся на московском складе до моего прилета.

Единственное, что меня беспокоит, — это сто тюбиков, уже отгруженных со склада еще до моего звонка. Около восьмидесяти из них поступили в один из магазинов — изъять их не представит труда, главное — успеть.

Куда девалось еще около двадцати — вот в чем вопрос. Вопрос для меня! И я их найду, не будь я... собой!..

У меня уже есть план. Завербую в России нескольких агентов — и дело в шляпе.

Ага, самолет, наконец, пошел на взлет.

Меня ждут великие дела!

Буду вести записи на протяжении всей операции. Думаю, на их основе можно будет написать учебник для юных секретных агентов.

Конец записи. Говард Мортон.

\* \* \*

Кирилл кружился посреди залы и улыбался. Лара впервые увидела его улыбку — такую милую, немного смущенную, такую прекрасную. Она завороженно смотрела на любимого, на губах девушки тоже заиграла улыбка. Но мгновенно погасла, когда Лариса поняла, что улыбается Кирилл вовсе не ей, а Алине.

Они танцевали вместе на глазах у Ларисы, и Кобра хранила на лице торжествующую усмешку.

«Она это делает назло, — думала Лара, уныло наблюдая за Кириллом и Алиной из-за стола. — Он ей не нужен! Ей нужно унизить меня! Убить! Растоптать мою хрупкую душу!»

В самом начале вечера Лара случайно столкнулась с начальницей в туалете.

— Скучаешь? — Кобра зыркнула на нее густо подведенным глазом. — Закадрила бы кого. Что, неужели никто не клюет?

А потом она пригласила на танец Кирилла. Специально. Лариса абсолютно была в этом уверена. Выходит, война из стадии холодной переходит в разряд горячих. Но что же делать, когда силы так трагически неравны?

Кирилл бережно вел свою партнершу. Вот его рука, такая мужественная, мускулистая, обхватила Алинкину талию. Секунда — и Кобра грациозно откинулась назад, доверившись его сильным рукам. Оба засмеялись. Алина выпрямилась и прижалась к Кириллу.

— Ларис, ты чего с них глаз не сводишь? Неприлично! — прошептала Анька, сидящая справа.

Сегодня подруга надела такое платье, что лучше ей было не вставать — разрез на спине доходил до самых ягодиц. Лара даже смотреть на обнаженную спину Ани боялась, хотя ту наряд, похоже, ничуть не смущал.

Ларе показалось, или начальница действительно, глядя на нее, насмешливо высунула язык: ну, мол, как тебе моя месть?

Девушка почувствовала, что ей не хватает воздуха. Она больше не может здесь находиться. Едва справляясь с нахлынувшими эмоциями, Лариса выскочила из помещения. Забежала в туалет, закрылась в кабинке и только там дала волю слезам. Плевать на тушь! Плевать на то, что глаза красила полдня (ну не умеет она макияж делать!). Надо выплакаться, иначе она тут умрет! Умрет с горя!

Лара прикусила кулак, чтобы не завыть в голос — не дай бог, кто-то есть в другой кабинке, позору не оберешься — мигом весь офис узнает. Надо уходить отсюда! Сейчас, только немного успокоится, чтобы не привлекать внимание красными глазами. Ничего, она справится. Вот выплачется, а потом возьмет свою сумку, этот дурацкий блестящий пакетик с тремя красками, которые ей всучили в качестве подарка, потому что подарить бракованный товар больше некому, и пойдет домой. Там выпьет горячего чаю, наревется, и все будет хорошо.

Лара изо всех сил старалась успокоиться и хоть немного привести себя в порядок — дула на раскаленные веки, прижимала к глазам кусок туалетной бумаги, чтобы аккуратно промокнуть тушь. Результат получился сомнительный, но уж ладно, кто на нее вообще посмотрит?

С такими мыслями Лариса вышла из туалета и, опустив глаза, скользнула на свое место и огляделась. Как она и предполагала, никто даже не посмотрел в ее сторону. Не стоит удивляться, ведь она обычная серая мышка. Одинокая в любой толпе, даже сейчас, в этот новогодний, пахнущий мандаринами, салатами и колбасой с шампанским, вечер. Даже платье на Ларисе сегодня серое, прекрасно сочетающееся с ее внутренним миром. Теперь мышь покинет праздник. Кому она нужна, кто заметит?

— Анют, я, наверное… — начала Лариса, но та ее перебила:

— У тебя там телефон дребезжал.

Лара полезла в сумку — пять пропущенных вызовов от Пашки. Блин! Позвонить или не надо?

— Ты чего заплаканная такая? — спросила Анька, рассмотрев, наконец, подругу. — Расстроилась из-за этого придурка, что ли? Дура совсем? Трахнутся и забудут. Ты что, не видишь, Алинка наша — шалава законченная. Вешается на него! И он видит…

На Лару снова нахлынули эмоции. Стараясь снова не разреветься, она опустила голову.

— Так что не расстраивайся! Поняла? — добавила Анька.

— Угу, — промычала Лара и плаксивым голосом добавила: — Я пойду, позвоню из коридора. Там тише…

Она снова выскочила из-за стола, пулей пролетела мимо танцующих пар, чуть не сшибла елку и, наконец, нашла тихое местечко в углу у окна, набрала Пашкин номер:

— Паш, ты звонил? Да, я на корпоративе. Но я уже уходить собираюсь. Плачу? Ничего я не плачу! Да не расстроенная. Встретить? Зачем? Ну давай, мне все равно. Адрес? Ну, в общем…

Объяснив, где она находится, Лара нажала на «отбой» и задумалась. Странно как-то получается. Зачем это Пашка вызвался ее встретить? Не дай бог, Анька увидит… И не откажешь — настойчиво так говорит. А впрочем, что тут такого? Они просто друзья. Ей сейчас действительно нужен кто-то, с кем можно поговорить, рассказать обо всем, да и просто поболтать, в конце концов, о чем угодно! Это даже хорошо, что Пашка к ней едет, — будет кому отвлечь от горестных мыслей…

Пока решимость не иссякла, Лариса вернулась в зал, взяла сумку и подарок. Распрощалась с Анькой, пожелала веселого Нового года и смылась. До встречи с Пашкой еще не меньше двадцати минут, но девушка решила переждать на улице — подальше от всех. Выйдя из ресторана, она поняла, что поступила правильно. Чистый зимний воздух, не пронизанный табачный дымом, приятно холодил пылающий лоб. Медленно шел снег, и Ларисе вдруг показалось, что она смотрит в снежный шар — встряхнешь такой и любуешься. Мимо нее плавно проходят равнодушные прохожие, плавно опускаются на тротуар снежинки. Одна из снежинок, заблудившись, села Ларисе на нос, и девушка, скосив

111

глаза, наблюдала, как снежинка превращается в капельку, а потом и вовсе испаряется, исчезает...

— Вот и я так испаряюсь, — сказала Лара вслух, и вдруг услышала:

— Как это испаряешься? Ты даже не вздумай, я же не зря тащился сюда через пол-Москвы!

Это Пашка пришел — увидев его, Лариса так обрадовалась, что чуть не кинулась ему на шею, но вовремя одумалась: это она просто появлению отвлекающего фактора обрадовалась, а он еще, чего доброго, примет на собственный счет!

— Хорошо, что ты пришел. Что-то мне совсем не по себе, — призналась она.

Пашка внимательно посмотрел Ларисе в лицо:

— Глаза красные. Плакала, что ли?

Девушка кивнула и почувствовала, как по щекам потекли новые ручьи.

— Так, все ясно! Пошли отсюда, — Пашка схватил ее под руку и потащил за собой.

Лара послушно засеменила рядом, на ходу рассказывая обо всем, что накипело на душе. И о тирании несносной Алинки, перекрывшей ей весь кислород и малейшие перспективы, и о любви к Кириллу. Пашка слушал внимательно, изредка задавая уточняющие вопросы. Серьезно слушал, хорошо. Когда есть такой слушатель, хочется рассказать обо всем на свете, не стесняясь и не беспокоясь ни о каких условностях.

— Он меня даже не замечает! Один раз поздоровался, так мягко. Знаешь, у меня внутри все перевернулось, — рассказывала Лариса.

— Ну и дурак, что не замечает... — тихо сказал Пашка. — Ты посмотри, какая кругом красота! — вдруг перевел разговор он и махнул рукой, указывая на ночной город, переливающийся разноцветными новогодними огнями. — А ты говоришь, что Москва плохая. Да ты сама ее наверняка любишь не меньше, чем я. В этом городе есть особая тайна, которая влечет к нему людей. Обожаю гулять в такие предпраздничные вечера — красивее этой поры нет...

— Да, красиво! — бросив взгляд на столицу, Лара вернулась к прежней теме, сейчас это было важнее: — Не дурак он, Паш! Не дурак!.. Слушай, мы же с тобой друзья, скажи всю правду! Кто еще скажет, если не ты? Ведь я страшная? Я уродина! Я ведь знаю!..

— Подожди. Подожди-ка! Зачем ты такую чушь говоришь? — Пашка вдруг остановился, снял рюкзак и вытащил какой-то конверт. — На, посмотри на себя, уродину!

— Что это? — недоумевая, девушка открыла конверт.

Там лежала стопка фотографий. На всех снимках — она, Лара. Крупным планом. Большинство фотографий — черно-белые. Какие-то особенно четкие и даже пронзительные. Лариса едва узнавала себя: у девушки с фото и нос аккуратненький, и глаза большие, а взгляд... так и завораживает, так и манит!

— Смотри, какой взгляд! Сколько души! Ларис, поверь, я знаю толк в лицах! — сказал Пашка.

Рассматривая вместе снимки, они так тесно прижались друг к другу, склонившись над фотографиями, что головы их соприкасались.

— Да, здесь я даже... красивая... — прошептала Лариса.

— Ты всегда красивая! — отозвался Пашка и вдруг коснулся губами уголка ее губ. Легко и как-то по-детски чисто.

Изумленная Лара даже не успела отреагировать. От неожиданности фотографии выпали у девушки из рук, она сделала шаг назад, посмотрела на друга.

— Что это было?

— Да как что… — Пашка замялся, криво улыбнулся: — Поцелуй! Хотелось бы в губы. Получилось не так…

— Дурак! Я тебе плачусь, душу изливаю, а ты… — Ларе даже обидно стало. — Я пойду домой!

Она, не глядя на него, нагнулась, стала собирать фотографии.

— Лар, ну ладно тебе. Не обижайся! Но я же не специально! — Пашка умоляюще глядел на девушку, помогая ей собирать снимки. Но она даже глаз на него не поднимала. — Ну ладно, специально. Ты мне нравишься, понимаешь!

— Ты же в Аньку влюблен. Вот ее и люби! — отрезала Лара. — Нечего отношения запутывать и между двумя девушками метаться. Мы же с тобой решили, что мы — друзья. А ты все портишь! У меня друга в жизни не было, а я так хотела… — Она снова всхлипнула.

— Ну ладно. Прости, такое больше не повторится, — снова принялся за извинения Павлик.

«Вот мужики пошли, — зло подумала девушка, — сначала целуют, а потом извиняются, еще и обещают, что больше не станут… Лучше бы он просто еще раз меня поцеловал… Ой! — испугалась Лара. — О чем это я думаю?! Наверное, из-за выпитого на корпоративе совсем крышу снесло! Надо убегать, пока Пашка не разглядел, что со мной происходит!»

— Возьми, — она сунула ему в руки конверт с фотографиями.

— Забери, это тебе! — отказался Пашка.

— Ладно! Мне так мне. Я пошла. Не надо провожать! — Лара кинула фотографии в пакет с красками и торопливо зашагала прочь от Пашки.

Она больше не плакала и, как ни странно, совсем позабыла о Кирилле. Теперь Лариса думала о Пашке. Что с ней происходит? Может, она влюбилась? Ну нет, совсем нет. Он ей нравится, но только как друг. Пашка человек хороший, душевный, добрый, очень самостоятельный, отзывчивый и надежный. Сколько хороших качеств! Так, может, не просто как друг? Тогда почему она так возмутилась после поцелуя? Не понравилось? Может, и понравилось. Только все неправильно, все не вовремя. Анька — подруга. Они, правда, с Пашей вроде пока не встречаются, но все равно о нем нельзя даже думать. Табу. Вот и хорошо, что он не поцеловал ее снова, как ей хотелось в то сумасшедшее мгновение. И зря она, наверное, так на парня набросилась! Чуть не растерзала бедного! Надо бы извиниться, объяснить...

Занятая этими мыслями, Лара дошла до дома, поднялась на свой этаж и вдруг замерла — от неожиданности: у ее двери на старом обшарпанном чемодане сидела девушка — молоденькая, одетая в легкое драповое пальто. При виде Лары она тоже как-то напряглась, выпрямилась и почему-то покраснела, словно волнуясь.

— Вот я приехала, — сказала девушка.

Лара озадаченно посмотрела на приезжую. Они были совершенно незнакомы. Впрочем, наверное, девушка просто ошиблась — то ли этажом, то ли подъездом, а может, и вовсе не в тот дом забрела. В Москве приезжим легко заблудиться.

— Простите, а вы к кому? — спросила Лариса.

Девушка вытащила из кармана помятую бумажку, внимательно посмотрела на нее и спросила:

— Вершинина, 26?

— Ну да. — Лара утвердительно кивнула, боясь, что девушка не совсем понимает русский язык или туго соображает — вдруг умственно отсталая какая-нибудь, сбежала из специального интерната.

— Подъезд первый, этаж пятый, квартира двадцать? — читала девушка дальше.

— Да… — уже неуверенно произнесла Лара, предчувствуя беду.

— Вот я и приехала!

Вот это и называется «И снова здравствуйте!».

Ситуация становилась комической, но Ларисе было совсем не до смеха.

— А вы кто? И откуда? — спросила она.

— Я — Варька! С Украины! Разве не помните? Мы с вами переписывались! Вы мне еще данные написали. И я деньги кинула на карточку вам — тридцать тысяч — за два месяца съема! — темпераментно говорила девушка. — Шо не помните? Як же так?! Я ж вам и варенья привезла… вишневого…

Она совершенно растерялась и сейчас стояла на лестнице, беззащитно моргая ресницами, — совсем еще молоденькая, Ларисиного возраста или даже чуть помладше.

— Два месяца съема? — Лара ужаснулась. — Я, кажется, начинаю понимать... Вы нарвались на мошенников! Вам обещали сдать эту квартиру?

— Мошенников? — У девушки в глазах отразилось недоумение. — Я ни с какими мошенниками не говорила. Я с вами общалась. Вы же Таня? Вы мне реквизиты дали и сказали, что я могу к вам приехать сегодня.

— Нет, меня не Таней, меня Ларисой зовут, — выдохнула Лара. Ей стало жалко эту бедную беспомощную девушку. — Что же мне с вами делать? Когда у вас обратный поезд?

— Поезд? Но я не собираюсь на поезд, мне работать нужно! — затараторила Варя. — Я же работать приехала. Гроши зарабатывать! Вот ведь бис! Я все гроши вам перевела, то есть не вам, а Тане этой... Не знаю кому! У меня мама больная, мне на лекарства надо... я...

В голосе девушки слышалось такое отчаяние, особенно когда речь зашла о маме, что Лара уже не раздумывала.

— Ладно, отодвинься! — машинально перейдя на «ты», она открыла дверь. — Поживешь у меня. Пока не устроишься, а там найдем тебе нормальную съемную квартиру. Только чур: если хозяйка моя придет, будешь прятаться, а то она устроит мне втык за второго жильца!

Девушка кивнула и вошла в квартиру.

— Спасибо! Я даже не знаю, чтобы я сейчас делала, вот ведь бис попутал! — Она хлопнула себя по бокам и горестно покачала головой.

Лара улыбнулась. Ну и ладно, так даже лучше, по крайней мере, сегодня она точно не будет реветь, ломая пальцы от одиночества.


Проснулась Лариса от смутного беспокойства. «Интересно, все ли ценности на месте?» — подумала она, вспоминая о гостье. Все-таки нельзя вот так впускать в дом незнакомку — узнай об этом мама, непременно бы ее отругала. И за дело. Ведь гостья могла оказаться подсадной уткой и не только ограбить, а, скажем, пустить своих подельников в квартиру...

Не помня себя от ужаса, Лара вскочила с кровати. Варя спала, подложив ладонь под румяную щечку, и дышала спокойно, как младенец. Слава богу, все нормально. Лариса перевела дух и тут же устыдилась: все-таки подозрительная она стала — сразу думает плохое, будто человек не может попасть в затруднительное положение. К счастью, далеко не все вокруг негодяи и мошенники, хотя и этих, увы, достаточно...

Вздохнув, Лариса тихонько прокралась мимо спящей соседки на кухню. Включила чайник. Интересно, что теперь делать? Естественно, ни о какой поездке к маме речь не идет, на праздники она останется тут, с этой незнакомой девушкой. Ну, может, и к лучшему — все не одной!

Лара заварила чай, нагрела сковороду, разбила несколько яиц и, обернувшись, увидела Варю — девушка стояла в кухонном проеме и наблюдала. Ее появление застало Лару врасплох — уж слишком тихо, как тень, двигалась новая соседка.

— Ты чего встала? — стараясь замять неловкость, заговорила Лариса.

— У тебя планы, я мешаю? — спросила Варя, по-детски заглядывая Ларе в глаза.

— Нет, не мешаешь... Просто я думала поехать к маме — ну не то что решила, просто были мысли, но я колебалась. А теперь точно поняла, что не поеду.

— Нет, ты не должна менять планы из-за меня, — Варя явно огорчилась. — Я сегодня же съеду. Я не знаю куда. Я напишу СМС родственникам, чтобы они перевели денег, поеду в гостиницу. Обо мне даже не думай, где наша не пропадала!

— Вот пусть и дальше не пропадает! — улыбнулась Лара. — Мы в ответе за тех, кого приручили. Я же сказала, что все уже решила. К чему эти разговоры? Давай лучше кушать! А от тебя тогда буду требовать одного — чтобы мне на каникулах не было скучно. Идет?

— Идет, — Варя улыбнулась.

— Ты знаешь, — накладывая яичницу, рассуждала Лара, — меня твое появление не удивляет. Появись ты у нормального человека, это выбило бы его из колеи. А в моей бардачной жизни — самое то.

Варя присела за стол и молча слушала Лару, а та вдруг заинтересованно взяла в руки пакет, валяющийся на холодильнике. Там, в шуршащем подарочном пакете, лежали Пашкины фотографии и три упаковки краски.

— Смотри! — Лара протянула соседке снимки.

— Очень красиво! — просматривая фотографии, заметила Варя. — Это сделал человек, который тебя любит.

— С чего ты так решила?

— Не знаю. Просто заметно. Знаешь, хорош тот художник, который влюбляется в свою картину, — с улыбкой проговорила Варя и отдала фотографии.

Лара задумалась.

— Звучит красиво, но неправда. Этот человек в меня не влюблен. Просто друг. Да и я, честно сказать, здесь себе не нравлюсь. Серая мышь! Мне, кстати, многие говорят, что мне нужно измениться, что я страшная, неказистая! — Лара привстала со стула и, чуть нагнувшись, посмотрела на свое отражение в стекле микроволновки. — Они ведь правы, да?

119

— Нет, ты красивая! Я правду говорю. А еще ты очень добрая.

— Красивая? Смотри, какая я тут, — Лара выбрала один из снимков. — И какая вот здесь девушка! — она показала на модель, изображенную на упаковке краски, — яркую, рыжеволосую девушку. — Вот это — огонь!

— Но ведь... — попыталась возразить Варя, но Лара ее не слышала.

— По сравнению с ней я — серая мышь! Надо что-то менять! Срочно, Варь, я чувствую это! Покрасишь меня? — Мысль пришла к Ларисе так внезапно и сразу так ей понравилась, что девушка даже испугалась того, что ее новая соседка может отказаться.

Варя растерянно посмотрела на краску.

— Может, не надо? Я слышала, там столько вредного кладут, что потом могут волосы отвалиться... — тихо прошептала она.

— Плевать! — В душе Лара уже окончательно решилась. — Мне уже ничего не страшно! Руки чешутся что-то сделать — не могу так больше! Хочу стать другой! Ну, покрасишь?

— Конечно, — с готовностью кивнула Варя.

— Тогда за дело! — весело скомандовала Лара и вручила новой соседке упаковку с краской.

Та взяла ее, рассеянно покрутила в руках...

— Погоди! — Лариса вдруг передумала. — Пожалуй, все-таки лучше не в рыжий. Какой-то он яркий, немного стервозный... Давай лучше побуду шатенкой — тоже ярко, но скромнее.

И она, забрав у Вари упаковку с рыжей краской, сунула ей в руки каштановую.

## Глава 4

### *ИЗ ОТЧЕТА АГЕНТА МОРТОНА*

**Россия, Москва,
28 декабря 2011 года**

Я в Москве. Признаюсь честно, задание оказалось тяжелее, чем я думал. Первые сложности начались сразу же, как я вышел из аэропорта. Только отвернулся, чтобы поймать такси, смотрю, а чемоданчика со сверхсекретным оборудованием уже нет. Я к их полицейскому, а тот на меня так смотрит, словно знает, что я шпион, и говорит: «Пройдемте в участок, составим подробную опись пропавшего». Тут я, конечно, понял, что попал. Ну как ему рассказать про сверхсекретное оборудование? На то оно и сверхсекретное, чтобы всяким встречным о нем не рассказывать. «А без описи, — говорю, — никак нельзя?» А он: «Нельзя. Как мы тогда узнаем, что это ваш чемоданчик? Может, у вас и чемоданчика-то вовсе не было». И еще подозрительней смотрит. Пришлось уносить от него ноги. Бог уж с ним, с оборудованием. Варварская страна, варварские обычаи!

«СЛУЖЕБНАЯ ЗАПИСКА
*В отдел сверхсекретного оборудования
Прошу списать доверенное мне сверхсекретное оборудование в связи с его утратой (разбой, халатность, варварство)».*

Ну да ладно, продолжаю свои записи. Доехал до гостиницы. Заселился в крохотный номер, похожий на клетку для подопытных мышей в нашей сверхсекретной лаборатории. Надеюсь, никто не будет ставить надо мной экспериментов.

### Днем позже

Надежды оказались напрасными. Всю ночь из крана в ванной капала вода. Видимо, это изощренная русская пытка. Не мог спать. Тем более что в соседнем номере обосновались русские гангстеры. Слушал звуки борьбы и голоса, вопящие: «Но пасаран!» Русские ожидают новое немецкое вторжение? Нужно будет учитывать это при дальнейшей работе.

Утром, выйдя из номера, был схвачен одним из гангстеров. Он обращался ко мне «мой друг» и «брат», пытаясь навязаться в родичи, а еще так и норовил затащить куда-то. Едва отбился.

Вышел на улицу, маскируясь под русского, но был разоблачен первой же встречной старушкой. При виде меня она остановилась и громко… нет, ОЧЕНЬ ГРОМКО завопила: «Американец! Шпион!»

Перебежал на другую сторону улицы и остановился перед стеклянной витриной, чтобы разглядеть, что же могло меня изобличить. Странно, конспирация была качественной: и шапка-ушанка со звездой, и ватник, и валенки — все на месте. На всякий случай решил привлекать к себе поменьше внимания и передвигаться по-военному — рывками. Странно, внимания ко мне теперь еще больше, а какие-то мальчишки шли за мной полквартала и кричали что-то вроде: «Америка не пройдет!» Неужели они ожидают еще и американского вторжения? Или — о страшная мысль! — готовят захват всего мира? Надо учесть это в наших планах.

# Три краски

Через некоторое время разобрался, что именно привлекает внимание окружающих. Надо взять на заметку всем нашим шпионам: в России шапки-ушанки, ватники и валенки теперь носят только шпионы!

«СЛУЖЕБНАЯ ЗАПИСКА

*В отдел подготовки шпионского обмундирования.*

*Прошу рассмотреть возможность прекращения выпуска шапок-ушанок, ватников и валенок! При невозможности остановки пошивочного конвейера предлагаю обратиться к нашим агентам в Париже и рассмотреть возможность внедрения в России моды на эти вещи через них — русские, кажется, подвержены влиянию моды».*

За всеми этими приключениями я все же сумел уделить внимание своей основной миссии. За сутки, проведенные в российской столице, успел сделать многое. Во-первых, установил точное количество перехваченных красок — ровно шестьсот десять. Вскрыл — вакцины не обнаружил. Товар уничтожил. Еще девяносто пять обнаружил в одном из супермаркетов. Выкупил — вакцины нет. Осталось пять штук. Две упаковки ушли в неизвестном направлении, но я сегодня же попробую отследить их по штрих-коду. Хорошо бы, если бы покупатели пользовались карточками при их покупке — так было бы проще узнать владельца. Но в России карточки не так распространены, как у нас. Все же дикая страна! С тремя остальными красками проще. Они попали в одну телевизионную компанию в качестве подарков к Новому году. Я узнавал, подарки уже вручены. Значит, краски обрели своего владельца. Отыскать всех сотрудников сейчас уже сложно — русские люди встречают новогодние праздники. Я уже слышал, что это СТРАШНО. Пока займусь другим вопросом. Найду одного из работников фирмы, кто мог бы наблюдать за своими и стать моим агентом. Если кто-нибудь воспользуется краской с вакциной, его поведение изменится в ту или иную сторону, причем, судя по всему, изменения произойдут глобальные, бросающиеся в глаза. Главное, чтобы краски действительно были здесь. Хотя даже если те две — именно то, что я ищу, третья непременно окажется в этой фирме. На этом запись заканчиваю и выбираюсь из туалета, где, для конспирации, писал этот доклад, игнорируя чьи-то вопли и крики за дверью. Возможно, придется прорываться с боем.

Если не вернусь, считайте меня американским шпионом, кем я на самом деле и являюсь. Но пасаран!

*Говард Мортон.*

\* \* \*

Она снова в стране разноцветных жирафов. И снова без камеры. Она заблудилась — оказывается, этот мир всего лишь остров. Лара шла и шла, и ноги уже стали болеть. Жирафы следовали за ней стадом, и вдруг она впервые задумалась: почему так долго их боялась? Ведь они совсем ручные. Наконец, ей надоело скитаться. «Куда я иду и зачем? Надо научиться общаться с ними, а еще можно сделать так, чтобы эти жирафы везли меня на себе!» — осенило Лару. Она поманила одного из жирафов. Он был вовсе не цветной, а угольно-черный. Чернее южной ночи и даже чернее купленного недавно китайского косметического карандаша.

— Иди сюда! Ути-ути-ути, — как-то по-дурацки подозвала Лара животное.

Оно послушно сделало несколько шагов навстречу.

— Странно, почему ты черный? — спросила девушка и ту же задала новый вопрос: — Ты меня покатаешь?

Жираф кивнул, ну совсем как человек, и послушно лег на землю.

«Он слушается!» — обрадовалась Лара и… проснулась.

В комнате было тихо. Девушка лежала на диване, укрытая пледом. Странно, когда это она уснула? Лара попыталась вспомнить, что произошло, но не могла этого сделать. Мысли путались. Кажется, она была на кухне. Потом пришла Варя. Фотографии… Лариса захотела покраситься. Варя ее красила, а потом… ничего, словно рубильник выключили! А где же Варя? Лара вскочила с кровати… Все. Труба! Все-таки обокрала и ушла! Может, что-то подсыпала в кофе или в яичницу! Блин, все-таки столько хлопот с этой соседкой! Впустила сдуру, а теперь дергаться!

Лара выбежала на кухню… Да нет, тут Варя — стоит у плиты, варит борщ.

— Ты уже проснулась? — спросила соседка, встревоженно оглядываясь. — Я испугалась. Ты странно себя вела!

— Странно? — теперь испугалась Лара.

— Да. Пока я тебя красила, ты уснула. Я тебя еле перетащила. Еще с сонной краску смывала. Я же тебе говорила, что туда кладут не пойми чего — всякую химию. Не стоило тебе краситься.

Лара во все глаза вытаращилась на соседку. Как, так прямо сразу и уснула? Странно все это.

— Как ты себя чувствуешь? — Варя озабоченно посмотрела на Ларису. — Может, врача вызвать?

— Нет, не надо врача! — Лара зевнула, потянулась и улыбнулась: — Все хорошо!

Она действительно чувствовала себя как-то необыкновенно бодро.

— Ну и отлично! — Варя обрадовалась. — Давай поедим, а то ведь уже вечер! — Она поставила на стол тарелки. — Славный борщ — густой, наваристый, с сальцем! Как мама учила!

Выглядел борщ действительно аппетитно и был таким густым, что даже ложка стояла. А аромат какой! Лара вдруг почувствовала зверский голод.

— Погоди, что правда уже вечер? — спросила она, садясь за стол, где шустрая Варя раскладывала толсто нарезанный хлеб и едва ли не такие же по толщине ломти сала (видимо, в борщ не поместились). — Это я что, весь день продрыхла?

— Ага, весь день, — засмеялась соседка.

— Подожди, а что же покраска. Получилось? — До Лары доходило, как до жирафа.

Бросив ложку, она подскочила к зеркалу и обмерла: на нее смотрела совсем другая девушка — яркая шатенка с красивыми серыми глазами. Как странно, изменился не только цвет волос, изменились черты лица. Она стала красивее, а еще — интеллигентнее. Глаза, казалось, излучали ум и колоссальную энергию. Казалось, такая девушка может перевернуть целый мир!

— Обалдеть! Вот это эффект... — прошептала Лара.

— А по мне, так и раньше хорошо было, — отозвалась из-за стола Варя.

Лара вернулась на кухню, взяла в руки конверт с фотографиями, который по-прежнему лежал на столе, достала снимки.

— Нет, совсем не то, — сказала она, пытливо вглядываясь в себя прежнюю. В конце концов Лариса закинула конверт на холодильник и села за стол, к ароматному борщецу. Все-таки какая же Варя молодец! А она еще совсем недавно подумала про нее, что та воровка. Нехорошо! Надо выбросить эти мысли из головы — пусть девчонка живет пока у нее, не мешает.

Глядя, с каким аппетитом соседка наворачивает борщ с салом, Лариса потянулась к своему бутерброду. Черт уж с ним, можно поесть и сала. Фигура — это не главное! Главное — целеустремленность и внутренняя сила. Лариса почувствовала, что может свернуть горы. Вот только немножечко подкрепится...

— Что будем делать? — спросила она Варю, когда тарелка опустела, да и на столе остались одни крошки.

— В смысле? — удивилась девушка. — Когда?

— Как когда? Сегодня вечером, ночью. Дома, что ли, сидеть?!

Сидеть в четырех стенах казалось Ларисе невозможным. Энергия бурлила в ней, щекотала изнутри, словно пузырьки шампанского. Если Лара не найдет ей выход, то просто-напросто взорвется!

— Можно и дома остаться, — равнодушно пожала плечами Варя. — Телевизор можем посмотреть. По программе фильм неплохой обещали.

— Нет, фильм — пустое баловство! — покачала головой Лара. — Пойдем лучше погуляем по городу! Я тебе Москву покажу, я ведь и сама ее еще не видела… А это… это город больших возможностей, Варь, и мы ни за что не должны их упустить!

Пока Варя, чувствуя всю важность момента, выбирала из своих провинциальных одежд что-то более-менее пристойное, Лариса залезла в Интернет, чтобы подготовиться к предстоящей экскурсии, и бегло пробежала глазами один из исторических сайтов.

— Кремль — сердце Москвы, — рассказывала она новообретенной подруге, когда девушки вышли на Охотном Ряду и направились к знаменитому сооружению. — Вот Спасская башня. Она была построена в 1491 году, в период княжения Ивана III. Царь пригласил итальянского архитектора Пьетро Антонио Солари. Кстати, на башне есть белокаменные плиты, на которых и выбита надпись, повествующая об этом. Изначально башня была гораздо ниже, но затем ее достроили английский архитектор Христофор Галовей и русский мастер Бажен Огурцов. К сожалению, созданные ими обнаженные статуи-«болваны» не сохранились до наших дней. Забавный факт: при царе Михаиле Федоровиче наготу этих провокационных фигур целомудренно прикрывали специально сшитой для этих целей одеждой…

— Лара, ты так много знаешь! — вздохнула Варя со смесью зависти и восхищения, разглядывая гордый силуэт знаменитой башни с курантами. — Я не представляла, что ты увлекаешься историей Москвы!

— Я и не увлекаюсь, — Лариса пожала плечами, поеживаясь на ветру, который на площади оказался достаточно сильным. — Просто почитала кое-что перед сегодняшней прогулкой.

— И все запомнила? — Темные глаза новоявленной подруги расширились. — Ты же рассказывала так хорошо и так подробно, я бы ни за что столько не запомнила!

— Ерунда, — отмахнулась Лара. — Я тебе еще не то могу рассказать! И про Успенский собор, и про Архангельский...

— Наверное, у тебя феноменальная память, — вздохнула Варя.

Некоторое время девушки ходили по площади и по Александровскому саду, пугая молодежь, не боящуюся зимней стужи и стойко пьющую пиво на скамейках, пространными лекциями, полными имен и дат. Лариса чувствовала, что находится в ударе. Оказывается, она знает очень много, гораздо, гораздо больше, чем подозревала сама.

Наконец, Варя, не выдержав испытания историей, взмолилась о пощаде.

— Ладно, — смилостивилась Лара, уже изрядно замерзшая к этому времени, — пойдем поищем, где здесь можно погреться.

Они прошлись по улице, но все кафе казались слишком пафосными и, следовательно, дорогими. Было очевидно, что достаточных денег у гастарбайтерши с Украины днем с огнем не найти, да и сама Лариса не то чтобы обладала рублем неразменным.

— О, вроде приличное заведение, — обратила она внимание на очередную дверь.

Варя покачала головой.

— Смотри, — она ткнула пальцем в табличку, — здесь играют в шахматы. Представляешь, какая скукота!

— Шахматы?.. — Лара задумалась. — А знаешь, они как-то прошли мимо меня. Любопытно посмотреть. Пойдем! — и она решительно рванула на себя дверь. — Не дрейфь!

Подруге оставалось только тяжело вздохнуть и последовать за ней в неказистое помещение, полное сизого сигаретного дыма.

Там действительно играли в шахматы. Правда, посетителей было немного. За доской сидели двое серьезных мужиков, а еще несколько любопытствующих столпилось вокруг соперников.

Партия была в самом разгаре, и на вошедших девушек особого внимания не обратили.

Сорок минут спустя шахматисты, успев вспотеть и, судя по их виду, перенести самые ужасающие муки, пожали друг другу руки, согласившись на ничью.

И тут...

— Кто-нибудь хочет составить мне партию? — спросила Лариса, с некоторым удивлением слушая свой собственный голос.

— Девушка, — один из шахматистов посмотрел на нее по-отечески снисходительно, — поищите себе развлечения в другом месте. Здесь играют профессионалы.

Но Лару словно кто в бок пихал.

— Ах так?! — ухмыльнулась она. — Значит, никто не верит в собственные силы? Ставлю пятитысячную, что смогу обыграть любого из вас!

Варя ахнула и дернула подругу за куртку.

— Ты что забыла, что не умеешь играть?! — прошептала она довольно громко.

Гроссмейстеры переглянулись.

— А что, почему бы и не развлечься, — сказал второй из них, с лысым, похожим на яйцо, черепом. — Если уж девушка хочет. Кто-нибудь поставит на меня?

Тут же был организован своеобразный тотализатор. На Ларису поставила только Варя. Вздохнув, она вытащила из сумочки бережно завернутую в бумагу тысячу и, кинув на подругу еще один полный укоризны взгляд, отдала деньги.

Мужики расхохотались.

— И как же ты выкручиваться будешь? — снова зашептала Варя.

— А никак! Игра-то легкая, я уже все поняла, пока смотрела, — заверила Лариса.

Ей, как гостье, были предоставлены белые.

Сначала партия не задалась. Лариса быстро потеряла двух пешек, коня и ладью, но потом положение невероятным образом переменилось. Лысый, уже не позволяющий себе шуток и словно съежившийся, казался белее беленой стены.

— Шах и мат! — объявила Лара.

Прошло едва ли пятнадцать минут с момента начала поединка.

— Невероятно! — выдохнули зрители. Наблюдая за потрясающим зрелищем, они даже позабыли курить, и дым в зале значительно развеялся, позволяя, наконец, разглядеть и трещины на штукатурке, и потертость лака на столах, до того удачно закамуфлированные дымной завесой.

— Ваша фамилия не Мечник? — выдохнул лысый.

— Как? — Лара нахмурилась.

— Первая в истории чемпионка мира по шахматам, — пояснил кто-то из посетителей. — Хотя, если она — это вы, все байки о ходячих покойниках обретут под собой почву.

— Может, она Косинцева или Гудина? — послышался другой голос. — Помню, они в ноябре женский чемпионат мира по шахматам выиграли.

— Это Лариса Матюшина, — послышался за спиной голос, от которого Лара вздрогнула. — Моя сотрудница.

У стола, незамеченный ею раньше, стоял директор телекомпании — Василий Андреевич.

— Не знал, что вы увлекаетесь шахматами, — продолжил он, буравя Лару внимательными глазками.

— Я тоже не знала. До сегодняшнего дня, — девушка улыбнулась.

— Лар, пойдем, а?! — В голосе Вари звучала такая отчаянная мольба, что растаяло бы даже ледяное сердце Кая, заколдованного Снежной королевой. — Уже поздно!

— Идите! — Директор скользнул по украинке взглядом и снова впился глазами в Лару: — Мы с вами потом еще поговорим. Признаюсь, удивлен...

— Обязательно, Василий Андреевич! — Лариса с удивлением поняла, что вообще перестала его бояться, и, ослепительно улыбнувшись на прощанье, ушла.

Она чувствовала себя так, словно действительно выиграла какой-нибудь чемпионат мира.

Однако, когда девушки доехали до дома (выигранных денег хватило и на такси, и еще осталось), около подъезда обнаружилась одинокая фигура.

Пашка!

— Не ожидала. Ты что тут делаешь? — спросила Лара машинально.

— Просто зашел… Погулять думал… — замялся он.

— Гулять? — сказала она и раздраженно повела плечами: — Ты что, считаешь, мне больше делать нечего? Думаешь, тебя здесь ждали?!

— Уже вижу… — Он смотрел на нее грустным взглядом побитой собаки или несчастного котеночка, затисканного жадными руками любительниц маленьких пушистых котят.

Варя мялась на первых ступенях открытого подъезда и как-то испуганно поглядывала на Лару. Сама Лариса готова была разреветься — почему-то появление Павла очень уж выбивало ее из колеи.

— Ладно! Спокойной ночи! Хороших сновидений! — сказал Паша и пошел прочь от подъезда.

Сжав ладони до того, что ногти впились в кожу, Лара пошла в подъезд догонять Варю. Вечерок получился — атас! И что она сорвалась?! Непонятно. Впрочем, может, и к лучшему — не надо думать, что с ними со всеми делать. Можно, конечно, ему позвонить, объяснить, извиниться! Можно все вернуть! Но надо? И почему, в конце концов, она должна отчитываться? «Не хочу! Ничего не хочу! — решила про себя Лара. — Мне нужен только Кирилл, при чем тут Пашка?! У меня огромные возможности! Сегодня я поняла это особенно четко. Я смогу достичь всего, чего только захочу. Мир управляем. Надо только найти нужные рычаги!»

Рано утром Лара позвонила маме.

— Мама, не спишь? — прошептала она в трубку. — Слушай, ну ты права, я не поеду! Тут дел полно! Да, праздники проведу хорошо! Ну давай, пока. Целую! И тебя с наступающими!

* * *

Вот и сбылось предсказание цыганки.

Женщина, которая поможет ему выкарабкаться, наконец, обрела имя. Честно признаться, это имя оказалось для него неожиданностью. Лариса Матюшина — это вам, мягко говоря, не Софи Лорен! Он даже удивился — почему именно она, незаметная серая мышка.

Однако с судьбой не поспоришь. Судьба — дама капризная. Раз дает — нужно брать. С другой стороны, даже лучше, что это мышка. Она мышка, он — кот. Подходящая пара, не правда ли. Он готов поиграть, тем более что не сомневается, чем закончится эта игра, — такие игры заканчиваются всегда одинаково. Мышки, в конце концов, — естественная пища кота.

Америкос предложил неплохие условия, но чувствуется, что, если повести игру по своим правилам, можно выиграть гораздо больше. Можно косить пока под тупого чувака, купившегося на незамысловатые баечки американца. Что он там говорил? Что-то про секретные разработки из области колористики. Врет ведь гадина звезднополосатая! Врет и не краснеет! Чувствуется за этим делом гораздо больший масштаб.

Вот и прекрасно. Пока он будет делать так, как велит америкашка, а сам тем временем соберет улики и подумает, как лучше с ними поступить. Глядишь, еще охотники на покупку найдутся — можно будет поторговаться…

Забавно, что именно она, именно эта девчонка, и станет его счастливым билетом, пропуском в золотую страну. Главное — не упустить свой шанс! И он не упустит, это точно! Тот, кто считает его робким тихоней, никогда еще не чувствовал смертельную хватку его зубов у себя на шее.

# Три краски

## *ИЗ ЗАПИСЕЙ АГЕНТА МОРТОНА*

Сегодня тридцатое декабря. У русских — канун Нового года, ... (нецензурная лексика). Странный народ. Считает себя верующим, но с истинным наслаждением готовится к языческому празднику. И мало того, что готовится, — празднует! Заранее... (нецензурная лексика). Впрочем, по порядку.

Проблема в том, что этот глупый праздник мешает моему делу. Я все пытаюсь найти две упаковки краски, которые прошли мимо меня. С телевизионной компанией все хорошо. Я уже отыскал нужного мне человека. Мужчина. Он обещал последить за предполагаемым объектом. Я наплел ему, что он участвует в секретных научных разработках, касающихся колористики. Парень был доволен заданием. Русский тупица, но тем лучше для меня!

А потом я пошел в магазин, в котором, по моим сведениям, должен находиться флакончик с краской — один из двух пропавших. Осмотрел витрины, но не нашел эту краску. Магазин тоже оказался пуст. Удивительно, но ни одного продавца или даже уборщика! Мне нужно было узнать, проходила ли нужная упаковка по штрих-коду, и я стал искать директора.

Зашел в подсобку. Там-то и обнаружился пропавший коллектив. Они праздновали Новый год ... (нецензурная лексика). Я такое увидел впервые. Сперва подумал, что наткнулся на посиделки грузчиков. Но когда спросил, как найти директора, мне показали на одного небритого мужчину. Я был поражен. Подойдя к этому самому директору, стал расспрашивать его про краску, но он предложил мне сесть к ним за стол, чтобы нормально «побазарить» о проблеме. Слово «побазарить» меня несколько насторожило. «Базар, — вспомнил я, — место, где торгуют и торгуются. Неужели он хочет от меня денег за сведения о краске?» Конечно, свободные деньги на подкуп у меня имелись, однако беспокоило то, что этот небритый мужик сразу же понял, что дело важное и денежное. Неужели у нас есть конкуренты и краски ищет кто-то еще?

— Ол райт, я готов побазарить! — ответил я тем временем, не подавая виду, что обеспокоен, и, подчиняясь приглашающему жесту, опустился на подвинутый для меня стул.

И что же? Они тут же налили мне что-то в стакан. Когда я спросил, что это, они ответили странным словом, которое я не знал: «Штрафная!»

Я не мог отказаться. Для успешной торговли необходимо установить доверительные отношения, не стоит обижать нужного тебе человека. А еще, признаюсь честно, мне стало интересно узнать, что это за напиток — «штрафная», и потому я выпил. Ужасный горький напиток! И крепкий. Как кувалдой бьет сразу и по желудку, и по голове.

Потом была еще одна «штрафная». И еще. В общем, остаток вечера выпал у меня из памяти. Сегодня утром я проснулся уже в отеле. Кажется, я научился русскому мату — эти слова вылетают у меня непроизвольно всякий раз, когда я вспоминаю о том, что у русских — канун Нового года… (нецензурное словосочетание)! Сведения я так и не добыл. Видимо, базар не состоялся. Или состоялся, но я об этом не помню и потому сейчас, еле встав на ноги, снова пойду на разведку в магазин.

# Три краски

Примечание для молодых шпионов: избегайте напитка под названием «штрафная». После его употребления можно продать родину, затем забыть об этом и продать ее второй раз. Но наутро вы ни за что не вспомните, куда дели деньги.

*Говард Мортон.*

* * *

Она всегда любила Новый год — это особое ощущение праздника и ожидание чуда, которое почему-то непременно должно с ней случиться. Каждый Новый год Лариса с особым волнением наряжала елку, вешала старые, еще бабушкины, игрушки, привезенные из дома в ящике под несколькими слоями ваты, и непременно загадывала желание, глотнув холодного шампанского под торжественный бой курантов.

Однако в этот раз настроение было совершенно иным. Вспоминая о прежней сентиментальности, Лара хихикала и, вытащив из ящика облупившиеся игрушки, тут же убрала их обратно, бросив презрительно: «Старье!»

— А мне нравится, — попробовала возразить Варя. — В старых игрушках есть что-то наивное и вместе с тем волшебное! Вот посмотри, этот домик — точь-в-точь сказочная избушка… А щенок! Какой он хорошенький и смешной! А снегурочка?..

— Совершенно дурацкий домик, — отрезала Лара, убирая коробку подальше на антресоль. — У собачки ухо отбито, ты видела? А снегурка и вовсе позор — вся потертая. Хлам, один хлам, и, по-хорошему, место ему на помойке! Кстати, зачем вообще наряжать елку? Пойдем лучше на Красную площадь! Там будет своя, уже наряженная. И толпа, веселье… Нечего дома киснуть!

Варя вздохнула, но согласилось. Было заметно, что она не хочет обижать подругу отказом.

Новый год Лариса встретила вместе с Варей на Красной площади. Там, в самом сердце города, Лара чувствовала себя на своем месте. Суета была ей приятна.

— За исполнение мечтаний? — спросила Варя, поднимая бокал с шампанским, когда куранты стали бить полночь.

— За исполнение планов! — категорично поправила Лариса.

Ее больше не интересовали глупые мечтания. Нужно не мечтать, а действовать! День за днем она все яснее представляла, что именно нужно делать. Остались пустяки — дождаться окончания отдыха и взяться за свой гениальный план.

Зимние каникулы покатились, словно снежный ком с горы, — чем дальше, тем быстрее. Лара часами просиживала в Интернете — играла онлайн в шахматы и уже получила груду комплиментов, несколько приглашений на турнир и даже одно заочное предложение руки и шахмат — от одного обыгранного ею именитого гроссмейстера. Между делом она обошла все магазины, какие только знала. Девушка наметила четкую линию своего нового гардероба: никаких серых, коричневых и вялых тонов. Никакого мягкого, пусть даже приятного на ощупь, трикотажа, никаких кроссовок и всего того, что удобно. Долой пуховики, дутые куртки, свободные джинсы! Она будет делать карьеру, но сейчас надо вести себя так, словно она ее уже сделала, эту карьеру!

Стоя перед зеркалом, Лара изучала себя. Она надевала то, что купила: красно-черный элегантный костюм, туфли на высоченных каблуках, зимнее длинное пальто с роскошным мехом, платье с глубоким декольте, вскидывала волосы, улыбалась, говорила сама себе комплименты и не могла удержать улыбки — как ни посмотри, выглядит она потрясающе. Иногда Лара кидала сочувствующие взгляды на Варю: та нашла работу в ближайшем от дома центре сотовой связи и теперь усиленно готовилась к первому рабочему дню — ходила в серой пижаме с голубыми мишками и читала книги о телефонах. Скукотища! И как люди так неинтересно растрачивают свою жизнь?

— Ты знаешь, я уже все продумала, — сказала ей Лара. — Я знаю, как заполучить должность и сделать подлость Алинке. И все за один ход! Раз — и мат! Какая же я раньше была дурочка! — Она улыбнулась, не отводя взгляда от зеркала.

— Разве так можно? — удивилась Варя. — И как это?

— Ну, слушай! — Лара оживилась и принялась рассказывать.


Через несколько дней она привела план в исполнение.

Заходя в офис, Лара чувствовала себя героиней боевика, где она — супервумен. Этот костюм, который, как никогда, подчеркивал ее фигуру, эти волосы — Лара промучилась целый час, чтобы они лежали безупречно, этот броский макияж — все придавало ей уверенности. Она с удовлетворением заметила удивленный взгляд Тани на проходной.

— Классно выглядишь! — бросила та ей вдогонку, когда Лара уже шагнула на вторую ступеньку. Лариса не удержалась от того, чтобы съязвить:

— Ну вот, а говорили, что меня ничем не украсишь!

На втором этаже было еще пустынно — рабочий день едва начался. Лариса миновала длинный коридор, свернула в журналистскую, потом передумала, прошла еще немного, тронула ручку двери кабинета директора. Никого нет. Ладно! Тогда позже. На обратном пути она заглянула к монтажерам: Кирилл и еще двое парней стояли посреди комнаты, разговаривая о чем-то.

— Привет, мальчики! — весело воскликнула Лара и, заметив, как остолбенели они от изумления, закрыла дверь.

В журналистской работа только начиналась. Светка сидела на форумах, Анька включала компьютер, еще несколько человек уткнулось в монитор. Алина еще не пришла.

— Ну ни фига себе! Ну-ка повернись! — завопила Анька, едва увидев Лару. Та без особой радости повертелась — становиться куклой для отдела она не собиралась. — Круто! Выглядишь обалденно!

— И приоделась, смотрю! — хмыкнула Светка, подняв на мгновение взгляд от монитора.

— Теперь так буду выглядеть всегда! — гордо произнесла Лара фразу из любимого фильма и демонстративно села на Алинино место: — Я так понимаю, раз моей напарницы нет, то здесь пока сижу я!

Теперь удивленных взглядов стало гораздо больше.

— Ну, раз понимаешь... — протянула Машка и недоуменно кашлянула.

Лара включила компьютер, удовлетворенно осмотрелась: да, надо было сразу себя так вести. Как себя поставишь в коллективе, так тебя и будут воспринимать.

— Может, чаю попьем? — полушепотом спросила Анька, взглядом призывая подругу выйти из кабинета.

Лариса мотнула головой.

— Нет, мне сейчас некогда! Но если мне нальешь кофе, буду благодарна.

Аня в задумчивости заходила взад-вперед, затем, решившись, все-таки направилась к кухне, но через минуту вернулась, с удивлением воскликнув:

— Я не перепутала: тебе кофе? Ты же его не пила?

— Я же сказала: кофе. Тебе теперь все повторять дважды? — ответила Лара надменно.

Она просидела, читая новости, около получаса. За это время Алина так и не появилась. Впрочем, не очень-то и нужно было. Лара вслушивалась в шаги в коридоре, ожидая, когда придет директор, и, как только его спина промелькнула, тихонько встала из-за стола, посмотрелась в зеркало и направилась следом. Все, готовность — боевая! Пора за дело!

Она постучалась в кабинет.

— Заходите! — отозвался Василий Андреевич.

Лара толкнула дверь. Директор — еще до сих пор в куртке и шапке (не успел раздеться) — с удивлением посмотрел на нее:

— Лариса? Ах да, мы же договаривались побеседовать о шахматах. Честно говоря, приятно удивлен…

Он замолчал, потому что Лара без приглашения опустилась в кресло и, закинув ногу на ногу, покачивала изящной туфелькой едва ли не у его носа.

Удивленный ее поведением, директор сел напротив, так и не сняв куртки. Лара про себя усмехнулась — а ведь правду весь офис трубит, что он слабохарактерный и во всем слушается двух женщин — Алину и свою супругу.

— Что-то случилось? — Василий Андреевич всем видом показал, что готов ее выслушать.

— Да! Когда я устраивалась, вы обещали, что я немного поработаю помощницей и стану…

В глазах директора промелькнула жалость. Ларе сделалось неприятно.

— Лариса, я все понял. Шахматы шахматами, а для того, чтобы самостоятельно делать сюжеты, необходим опыт и особенные способности… Понимаете, не готовы вы еще! Я разговаривал с Алиной…

— С Алиной? — Лара перебила директора. — И она вам сказала, что я не готова? Она говорила что-нибудь о проекте?

— О каком проекте? — На лице Василия Андреевича возникло удивление.

— О моем проекте — рубрике «До чего руки не доходят»? У меня есть список тем для нее — на ближайшие три месяца. Это в случае, если рубрика будет ежедневная. Я потяну — я это знаю, я чувствую. Темы мне интересны — они касаются нашего города! Ну а если не получится, вы всегда сможете просто зарубить и не выпустить программу…

Лара немного помолчала и продолжила говорить о рубрике, уже подробнее расшифровывая все нюансы этой идеи — идеи, которая, конечно же, Алине не была известна. Лара все придумала только в новогодние праздники и сразу поняла: это шанс получить должность. Василия Андреевича, похоже, предложение заинтересовало — он внимательно выслушал девушку, немного поморщился, затем проговорил:

— Я понял, Лариса. Подумать надо. Но мне нравится! Ты молодец! Странно, что Алина мне не рассказывала ничего о твоем проекте. Надо с ней посоветоваться...

— С Алиной? — Лара издала короткий пренебрежительный смешок.

— Да, с ней! — Василий Андреевич снова посмотрел на девушку с недоумением: — А что?

— Ничего! Просто она всем твердит, что вы без нее шагу ступить не можете, — Лара пожала плечами. — Вообще считает себя серым кардиналом. Разве вы не замечаете? Честно сказать, Василий Андреевич, у нас с ней не очень хорошие отношения. Боюсь, она не столько заботится о рейтинге телеканала, сколько беспокоится о том, чтобы у нее не оказалось ни единой конкурентки. Именно поэтому она целенаправленно порочила меня в ваших глаза и отвергала самые выгодные для канала предложения... Впрочем, судить и решать вам! Если вам не подойду, я найду себе место! Мне говорили, на одном из центральных каналов требуется репортер...

— Понятно! — директор перебил ее. — Хорошо! Давайте попробуем!.. М-м... Алина действительно считает, что я ничего без нее не решаю? Вы точно это слышали?

— Как вас сейчас! — удовлетворенно кивнула Лара.

Она вышла из кабинета и наткнулась на Кобру.

Та стояла перед директорской дверью с какой-то толстой папкой в руках и весьма удивилась при виде подчиненной.

— Что ты там делала? — прошипела Алина.

— Тебя обсуждала! — пожала плечами Лара. — Ты же меня обсуждаешь, почему я не могу?

Кажется, даже у Алины не хватило слов. По крайней мере, она ничего не сказала, только удивленно вылупилась вслед уходящей Ларе. Нет, Лара этого не видела, но почувствовала каждым сантиметром своего тела ненависть, исходящую из этого взгляда. Ей хотелось закричать на весь офис: «Есть! Я ее сделала!»

И вместе с тем, словно раздвоившись, она удивилась: «Я ли это сделала? Разве я способна на подобное?»

Лара не дошла до журналистской, потому что ее перехватила встревоженная Анька.

— Что происходит? — оттащив подругу на кухню, спросила она. — Все только и говорят, что ты изменилась! Зачем ты к директору ходила?

— По делу. Выбивала новую должность! Я теперь репортер! — не пряча гордый блеск в глазах, ответила Лара.

— Да? — Аня нахмурилась. — Тогда поздравляю! Как это вышло? Что ты сделала?

— Ничего особенного. — Лара поспешила перевести разговор на другую тему: — А у тебя что? Как дела?

— Нормально, — растерянно отвечала подруга. Похоже, мыслями она витала где-то далеко. — Общалась по Интернету с одним парнем, с Васей. Ты знаешь, мы прямо сдружились. Жду не дождусь вечера, чтобы снова на связь выйти. А ты? Представь, мне звонил Пашка, только о тебе и говорил. Все расспрашивал. Кажется, его интересовали любые связанные с тобой мелочи! В общем, он всерьез на тебя запал. Скажи, между вами что-то было? Не бойся, я не обижусь — мне сразу было понятно, что мы с ним из разных романов.

Лариса поджала губы. Ей хотелось скорее приступить к работе над рубрикой, да и обсуждать свою личную жизнь абы с кем она вовсе не собиралась. А потому демонстративно посмотрела на часы — теперь они стали ее постоянным атрибутом.

— Мне кажется, идет рабочее время. Не знаю, как тебе, мне его оплачивают, к тому же у меня действительно масса дел, — сухо произнесла она.

Аня удивленно уставилась на подругу, словно надеясь, что та сейчас рассмеется и скажет: «Шутка!»

Но Лара выглядела на редкость серьезно, и Анька, пожав плечами, направилась в журналистскую.

Лариса тоже пошла на рабочее место. Но приступить к работе не успела. Дверь в комнату распахнулась, и на них, как черт из ящика, выскочила Алина. Она напоминала модницу, спешившую на распродажу, но обнаружившую, что вместо престижных марок на прилавки выложили китайский ширпотреб. Ее всегда идеальная прическа растрепалась, глаза сверкали такой жаждой крови, точно начальница была изголодавшимся вампиром, того и гляди, укусит.

— Что ты про меня напела директору? — прошипела Алина, приняв боевую стойку атакующей кобры. Впрочем, возможно, это была стойка стремительного тушканчика, готовящегося к прыжку на фоне заката, — Лара боевыми искусствами никогда не увлекалась.

— Мы немного поговорили, — ответила девушка невозмутимо. — На дружеские темы. Например, о том, как ты пренебрегаешь интересами компании ради своих собственных и задвигаешь перспективных сотрудников во избежание конкуренции!

Все находящиеся в журналистской люди замерли, наблюдая за Ларой и ее достославной начальницей.

— Да ты... ты... — побледнев, захлебываясь ядом, проговорила Алина, — ты сучка еще та, оказывается!

— У тебя учусь! — Лара за словом в карман не лезла.

Начальница смерила ее взглядом. В каждом из ее зрачков Лариса прекрасно видела оптический прицел, но не боялась — ей уже надоело бояться. Она сама теперь может напугать кого угодно!

— Понятно! В общем, вот твой стол, — Кобра показала Ларе на свое рабочее место. — Вот компьютер. — Она принялась судорожно собирать папки и документы. Часть бумаг рассыпалась из дрожащих Алининых рук. — Занимай все, командуй, веди рубрику! Ты, оказывается, полна перспективными идеями! С повышением тебя, зам зама главного редактора. Я беру отпуск за свой счет!

Лара поняла, что победила. Было мгновение, когда ей даже захотелось сказать «спасибо», но девушка вовремя одумалась. Она перевела взгляд на девчонок — те молчали. Анька смотрела на нее, на Лару, так, словно впервые видела. Стало неприятно — ведь они полгода дружили... Тем временем Алина подхватила сумку, сунула туда телефон.

— Ладно, девочки, не скучайте! — обратилась она к коллективу, повернувшись к Ларе спиной.

Странно, Лариса почувствовала себя свиньей — ни удовлетворения, ни радости не было. Душу терзали сомнения — правильно ли она делает? Но ведь она мечтала об этом, целый год мечтала! Сколько слез выплакала. А Алинка упорно гнобила ее, не давая поднять голову.

Алина ушла. Светка, схватив сигареты, помчалась догонять подругу. В студии повисла тишина.

Лариса почувствовала, что оказалась в вакууме. Все отвернулись от нее, даже Анька уткнулась в монитор. Никакой поддержки?

— Так, ну что? Концерт окончен! Давайте работать! — сказала Лара куда-то в пустоту и присела за Алинкин стол. Теперь надо показать себя в работе, надо всех удивить и больше всего его, Кирилла.

С переменой должности изменилось все. Анька вмиг стала дальше — после того разговора она не подходила к Ларе вообще. Что это? Обиделась? Или держится на расстоянии от начальницы? Странно то, что с переменой в их отношениях Анька сблизилась с остальным коллективом. Лару словно отодвинули на другой план, переведя в статус «начальство». Парадокс, но и сама Лариса не могла ничего поделать, эту глухую стену между нею и подчиненными не пробить даже внутри себя. Порой она наблюдала за Анькой, за тем, как та убегает на съемки, как возвращается и, улыбаясь, переписывается с кем-то на сайте. Наверное, с тем парнем, Васей. Хотелось подойти, спросить ее, поговорить. Но Лара не могла себе это позволить. Спрашивать у Аньки — значит быть готовой рассказать о себе. А она не собиралась ничего рассказывать.

На работе дела шли великолепно. Ко всему прочему, у Ларисы обнаружилась незаурядная коммерческая хватка, приведшая в восторг (а потом — в трепет) весь маркетинговый отдел, а затем отдел бухгалтерии, где Лара с ходу, только кинув взгляд на готовящийся отчет, указала на одну грубую и несколько мелких ошибок.

— Я не знала, что у вас есть экономическое образование, — с уважением сказала главный бухгалтер, высокая сухая женщина в больших круглых очках модели «мечта летчика».

— У меня его нет, — отрезала Лара презрительно, — но с такой работой, как у вас, даже школьник справится.

Главный бухгалтер покраснела, затем побелела... Лариса не стала дожидаться, пока та сменит цвет на синий или зеленый, и отправилась по своим делам, предоставив женщине играть в хамелеона столько, сколько ее душе угодно.

Василий Андреевич был от Лары в полном восторге. Он буквально смотрел ей в рот и консультировался по всем вопросам — начиная от темы очередного репортажа и заканчивая тем, нужно ли ему завтра брать зонтик. И всякий раз Лара отвечала без ошибки.

Итак, с работой все, в общем, было прекрасно, зато с Кириллом — ситуация противоположная. Несмотря на все произошедшие с девушкой перемены, никаких шагов навстречу ей он не делал. Даже теперь, когда она самостоятельно вела съемки, сама сдавала материалы на монтаж и они стали общаться больше (Лара приложила все усилия, чтобы ее монтажером был только он). Но толку от этого мало. Кирилл упорно молчал, изредка только спрашивал, что она хотела бы поставить на этот звуковой ряд. Лара отвечала и все ждала чего-то. Иногда возникали мысли: а зачем вообще Кирилл нужен? Что она в нем нашла? Обычный пацан, худенький, маленький, тощий, тихий.

Но Кирилл смотрел на нее, и Лара понимала, просто нужен — и все! Не важно, что нашла — что-то нашла! Ее мучил вопрос: встречается ли Кирилл с Алинкой?

На новогодних праздниках между ними вспыхнула искра, а сейчас? Алины нет в студии, это хорошо. Ей, Ларе, от этого легче. Но что происходит, когда заканчивается рабочий день? Как Кирилл проводит вечера? Иногда ей казалось, что он смотрит на нее как-то странно, словно хочет что-то сказать. А иногда — словно изучает, будто она ему интересна. Если так, то почему никогда не предложит ей прогуляться, провести вечер вместе? Как бы она хотела услышать это предложение. Может, предложить самой? Но как? Тут надо мягкость проявить, гибкость. А Ларе, кроме рабочих обязанностей и приказов, ничего в голову не лезет. Она думала около недели и в конце концов решила: нужен предлог.

— Слушай, Кирилл, у меня к тебе просьба! Я тут домашнее видео перемонтировать хочу, но у меня не получается. Поможешь? — начала Лара издалека. Она озвучила свою просьбу во время монтажа одного из сюжетов и замерла, ожидая ответа. Насколько все же легче решать рабочие вопросы, разбираться со счетами или, как орешки, щелкать сложные шахматные партии!..

Кирилл в ответ промолчал. Лара ждала хотя бы какой-то реакции, но ее не последовало, и она вдруг почувствовала себя круглой дурой. Неужели она так отвратительна, что мужчина категорически не согласен даже смотреть на нее не по работе!

— Когда? — раздался его тихий голос, когда она потеряла уже всякую надежду.

— Не знаю. После работы можно. Или на выходных, как тебе удобнее... — Лара слышала, как бьется ее сердце. «*Скажи — на выходных! Пожалуйста, скажи — на выходных...*»

— После работы не могу. Занят. А на выходных... Давай ближе к делу решим. Напомни мне!

Она вышла из монтажной разочарованная. Черт! Ничего не выходит! Вечером он занят... Не Алиной ли? Лара почувствовала, как ее кольнула ревность. Чем это Алинка лучше ее, Лары? И кем вообще возомнил себя Кирилл, что так ей отвечает?

В последнее время отношение к Ларе изменилось: все прислушиваются к ее словам. Даже Вадик, который всегда нос задирал, сейчас с ней советуется и спрашивает, что и как снимать. А Кирилл... ни во что не ставит!

Планы по завоеванию студии исполнялись, Лариса многого добилась, но откуда такой горький осадок на душе — привкус металлического, ненастоящего счастья? Откуда это чувство одиночества? Никто ее не любит, никто не общается — просто так, не по работе. Только один человек ей всегда рад — Варя. Но что Варя может ей посоветовать, что подскажет — они ведь такие разные! Варя работает в салоне сотовой связи, для нее самое главное — отличить телефон от КПК, она никого не притесняет. Дружит со всем коллективом, веселится и радуется солнечному свету, любит вечерами посидеть с книжкой, помечтать о собственном доме, в то время как она, Лара, — заместитель главного редактора телекомпании, человек, крутящийся в сложном коллективе, вынужденный лавировать между начальством и подчиненными, думающий, как повысить рейтинг канала, и еще безумно влюбленная в мужчину, не отвечающего взаимностью...

\* \* \*

В окно заглядывала луна, а часы неопровержимо свидетельствовали, что уже давно перевалило за полночь. Но мужчина, сидевший за столом, и не собирался ложиться спать. Нет, причина была вовсе не в бессоннице. Напротив, он то и дело зевал, а то и вовсе норовил упасть головой на клавиатуру, но в последний момент вздрагивал, приходил в себя и снова, хмурясь, принимался строить планы, проклиная того негодяя, который впервые придумал, что все по-настоящему злодейские планы должны строиться под покровом ночи.

— Главное, чтобы она ни о чем не догадалась! — бормотал он, подкручивая воображаемые усы (судя по просмотренным сериалам, усы — один из главных признаков правильного негодяя). — Не вызывая подозрений, я подберусь к ней поближе, а потом... потом... — он резко рубанул ладонью воздух в районе собственной шеи, что не оставляло сомнений в плачевной участи, которая постигнет избранную жертву. — А потом я буду спать! — закончил он неожиданно и сладко улыбнулся этой обнадеживающей мысли.

Женщины всегда были полезны для него, но иногда иметь с ними дело оказывалось совсем непросто. Особенно с ней — с этой особенной...

### ИЗ ЗАПИСЕЙ АГЕНТА МОРТОНА

«Штрафная», «похмельная», «на посошок»... Как много удивительных названий у одного и того же напитка! Не могу написать, какое сегодня число, — я не знаю. Дни завертелись так, что голова кругом. Сначала был канун праздников. Я громко матерился и ругался, а еще, кажется, хотел узнать, куда делись последние две упаковки краски. Эту информацию мне нужно было выведать у директора магазина — Степаныча. После нашей первой встречи и знакомства со «штрафной» я снова пришел в магазин. Я был настроен серьезно — узнаю, где краски, и ухожу.

Степаныч снова сидел в подсобке.

— Привет, америкашка! — хрипло произнес он и налил в стакан бесцветную жидкость.

— Штрафная? — спросил я, с опасением глядя на стакан.

— Нет, — покачал головой Степаныч, — похмельная!

По запаху и внешнему виду жидкость в рюмке была такой же, как и штрафная. Меня одолело любопытство — сколько же разных напитков у этих русских, но я все-таки проявил твердость характера.

— Не буду! — упрямо произнес я и для убедительности помотал головой. Это и стало моей роковой ошибкой, потому что голова закружилась, и я моментально сполз под стол.

— Держи! — Степаныч вытащил меня из-под стола, хлопнул по плечу и добавил: — Легче станет! Голова пройдет!

Голова действительно гудела — даже после учений по силовой борьбе, что частенько бывали на курсах сверхсекретных агентов, моя голова так не раскалывалась от боли. Я еще раз понюхал бесцветную жидкость, потом посмотрел на Степаныча — он кивал и улыбался. Была не была, решил я и выпил.

На вкус похмельная оказалась точно такой же, как штрафная. Я спросил у Степаныча, почему эти одинаковые жидкости называются по-разному, но он только засмеялся. Впрочем, и действие похмельной оказалось совсем иным — головокружение прошло, на душе стало легче. Я сел за стол и принялся расспрашивать про краски, но Степаныч сказал, что для точности перевода надо выпить еще. Мы выпили еще и еще, но перевод все равно был неточным. В этот вечер я опять ничего не понял и снова добрался до гостиницы лишь чудом. Россия — страна чудес!

На следующее утро я лежал в отеле и с мучительным раскаянием вспоминал все предыдущие дни, сетовал на русских, построивших отель в сейсмически опасной зоне (даже лежа на кровати ясно ощущаешь: потряхивает!), и на собственную маму, родившую меня в этот ужасный и жестокий мир. Я уже подумал, что черт с ними, с этими двумя красками, но Степаныч вдруг нашел меня. Он принес холодного пива. Сказал, что похмельная слишком тяжела для меня и что я, слабый американка, должен пить напитки попроще. А еще он пригласил меня к себе домой. Сказал, что жена приготовит вкусный ужин и что не пристало мне скучать одному, когда в России все празднуют и веселятся... Кстати, о празднике: теперь я вижу, что русские — самая здоровая нация! Невозможно победить или уничтожить людей, которые способны без перерыва праздновать десять дней!

Но я отвлекся. Возвращаюсь к рассказу. Итак, директор пригласил меня к себе. Я сначала хотел отказаться, но потом решил: да ладно, встречусь!

Когда я пришел к нему домой, то обомлел от того, как все тесно — две маленькие комнатки, и даже ванна с туалетом находятся в одном помещении. Не ожидал, что директор магазина может так жить. Я уже пожалел, что поддался на уговоры, когда вдруг увидел краску — она стояла на туалетном столике. Я схватил ее, не веря своим глазам: штрих-код совпадал.

— Чья эта краска? — задыхаясь от волнения, спросил я, вбежав в комнату.

Ольга, жена Степаныча, засмеялась:

— Конечно, моя! Чья же еще?

— Можно? — Я вскрыл упаковку: тюбик был ровный, без подтеков, — вакцина попала не сюда. Осталось найти один неизвестный тюбик.

Дальше дни смешались, а вместе с ними штрафные, похмельные, посошки и прочее. На этом заканчиваю запись. Но пасаран!

*Говард Мортон.*

## Глава 5

### *МОСКВА*

Она уже думала, что Пашка навсегда пропал из ее жизни, но не тут-то было.

В тот вечер Лариса возвращалась домой окрыленная. Кирилл сам (!) вспомнил о ее просьбе по поводу монтажа и пригласил девушку обсудить с ним волнующие ее вопросы.

Лара была счастлива. Ей даже казалось, что она не идет по земле, а парит над ее поверхностью, и вдруг увидела у подъезда знакомую фигуру.

— Привет, Лара! Нам поговорить надо! — поздоровался с ней вышедший из сумрака Пашка.

Девушка улыбнулась: все же приятно, когда поклонники преследуют буквально по пятам. Однако не стоит слишком обнадеживать беднягу и показывать, что ей приятны его ухаживания, поэтому Лариса приняла самый что ни на есть серьезный вид и, заправив за ухо прядку волос, спросила:

— Поговорить?

— Да, это срочно! — не менее серьезно ответил он.

— Ну так говори!

Лариса уже ожидала, что вот сейчас он опустится на колени в снег и заговорит о своей любви, о том, что без Лары его жизнь пуста и бессмысленна, о том, что она — его путеводная звезда, его муза, его единственная любовь... Девушка даже встала поэффектнее и подняла глаза к подсвеченному фонарями небу, готовясь выслушать признание.

— Давно хотел спросить, что у тебя с волосами, — вдруг заговорил Пашка, и едва возникшая романтичная атмосфера лопнула с треском проколотого булавкой воздушного шарика.

— С волосами?! — с ужасом переспросила она. — А при чем здесь мои волосы?!

— Вот и я думаю, при чем... — Пашка, сдвинув шапку, почесал затылок. — Я фактически случайно узнал, что кто-то охотится за твоими волосами.

— За чем охотится? — переспросила ошарашенно Лариса.

— За волосами! — повторил Павел и хотел было сказать еще что-то, но тут во дворе появилась Варя.

— Привет! — поздоровалась она с Ларой, кинув любопытный взгляд на Павла и явно ожидая, что подруга представит своего знакомого.

— Это Пашка. Помнишь, мы с ним уже встречались? — сказала Лариса, смеясь. — Ты только представь, что он сейчас отчебучил! Он только что на полном серьезе заявил, что некто охотится... нет, только прикинь, за моими волосами! Представь себе, должно быть, это итальянская... нет, скорее американская мафия! Должно быть, послали специального агента!

И она снова заливисто расхохоталась.

— Ты смеешься? — задыхаясь от возмущения, проговорил Павел.

Лара продолжала хохотать. На глазах даже слезы выступили. Парадокс, но подружка совсем не поддерживала Ларису, а смотрела на Пашку так, словно увидела привидение.

— Ты бы мог придумать повод поинтереснее? — посмеивалась Лариса. — Скажешь тоже, охотники за скальпами снова на тропе войны! Готовая сенсация для нашего телеканала! Надо будет репортаж забабахать!

С минуту Павел постоял, глядя на нее, а затем, резко развернувшись, пошел прочь.

Обе девушки молча глядели ему в след.

### *ИЗ ЗАПИСЕЙ ГОВАРДА МОРТОНА*

Так долго пить — настоящая мука. Я рад, что остался жив после бесконечного русского праздника. Я порвал все отношения с новыми русскими друзьями и теперь снова в работе. Ни на кого надеяться нельзя, даже на меня. Снова берусь за дело. Но пасаран!.. Тьфу, то есть: «Это звездный наш флаг — реет он над землей, над свободной страной, надо мной, над тобой (и пусть никто не уйдет неовеянным!)...» Русские с их «штрафной» и «на посошок» не пройдут!..

\* \* \*

Лара стояла перед зеркалом и недовольно разглядывала собственное отражение. Красилась полтора месяца назад, а светлые корни уже полезли. Выглядело уродски!

— Ужасно! — сказала девушка вслух, зачесывая пряди то в одну сторону, то в другую. Как она не расчесывала, все равно было видно. — И с такими волосами я пойду на встречу с ним?

— Да нормально ты выглядишь! Секси! — улыбнулась проходящая мимо Варя. Она тащила утюг, чтобы выгладить одну из своих пуританских кофточек.

Глядя на нее, Лара часто удивлялась: ну какая из Вари гарная украинская дивчина?! И худая, и размер груди подкачал, а о характере и говорить нечего! Истинные хохлушки совсем иные: фигуристые, грудастые, громкоголосые, смешливые... Видно, и Варя у себя — паршивая овца.

— Да о чем ты говоришь, как же — секси! — вздохнула Лариса, вновь уставившись на отражение в зеркале. — Ты посмотри на мои волосы! И надо же, как не повезло! И именно сейчас, когда Кирилл согласился помочь мне с личным архивом! Я, может, этого целый год ждала и тут — здравствуйте, лахудра лахудрой! Словно из хутора только вчера!.. Ой! — девушка смутилась. — Я вовсе не хотела тебя обидеть...

— А я и не обижаюсь, — Валя широко улыбнулась. — Не переживай. Скажи лучше, куда вы идете?

— В кафе. — Лариса, чтобы не расстраиваться, отвернулась от зеркала и принялась следить, как подруга ловко управляется с глажкой. — Кирилл сказал, что там лучше всего встретиться где-нибудь вне работы: «Давай, мол, в кафе посидим… А то здесь любопытных слишком много. Сразу начнут шушукаться…» Правда, знаешь, говорил это так безразлично. Но он сам по себе человек такой — немного отстраненный, загадочный.

— Ой-ой, какой же он загадочный! — съехидничала Варя. — Мне кажется, просто не слишком умный. А мне, например, Пашка твой больше понравился. Он кажется добрым и искренним, хотя, конечно, немного странным…

— Немного странным! — перебила Лара. — Да ненормальный он! Невооруженным глазом видно!

— Влюбился в тебя парень. Вот бегает за тобой, а ты смеешься! — Варя покачала головой и, догладив аккуратную белую блузочку, выключила утюг и подошла к подруге: — Ну и на что ты тут жалуешься? Да, корни, конечно, отросли, красить надо, но я бы еще немного подождала. Пользоваться химией слишком часто вредно. Давай вот тут начешем, и будет красиво. А в какой цвет будешь краситься, думала? Может, просто подкрасить корни, а остальные волосы не трогать?

— Не, надоело! К тому же мой естественный цвет гораздо светлее, поэтому постоянно та же фигня с корнями случаться будет, — Лара скривилась.

— Фигня? — Варя внимательно осматривала Ларины волосы. — Тогда бери тон посветлее. Может, и выровняешь! Только краску надо хорошую, а то не возьмется!

— Да у меня же вроде что-то там осталось, — вспомнила Лара. — Там ведь и светлая была. Но нет, в светлый не хочу! Не знаю даже, чего хочу!.. Может, рыжий? — Девушка извлекла из ящика и повертела в руках третью пачку. — А что, мне пойдет… Ярко так…

Варя скептически на нее посмотрела.

— Что, думаешь, все-таки слишком вызывающе? — сразу сдалась Лариса. — Ладно, пусть ждет своего часа, — она поставила краску обратно. — Что-нибудь придумаем…

— Ну думай, думай! А пока сделаем тебе такой причесон, чтобы Кирилл твой офигел!

Варя взялась за расческу, и через два часа Лара была уже полностью готова.

Кирилл поджидал ее у входа в кафе.

— Привет! — улыбнулась ему Лариса. — Не замерз?

Какой-нибудь ловелас или завзятый пикапер не преминул бы отвесить в ответ незамысловатый комплимент типа: «Ну что ты, меня согревали мысли о тебе!» или и того хуже: «Конечно, замерз, погреешь?!», но Кирилл только покачал головой и распахнул перед ней стеклянную дверь.

Все-таки он был необыкновенным мужчиной!

Потом они пили кофе и разговаривали. Правда, Кирилл больше слушал и кивал, не проявляя в разговоре хоть какой-нибудь инициативы. Но Лара не обижалась, считая, что все это ерунда. Главное, что они вместе.

Теперь Лариса точно знала, что небезразлична Кириллу. Иногда она ловила направленные на нее взгляды, и тогда в душе Лары все переворачивалось. «*Он ко мне неравнодушен! Он просто не знает, как сказать! Бедный, он такой скромный... Не зря я влюбилась именно в него».*

— Тебе вообще нравится работать на телевидении? — спросила девушка, слизывая с ложки густую пенку.

— Угу, — на каждый Ларин вопрос Кирилл отвечал тихим хмыком.

— А про Алину ничего не знаешь? Интересно, она ищет работу на каком-то другом канале? Я слышала, она уходить от нас собирается... — Лара задала этот важный вопрос, призванный расставить все точки над «i» небрежно, словно и не спрашивала, а рассуждала вслух.

— Не интересовался, — ответил Кирилл. На лице его не дрогнул ни один мускул. *«Значит, они не встречаются! А еще ему все равно»*, — удовлетворенно заключила про себя Лара.

Они снова замолчали, сидя друг напротив друга.

— Что-то еду не несут. — Лара вновь попыталась заполнить эту неловкую паузу и от волнения провела рукой по своим волосам, жестким, покрытым несколькими слоями лака, но, вспомнив о том, как долго они с Варей делали прическу, тут же отдернула пальцы.

— Слышишь? Шум какой-то на кухне. Дерутся, что ли? — удивился Кирилл.

Лариса прислушалась — действительно слышалась ругань, а еще грохот тарелок и чего-то тяжелого — кастрюль, что ли. Из подсобки выбежала толстая женщина с тряпкой. Вытирая соседний столик, она бормотала:

— Вот малахольный! Свалился прям на посуду. Не ест ничего, что ли? Жизнь пошла — посреди бела дня в обморок. Мужик называется...

«А ведь они о нашем официанте!» — догадалась Лариса. Она с самого начала обратила внимание, какой он бледный и вялый.

— Маш, что теперь-то? — всплеснула руками худощавая женщина неопределенного возраста, выбежавшая следом за первой. — Кто заказы разносить-то будет? Мы с тобой со всем не справимся!

— Да не бурчи ты! Без тебя тошно! — рявкнула на нее толстуха и, немного помолчав, добавила: — Давай вызванивать этого, американца, что утром приходил. Больше некого! Еще начальник в этот проклятый отпуск улетел! Путевку выиграл! А работать кто будет?! Все на мне! Все на мне! Эх!

Обе женщины ушли, и Лара, случайно подслушав этот странный разговор, тут же бы о нем забыла (подумаешь, что там за проблемы у поваров!), если бы не Кирилл, который сделал другой вывод:

— Кажется, без салатов мы сегодня! Видишь, в обморок наш официант упал!

— Пойдем в другое место! — тут же предложила Лара.

— Зачем? Разве мы здесь из-за салатов? — улыбнулся Кирилл (впервые улыбнулся ей за сегодня!). Лара почувствовала, как защемило у нее сердце. Действительно, разве они здесь из-за салатов? Ей вообще ничего не надо. Она и есть-то не хочет!

С того момента разговор пошел по-другому. Кирилл наконец-то стал отвечать ей активнее и даже рассказывал о себе. Оказывается, он москвич, в детстве мечтал стать футболистом, даже в спортивный вуз поступал, но не сложилось.

Лара слушала, не сводя с него глаз, и вдруг почувствовала, будто кто-то смотрит на нее. Она повернулась к огромному, во всю стену, окну. Мимо шли занятые своими делами прохожие, но девушке показалось, будто на грани видимости мелькнула и скрылась чья-то тень. Человека Лариса не рассмотрела. Вдруг Пашка? Неужели он здесь? Впрочем, ничего удивительного — он просто не дает ей прохода!

— Что там? — спросил Кирилл, заметив, с каким вниманием Лара глядит на улицу.

— Да ничего! Показалось. В последнее время странности всякие происходят, — улыбнулась Лара.

— Странности? Какие?

Девушка пожала плечами, сама не зная, рассказывать или нет.

— Ты смеяться не будешь? — неуверенно спросила она, удивляясь сама себе: Лара уже успела отвыкнуть от этого чувства неуверенности, словно она — школьница, вызванная на ковер к строгому директору.

— Конечно, нет! Расскажи, что за странности? — Кирилл смотрел на нее серьезно, и Лариса поняла, что ему можно и даже нужно доверять.

— Да так, на днях знакомый один заявился… — Она улыбнулась, пытаясь казаться беззаботной. — Говорил, будто кто-то моими волосами интересуется. Прямо-таки индейцы на тропе войны охотятся за скальпами.

Лара засмеялась, Кирилл тоже. Правда, он начал смеяться не сразу, а через пару секунд. Смех его был странным, неестественным — он явно ее не понял. И Лариса уже пожалела о том, что рассказывает всякую фигню. Будто поговорить больше не о чем. Нужно бы и дальше расспрашивать о Кирилле, показывать ему, что она действительно им интересуется.

— А он, этот твой знакомый, в здравом рассудке? — перестав смеяться, спросил Кирилл.

— Не знаю. Судя по всему, нет. Ну, что мы все о нем? У тебя ничего странного в жизни не происходит? — попыталась она перевести тему и мельком взглянула в окно — там уже начинало темнеть. Ничего подозрительного.

— Странного? Вот тот тип странный! Наверное, он и есть призванный на помощь американец, — Кирилл показал на мужчину в фартуке официанта и колпаке, надетом так глубоко, что, кроме носа и невероятно пушистых усов, под ним ничего не было видно. Мужчина стоял в стороне и пытался завязать фартук, а ему это никак не удавалось.

— Да здесь вообще необычный персонал, — заметила Лара. — Может, все же пойдем отсюда?

— Не, подожди! Мне интересно стало! — Кирилл не сводил взгляда с нового официанта. — Повторим заказ?

— Как хочешь, — ответила Лара безразлично.

— Официант! — Кирилл поднял руку вверх, подзывая странного мужчину.

Лара еще раз оглядела его — худощавый, среднего роста, черт лица из-за колпака и усов не разобрать.

Лара хихикнула.

— Ничего себе усищи! — сказала она шепотом, кивая на иностранца. — Просто на зависть. Это что, новая американская мода?

— Да уж! Таких даже у знаменитого командующего Первой конной Буденного не было, — Кирилл рассмеялся.

Официант, словно догадавшись, что разговаривают именно о нем, заулыбался и поспешил к их столику. Ну и типчик! И смотрит как-то странно.

— Что вьи хотьели? — вежливо спросил иностранный официант.

— Два салата и еще кофе, пожалуйста, — проговорил Кирилл, не сводя взгляда с мужчины.

— Сейчас приньесу, — ответил американец (а Лара теперь не сомневалась, что это был американец) и, помявшись, побрел к стойке.

— Он даже не спросил, какие салаты, — смеясь, проговорила Лариса. — Неужели американский прогресс дошел до чтения мыслей? А здорово было бы, если бы появились такие технологии…

— Ничего хорошего! — отрезал Кирилл, и Лара смутилась. Ведь действительно ничего хорошего. Вот понял бы ее собеседник, как сильно она хочет, чтобы он сел поближе и просто обнял ее за талию, а она смогла бы прижаться головой к его плечу…

Кирилл смотрел на нее так, словно американский прибор для чтения мыслей уже был у него в кармане. Девушка покраснела и низко опустила голову.

Спас ее, как ни странно, американец. Он трусцой преодолел расстояние от стойки до их столика и, смущенно шаркнув ножкой, сказал:

— Простьите! Я не спросить, какие салаты…

Видимо, американские технологии не сработали.

Лара не удержалась и прыснула. Кирилл тоже засмеялся и сквозь смех проговорил:

— Два греческих.

Официант снова ушел, а Лариса проводила его благодарным взглядом: из-за этого чудика между ними с Кириллом появилась связь — теплая, дружеская.

Девушка посмотрела в окно. На улице совсем стемнело. Скоро закончится ужин, а вместе с ним и недолгая Ларина сказка. Кирилл непременно заговорит о деле, ради которого она и позвала монтажера, и тогда придется как-то выкручиваться. Ведь этого дурацкого архива, на который ссылалась Лара, на самом деле не существует...

— Слушай, прости за нескромный вопрос: а можно мне как-нибудь к тебе в гости заглянуть? Интересно посмотреть, как ты живешь, да и вообще — дома всегда обстановка лучше, а здесь... здесь даже поговорить нормально нельзя, — вдруг сказал Кирилл, заглянув ей в глаза.

От слов этих Лара мигом забыла о странном американце, о несуществующем семейном архиве и о многом другом. Кирилл назначает ей свидание! Настоящее свидание у нее дома! Сбывается то, о чем Лариса мечтала столько времени. Лара была на седьмом небе от счастья. Но вдруг ее пронзила мысль: а что, если он считает ее легкомысленной и доступной? За кого Кирилл ее принял? Да нет, ведь они же знакомы не один день... Но все же... И как же привести его домой, ведь они не смогут побыть наедине, пока там Варя?! Куда ее деть?

— Не знаю... Думаю, можно... — волнуясь, начала говорить Лара и вдруг замолчала, потому что Кирилл ее совсем не слушал, он рассеянно смотрел куда-то в сторону — в такой-то момент!

Вдруг входная дверь отворилась, в кафе забежал запыхавшийся человек и сразу же ринулся к столику, который занимали Лара с Кириллом, по пути задевая сидящих и даже сбив на пол чьи-то приборы.

Лариса с досадой узнала в этом сумасшедшем Пашку.

— Стой! — заорал Павлик, глядя прямо на нее. — Лара, смотри!

В этот момент Лариса почувствовала, как на голову ей свалилось что-то скользкое, мокрое и неприятное. По лицу потекла смесь помидоров, сыра, оливок и чего-то еще. Греческий салат у нее на голове! Рядом с металлическим грохотом свалился поднос.

Девушка обернулась — бледный, словно смерть, американец смотрел на нее с выпученными глазами, а рядом с ним стоял Пашка с ножницами в руках.

Вот это новости! Выходит, Пашка — маньяк-парикмахер, и это он хочет ее зачем-то подстричь. Мог бы просто локон попросить, на память.

— Это его! Я у него ножницы отобрал! — закричал Пашка, взволнованно тыкая ножницами в американского официанта.

Тот медленно отступал, дрожа и подняв руки вверх.

— Ви не понял… — бормотал он.

— Это шпион! — настаивал Павел, еще активнее тыкая в бедолагу ножницами.

Лариса взглянула на Кирилла. Тот пожал плечами и незаметно покрутил у виска пальцем.

Понятно, так Лара и думала.

Бедный Пашка! У каждого ненормального есть свой конек. У Павла, очевидно, этим коньком стали волосы. Вот и объяснение тому бреду, что он нес недавно про охотников за волосами: обыкновенный перенос собственных желаний на других людей. Каждый чокнутый считает, что все вокруг только и думают о том же, о чем думает он сам.

Меж тем новоявленный маньяк руки-ножницы загнал американца в угол и, кажется, всерьез приготовился проткнуть его насквозь. Тот уже даже не кричал — скорее слабо попискивал. Пора было спасать чужеземца.

Лара вскочила и выхватила из рук несопротивлявшегося Пашки его оружие (или фетиш — черт разберет).

— Ненавижу тебя! — прокричала она и, в слезах и в салате, выбежала из кафе, едва накинув на плечи пальто. Хорошо хоть температура плюсовая... Или Лара просто-напросто не ощущала холода.

Надо признать, что свидание не удалось.

Девушка бежала по темной улице и ревела, не обращая никакого внимания на оглядывающихся прохожих. Пулей влетев в свой подъезд, она заскочила в квартиру и бросилась в объятия Вари, не прекращая горестно рыдать.

— Что случилось? — спросила с беспокойством соседка.

А Лара лишь плакала и икала, икала и плакала.

Уже потом, немного успокоившись и поддавшись на Варины убеждения, что катастрофы все же не произошло, Лариса отправилась в ванную отмывать волосы от салата и щеки от разводов туши, делающих ее саму похожей на тех самых команчей — охотников за скальпами.

— К тебе тот милый молодой человек заходил. Кажется, Павел, — сказала подруга, подавая Ларисе пушистое полотенце.

— Ах так! — Лара нахмурилась.

— Тихий такой, вежливый был. Поинтересовался, где ты, — рассказывала соседка. — А когда узнал, что ты с Кириллом в кафе, выскочил, словно ошпаренный. Приревновал, наверное. — Варя пожала плечами.

Лара стиснула зубы.

— Мало я ему хорошего сказала. Встречу — все выскажу! — пробормотала она и вдруг снова разревелась: — Как я теперь буду Кириллу в глаза смотреть после такого позора?

— Ну не переживай, — Варя погладила Лару по голове. — Может, все и к лучшему! Если этот Кирилл действительно хорошо к тебе относится, то все поймет.

### ИЗ НЕУНИЧТОЖЕННЫХ ЗАПИСЕЙ ДЖОНА ХЕМИСТРИ:

#### Число N, место N, стояние и перспективы N (N в данном случае означает неизвестность)

Мне снова выдали бумагу и чернила. Я снова имею возможность писать. Не знаю, что происходит, где я и зачем. Я потерял счет дням. Это ужасно — находиться в заточении столько времени. Я постоянно думаю о Робинзоне. Интересно, как он жил на своем острове, если такой человек, конечно, существовал на самом деле.

Я тоже нахожусь на своеобразном острове. По крайней мере, в моих ушах порой слышится шум накатывающего моря. Это, разумеется, галлюцинация. Я все еще в этих странных белых стенах. Из людей я вижу только Кормильщика — я сам дал ему такое прозвище, потому что он только кормит меня и никогда не отвечает на мои вопросы, даже имени своего не говорит. Увы, он слишком большой и сильный. Я уверен, если решусь бежать, он скрутит меня в два счета по рукам и ногам. Кормильщик приносит мне еду четыре раза в день. В последнее время рацион расширился, еда стала более вкусной. Меня уже не допрашивают. Честно сказать, я теряюсь в догадках, узнали ли они, куда я дел фатум? Наверное, да, иначе они бы не отстали так быстро.

Но если узнали, то почему они не уберут меня? Не сомневаюсь, что эти люди хотят присвоить себе мои разработки, и понимаю, что они не оставят меня в живых. Иногда на меня находит панический страх. Мне кажется, что еще секунда, откроется дверь, и сюда ворвутся мои враги с автоматами в руках. А может, они просто закатают меня в бетон и сбросят с моста.

В такие моменты мне жаль, что я не верю в загробную жизнь. Как ученый я знаю, что после смерти все закончится. Не будет никакого загробного мира, не будет ничего.

Интересно, что скажет Крис, когда узнает, что меня больше нет? А может, это она стоит в центре этого ужасного заговора? Она — одна из них, я уверен.

Шаги... кто-то идет... Допишу потом...

## Глава 6

### *МОСКВА*

Вот ведь фак-с, как сказал бы его новый американский друг! Сорвалось! Все сорвалось, а ведь дело было, считай, на мази. Ее волосы фактически уже лежали у них в кармане — и полный крах!

Хотя почему же сразу крах? Он подошел к висящему в ванной зеркалу и принялся вглядываться в свое лицо: подбородок волевой, глаза умные, характер нордический. Нет, сдаваться еще ох как рано! И до девицы он так или иначе доберется. Чтобы предсказать это, не нужно быть Глобой. Сейчас, конечно, положение не из лучших, но он сумеет завоевать обратно ее доверие.

Зазвонил телефон. Американкашка, легок на помине.

— Как идьют дела? — донеслось из трубки.

— Пльохо, — машинально отозвался он. — Тьфу! Какой акцент заразный! Плохо. И ты, между прочим, все испортил. Я бы сам провел эту операцию гораздо лучше. Зачем было вмешиваться?

Американец обиженно засопел.

— Ти можешь проньикнуть в ее дом, — сказал он, отсопевшись. — Смотреть, есть ли краска, и приносить его ко мне!

Ни один злодейский кодекс не рекомендовал опускаться до квартирных краж, тем паче, что есть на кого свалить.

— Я гоп-стопом не занимаюсь! — сообщил он, отворачиваясь от зеркала и подкручивая воображаемые негодяйские усы.

— Гоп...чем? — переспросил америкос. — Гоп — это лошадь, да?

— Сам ты лошадь! — Он с чувством собственного превосходства сел на диван, закинул ноги на стол и потянулся за пачкой свежеотпечатанных фотографий (нужно еще кое-что сделать по работе). — Собрался на криминал, а по фене не шпрехаешь.

— Феня — это твой девушка? — все тупил собеседник.

— Тьфу! — вновь сплюнул он, отбирая несколько удачных снимков. — Гоп-стоп — это грабеж, разбой. Не по моей части. Я на это дело не нанимался. В общем, пиши адрес объекта и сам, если хочешь, лезь. Американский флаг тебе в руки и «боинг» навстречу.

Американец снова засопел (простудился, что ли? Немудрено с нашей-то зимой), но адрес записал.

Вот и ладно. Пускай этот глупец на дело сходит, а он посидит, подождет — посмотрит, что получится. Спешить — америкосов смешить.

## ИЗ СИЛЬНО ПОМЯТЫХ ЗАПИСЕЙ ДЖОНА ХЕМИСТРИ

Никакого разрешения. Никаких бесед. Никаких угроз. Ничего. Про меня забыли. Здесь никого нет, кроме Кормильщика. Теперь я это осознаю точно. Во мне снова проснулась любознательность, свойственная настоящему ученому. Страх отполз в сторону и трусливо поджал хвост. (Ха-ха! Хорошо ведь я скаламбурил: страх — трусливо!) Теперь я могу совершенно точно и хладнокровно сказать, что я, Джон Хемистри, — ученый, открывший фатум.

Я не знаю, как долго нахожусь в заточении (судя по длине моей отросшей бороды и волос, уже не менее месяца). Я не знаю, где нахожусь, но мне часто чудится, что я слышу шум моря или воды. (Неужели Манхэттен? Гаваи? Бермуды?) Но я точно знаю, что здесь, кроме меня и Кормильщика, никого нет. И это не главное — главное, что Кормильщик уезжает на ночь отсюда. Я слышу, как удаляются его шаги, — по всей видимости, за дверью находится длинный коридор. Затем становится так тихо, будто вокруг меня мертвый мир. Абсолютный вакуум — и я его властелин, Король Ничто!

Несколько ночей подряд я попробовал кричать — меня никто не слышит.

Единственные мои соседи — мыши. Пытаюсь приманить их прибереженными после еды крошками. В их обществе чувствую себя почти в рабочей обстановке. Правда, теперь я нахожусь в таком же заточении, что и они.

Интересно, есть ли здесь еще кто-то, кроме меня и мышей? Непонятно, вообще для чего меня держат — ведь уже давно ни о чем не расспрашивают и не избавляются от меня. Впрочем, о мотивах моих тюремщиков подумаю позже, когда совершу побег.

Да, я в точности решил, что буду бежать одной из ночей. Только вот надо продумать, как. Мне нужно отомкнуть дверь. Дальше — проще. Я сомневаюсь, что в этом здании нет помещений без окон — выбью стекло и выпрыгну. О, я способен на все, лишь бы не проводить остаток жизни в неволе, как птица, томящаяся в тесной клетке, как белая мышь в моей лаборатории… Выбраться бы из здания, а дальше я найду способ исчезнуть. Даже если выяснится, что моя тюрьма на острове и вокруг меня на много миль пустынный океан, я все равно не останусь в заточении и поплыву к свободе. Правда, плавать я не умею, но сейчас мне уже начинает казаться, что это не проблема, когда речь идет о спасении жизни. В крайнем случае найду какой-нибудь предмет, позволяющий удержаться на плаву, — мне все равно, лишь бы сбежать.

Теперь я буду думать только об одном — как сделать отмычку. Я обязательно выберусь отсюда!

* * *

Все валилось у Ларисы из рук. Она по привычке подсчитывала неудачи и успехи и снова разочаровывалась. Плюсов было полно: превосходный доклад — раз, клип о работе отдела безопасности, который превзошел все ожидания, — два, а кадры какие, а какая идея! Можно даже и третий плюс поставить. А еще премия и одобрение директора — четыре. Четыре плюса! Целых четыре, и каких масштабов! Просто плюсищи! И один минус, перекрывающий все, — Кирилл!

От одной этой мысли, что она ему не нужна, у Ларисы разрывалось сердце! Как это вообще понимать? Он не обращал на нее внимания, совсем не видел ее — в упор. И вдруг решился, пригласил в кафе, а потом даже стал напрашиваться к ней в гости. Была искра в его глазах, и чувства какие-то были… Ровно до того момента, пока ей на голову не свалились салаты… А потом все чувства Кирилла к ней разом исчезли. В глазах его снова появились безразличие и тоска — это Лара поняла сразу, как только пришла на работу на следующий день после происшествия в кафе. Честно говоря, Ларисе и самой-то было не по себе из-за всего случившегося. Бред какой-то, честное слово: криворукие официанты, поклонники-маньяки-волосолюбы… С ума сойти! Она устала и… изменилась. Куда девались уверенность в себе и былая независимость?! Они словно таяли на глазах с каждым днем, а теперь, после этой дурацкой истории с салатами, совсем растворились. Лара чувствовала, как снова превращается в забитое испуганное существо. И что самое обидное, хуже всего она вела себя в те моменты, когда рядом находился Кирилл.

«Хватит! — велела себе Лариса. — Надо взять себя в руки и, наконец, поговорить с Кириллом!»

Она решительно подошла к монтажеру, собираясь объясниться с ним начистоту, и замерла, наткнувшись на его взгляд.

— Мммм... — промямлила она с виноватой улы-бочкой (такой дурацкой, что просто слов нет). — Э-э... Ну, в общем...

— В общем? — переспросил молодой человек, воз-вращаясь к работе. — И что же у нас в общем?

Лара ненавидела себя за эту робость, но не могла ничего поделать. А ведь только недавно многое было ей по плечу!..

— Я, в общем, только спросить хотела, ты вообще как? Что в кафе было после моего мммм... — она по-морщилась, вспоминая проклятый салат, — ммм... ухода?

— Нормально... — не отрывая глаз от монитора, от-ветил Кирилл. — Ничего не было! Пришла уборщица, вытерла пол. Твой дурачок убежал куда-то. А америка-нец долго извинялся. Я расплатился и ушел...

— Понятно... — Лара не знала, что еще сказать, но уходить, не осуществив задуманное, а потом чув-ствовать себя жалкой неудачницей, не хотелось. — Ну и?.. — спросила она. — Как дальше?

— В смысле? — Кирилл сказал это таким тоном, что все надежды на продолжение их только, казалось, за-вязывающихся отношений рухнули.

— Ну не знаю... Мы, кажется, с тобой не договори-ли. — Лара залилась краской.

— А! Ты по поводу монтажа? Знаешь, я подумал, у меня сейчас совсем нет свободного времени, так что извини! — холодно проговорил он.

Лара закусила губу, чтобы сдержать эмоции, и вы-шла из монтажной. Вот и все. Проклятый Павлик! Это он во всем виноват!

Как назло, за неудачным разговором последовала цепь неприятных событий. Еще в коридоре Лара услышала шум, раздающийся из журналистской: эдакие радостные возгласы. Заинтригованная, девушка поспешила туда — в последние недели здесь всегда было тихо и спокойно, все настроены на работу (по крайней мере, сама Лара следила, чтобы журналисты занимались делом, а не расслаблялись). Уже подходя к двери, она поняла, в чем дело: в журналистской появилась гостья, и не абы кто — Алина, ее змеячество собственной персоной.

Вслушиваясь в знакомый чуть хрипловатый голос, Лариса чувствовала, словно ее отбросило на месяц назад. Неужели все карьерные успехи ей только приснились?!

— Какая же ты клевая! — пищала задушевная Алинкина подруга Светка. — Это он подарил? Супер! Что у вас, все на мази?

— А то! — усмехалась Змеинишна.

Собрав волю в кулак, Лара вошла в журналистскую. Алинка стояла посреди комнаты — в кожаной с пушистым мехом коротенькой куртке, облегающих джинсиках и высоких сапожках. Ее блестящие волосы рассыпались поверх пушистого капюшона. Бывшая начальница похорошела: смуглый цвет лица (видимо, только после солярия), глазища черные, с задорными искрами, обжигающими, надо сказать, искрами, по крайней мере, их действие Лара ощутила сразу, как только встретилась с Алинкой взглядами.

— Начальство пришло, — усмехнулась Кобра. — А я тут мешаю!

Лара села за стол, сурово взглянула на посетительницу.

— Ты на работу выйдешь? — спросила она, стараясь не показать вида, что сдрейфила, а сама сжала кулаки (*«Ну пожалуйста, пусть не выходит!»*).

— Нет уж, увольте! — засмеялась Кобра. — Работы и так полно! Думаете, на этой свет сошелся клином? Тем более при таких-то условиях, — Алинка многозначительно замолчала. — Слышала я, что рабство восстановили. Девочки, вам теперь и в солярий ходить не понадобится, да? Благодаря заботам новой начальницы и так все неграми будете.

— Афроамериканцами! — поправил кто-то, и все, кроме Ларисы, засмеялись.

Лара уже с трудом держала себя в руках. Ей хотелось то ли накричать на Алину и расцарапать ее холеную мордашку, то ли залиться горькими слезами. Спасало только одно: мысль, что все это продлится недолго. Алинка, перешучиваясь с девчонками, написала заявление об уходе, затем пренебрежительно попросила «большую начальницу» подвинуться и дать ей возможность забрать из тумбочки свои вещи.

— Кстати, милый цвет волос. Где взяла? — спросила она Лару.

— Где взяла — там больше нет, — отрезала Лара, а затем добавила: — Вы ж и подарили. Слили, так сказать…

— Нет, реально красиво. — Алина закатила глаза, изображая натуральную стопроцентную искренность (идентичную натуральному стопроцентному йогурту, состоящему из ароматизаторов и химических добавок). — У тебя там еще не осталось? Я бы купила…

— Осталось. Но я не продаю! — надменно ответила Лариса.

Бывшая начальница покидала в сумку шмотки, вытащила из тумбочки не менее десятка лаков разных оттенков — от розового до бирюзового — и собралась уходить.

— Кто со мной, глотнуть сладкого воздуха свободы? — весело спросила она, обращаясь к коллективу.

К Лариному удивлению, провожать Кобру собрались практически все. Тоже, блин, нашлась звезда! Даже монтажеры, и те вышли покурить. Даже Анька прибежала — она-то что, она же недолюбливала Алинку!

В журналистской Лара осталась совсем одна. И стало так обидно: все от нее отвернулись, сделали врагом, изгоем! Ну почему, почему мир несправедлив! Лариса думала, что, получив должность, докажет, что она способная, и все станет по-другому! Думала, отношения с Кириллом наладятся сами собой! Думала, заживет, как человек! А выходит, все хуже! Еще хуже, чем во времена, когда она была забитой серенькой мышкой! А теперь она кто? Павлин недощипанный?

На глазах навернулись слезы — еще минута, и Лара разревется, несмотря на то что находится на работе и в любой момент могут войти сотрудники! «Блин, вот так даже и выговориться некому! Если бы тут был Пашка…»

Возвращаясь домой, Лара, словно по заказу, еще издали увидела знакомую фигуру. У подъезда, на маленьком, залитом солнцем, заснеженном крылечке, стоял Павел. Он ждал ее. Лара сначала даже обрадовалась? все-таки, что там ни случилось, а Пашка — парень хороший. И ведь только сегодня она так хотела его увидеть! Ведь он ей друг!.. Хотя, постойте, разве друзья ведут себя именно так? Разве они преследуют вас, покушаются на ваши волосы и отпугивают вашу единственную любовь? В каком кодексе неземной дружбы все это записано?! Девушка вспомнила холодный взгляд Кирилла, его безразличный тон и ее, Ларины, рухнувшие надежды, которые, перед тем как скрыться за горизонтом, махнули серебряным ей крылом.

Сердце защемило. Грудь, словно тисками, сжала обида. Это Пашка, Пашка во всем виноват! А теперь стоит тут, ждет ее.

— Чего тебе? — спросила Лариса надменно.

— Поговорить хотел, — сказал Пашка и вдруг улыбнулся. Улыбка эта оказалась неожиданной и какой-то светлой, будто бы искренней.

Ларе стало обидно: жизнь ей поломал, а теперь улыбается. Фигляр! Притворщик! Не стоит поддаваться на это слепящее обаяние: известно же, что самые простые, самые искренние улыбки часто бывают плодом многодневных тренировок перед зеркалом.

— Поговорить? А ты меня спросил, хочу ли я с тобой разговаривать? — Лара на миг замерла, а затем решительно пошла мимо Павла дальше, в подъезд.

— Ну вот спрашиваю, — семенил рядом непрошеный друг.

Нахлынувшая обида разгоралась внутри вселенским пожаром. Умом Лара понимала, что надо бы остановиться, но уже не могла этого сделать. Ее несло куда-то, как кораблик, подхваченный бурей:

— Я ничего не хочу, понял? Видеть тебя не хочу! Ты хоть понимаешь, что наделал? Ты мне жизнь сломал! Он теперь даже не разговаривает со мной толком, после того как ты вломился и испортил нам свидание!

— Лара, послушай меня! — почти взмолился Пашка. — Я же не просто так вломился! Он опасен! Я защитить тебя хотел!

— Защитить? Тоже мне, Кутузов нашелся! — выкрикнула Лара и вдруг расплакалась: — Уйди от меня! Не хочу тебя слышать, понял?! Уходи!

Она как раз подошла к двери. Дрожащими пальцами достала ключ, попала в замочную скважину не с первого раза. Замок поддался. Лара шагнула внутрь.

— Лариса, они хотят выкрасть у тебя краски!

— Не хочу ничего слышать! Не хочу! — сказала Лара и захлопнула дверь.

## ИЗ ЗАПИСЕЙ АГЕНТА МОРТОНА

### 29 февраля 2011 года

Мой агент, кажется, хочет свести меня с ума. Пытался направить его на разработку квартиры объекта, однако тот, ссылаясь на непонятные и не поддающиеся никакому разумному пониманию слова (сначала — что-то лошадиное, затем — женская тема. Кстати, заглянул в Интернет — имя Феня сейчас, кажется, не модно). В общем, придется проводить опасную операцию самому.

Вот сейчас бы и пригодился чемоданчик со сверхсекретным шпионским оборудованием, безвременно утраченный мною сразу по прилете в жестокую Россию. Ничего, буду справляться своими силами.

Приготовил отмычки, фонарик, резиновые перчатки, предметы маскировки — черные очки, широкополую шляпу и черный плащ.

Мой план состоит в том, чтобы проскользнуть в дом к объекту, вскрыть отмычкой дверь и отыскать краски.

Приступаю к реализации плана через час пятнадцать минут. Обратный отсчет пошел...

### *...Несколькими часами позже*

Вернулся, увы, ни с чем. Мой план провалился на стадии проникновения в подъезд. Оказывается, подъезды граждан доблестно охраняются местными бригадами. В них (по виду) одни пожилые леди, однако на деле это спецназовцы, следователи и медведи в одном флаконе!

Когда я подошел к дому, надев очки и пониже надвинув черную шляпу, то был тут же остановлен одной из дружин.

— Вы к кому это, гражданин? — спросили меня.

Я попытался притвориться глухим, но дорогу мне перегородили.

Пришлось улыбнуться со всем присущим мне обаянием и прибегнуть к… благородному обману.

— К моей девушке, — ответил им я. — Она как раз здесь живет!

— Американец, что ли? — подозрительно поведя носом, спросила пожилая леди (Неужели от меня до сих пор «штрафной» или «похмельной» пахнет?..). — Шпион?!

Я замотал головой, но отрицать было уже поздно.

— Шел бы ты отсюда, милок! — набросились они на меня всем скопом, а когда я (между прочим, рискуя жизнью) попытался прорваться, стукнули мне по ноге клюкой. До сих пор не понимаю, как ушел от них живой и без серьезных повреждений (если не считать, конечно, хромоту).

У меня теперь только один вопрос: но как, Холмс, как русские умудряются раскрывать меня так быстро?!

*Остаюсь ваш, хромой, но не смирившийся,*

*Генри Мортон.*

# Три краски

\* \* \*

Ночные кошмары стали мучить ее еще навязчивее. Разноцветные жирафы, скачущие, словно лошади. С каждой ночью они становились все агрессивнее. В одном из снов красный, желтый и малиновый жирафы танцевали канкан и пели что-то непотребное:

> Без красок жить нельзя на свете, нет!
> В них солнце мая, в них твой звездный свет!
> И я даю вам слово:
> Краска — любви основа!
> Пой много лет
> Этот бред!..

А дальше и вовсе началось нечто невообразимое: жирафы подбежали к Ларисе и принялись совать ей в руки пузырьки с разноцветными красками каких-то немыслимых оттенков, не прекращая свою доводящую до дрожи песню:

> Пой, красься и влюбляйся,
> К нам присоединяйся!
> Лопай на ужин
> Омлет!

Лара проснулась в ужасе, чувствуя, что волосы поднимаются и становятся дыбом, как при качественной химической завивке.

— Вот ведь гадость снится! — пробурчала девушка и в раздражении швырнула в дверь тапку.

Она вообще стала злее, раздражительнее. Все бесило — не наступающая никак весна, ленивые сотрудники, наверняка строящие против нее постоянные заговоры.

В ее тетради плюсов становилось все меньше, минусов — все больше.

Стала раздражать Анька. Как журналист — слабая, больше болтает, чем работает. И, что самое некрасивое, прицепилась к компании Светки, Машки и других язв, которых Лара всегда недолюбливала. Кто же еще, если не она, два месяца назад жаловался, какой плохой у них коллектив? Вот предательница! Теперь на бывшую подругу даже не глядит. Вернее, глядит и даже разговаривает, но сухо, по делу… Лариса не могла признаться себе, но скучала без их совместных чаепитий, разбавленных болтовней обо всем на свете.

Как-то Лара решила поговорить с Анькой начистоту. Придя на работу, Лариса дождалась, когда они останутся в кабинете одни, затем осторожно спросила:

— Я слышала, у тебя новые подруги появились?

— Ну да… — неуверенно сказала Аня.

— Ты общаешься с Алиной и со Светкой? — В Ларином голосе слышались язвительные нотки. — Ты же раньше их терпеть не могла!

— Это раньше, а теперь... — Анька замолчала.

— Теперь меня не можешь терпеть, да? — Лара с вызовом посмотрела в Анькины глаза. Ей показалось, подруга ее боится — разве может такое быть?!

— Теперь все по-другому. Ты — начальство, я — подчиненная. И отношения другие. И вообще…

— Что — вообще?

— Ларис, зачем этот разговор? Да, мы с девчонками общаемся.

— И на праздник вместе собрались?

Приближалось Восьмое марта, и до Лары уже долетел шепоток, что ее сотрудники планируют гульнуть все вместе, но ее, со всей очевидностью, никто звать не собирался.

— И на праздник. — Аня сосредоточенно уткнулась в свой компьютер. — Идем в «Казаки-разбойники». Ну и что с того? К чему этот допрос? После работы же!

На Ларином языке вертелся единственный вопрос: будет ли там Кирилл. А еще ей страшно хотелось, чтобы ее тоже позвали, но Анька промолчала, а Лара так и не решилась ни спросить, ни попросить. Ладно, идут и идут! Пусть делают, что хотят. Напрашиваться она не станет!

Чем ближе подходил предпраздничный день, тем кислее становилась Лара, тем бессмысленнее казалось все вокруг. Она никому не нужна. Все собираются отмечать вместе, там будет Кирилл, а ее не будет.

В последний рабочий день офис оживился. Машка, разодетая пигалица, демонстрировала всем свою блузку с открытой спиной. Анька пришла в комбинезоне с сотней мелких лямок. Она даже покрасилась в ярко-красный, и, если сказать честно, ей очень шло. Перешептывания, перемигивания, смешки — и все это в обход Лары. Ее словно вычеркнули из жизни. Была — и нет!

Она старалась держаться и вести себя как можно независимее — голову нести высоко, плечи расправить, работать, как обычно. Нет, никто из коллег не должен понять, как уязвлено ее самолюбие. Да и самолюбие ли? Просто обидно немного… В четыре, по окончании рабочего дня, стало еще обиднее. За несколько минут офис опустел. Только одна она осталась сидеть в кабинете. Как последний обломок цивилизации. Обидно. До слез. Лара набрала Варькин номер.

— Ты дома? — спросила она, услышав знакомое «алле».

Варька почему-то испугалась. Сразу стала спрашивать, что случилось.

— Да ничего не случилось. Просто звоню. Что там у нас из еды есть? Купить что-то, может?

— Смотри сама! Я сегодня задержусь — дел невпроворот, как всегда перед праздниками. Всем вдруг телефоны понадобились, представляешь? — прошептала ей в трубку подруга. — А у тебя там как? Ушли твои гулять?

— Ушли... — вздохнула Лара.

— Ну и ты бы пошла с ними... — легко посоветовала Варька.

Лара усмехнулась — ей бы так беззаботно жить, как живет ее подруга.

— А чего ты? — продолжала Варька. — Хотя бы попробуй, под лежащий камень вода не течет.

— Под лежачий, — машинально поправила Лариса, удивившись, что подруга ошибается в такой простой пословице.

— Пусть даже под лежачий, — согласилась Варя. — Ты хотя бы попытайся. Сделай вид, будто мимо проходила, — может, пригласят в свою компанию.

— Да не нужно мне их приглашение! — взыграло в Ларе самолюбие. — Ничего мне не нужно от них. Пусть гуляют...

— Точно не нужно? А то прикинь, увидит тебя Кирилл, вдруг обрадуется ...

— Увидит, обрадуется и пойдет за мной! Прямо как в сказке! — засмеялась Лара. — Ладно, отдыхай там, я домой пойду! Сейчас закрою всякую интернет-фигню и буду собираться...

Девушка положила трубку и в задумчивости подошла к окну. На улице шел снег. Мимо стекла пролетали громадные пуховые хлопья. Красиво, но холодно. Словно попал во владения Снежной королевы. У одной из идущих по улице женщин цветы все в снегу. И не скажешь, что март. Никакого солнца, никакого праздничного настроения. Только тяжесть и хандра. Лара снова подумала о своем одиночестве: «А может, Варя права и я сама все усложняю? Может, все гораздо проще? Вдруг стоило бы сходить туда, в «Казаки-разбойники»?» Не заходить внутрь, просто пройти мимо…»

Мысль одновременно и завораживала, и пугала.

Дрожащими руками (Лара все еще вздрагивала от страха) она стала собираться. Идти или не идти? Что делать-то? Какое принять решение? Мысли скакали, словно те самые, танцующие канкан, жирафы.

Лара вышла из студии, побрела по дорожке. Она шла и шла и только спустя некоторое время внезапно поняла, что все же выбрала дорогу, ведущую к «Казакам-разбойникам». Значит, туда ведут ноги? Ну и ладно, пусть будет так.

Неожиданно вспомнился поход в ресторан на Новый год. Тогда она была так несчастна. А сейчас что, счастливее? И почему ее не покидает ощущение, что за ней кто-то идет. Ну вот бывает такое: чувствуешь взгляд в спину, обернешься — никого. Лара несколько раз останавливалась и оглядывалась, но густой снег не давал рассмотреть тех, кто шел сзади. Может, снова Павлик? Павлик — милый, родной, хороший, надежный человечек… Зачем в последнее время он себя так нехорошо ведет, зачем делает из себя врага? Хотя вдруг она сама придумала исходящую от него опасность? Вдруг он не хотел ничего плохого, а с тем салатом на голове получилось само собой, случайно. Может, нужно...

Лара не успела додумать, потому что увидела надпись «Казаки-разбойники». Пришла, значит. У ресторана было большое фойе, зал располагался где-то в глубине, поэтому заглянуть в окошко, как девушка планировала изначально, не было возможности. Она в задумчивости остановилась перед входом. Зайти или нет? Если нет, то зачем тогда пришла? Если да, то что делать?

Пока Лариса сомневалась, двери отворились. На крыльцо выпорхнула улыбающаяся Алина. В одной руке она держала сигарету, в другой зажала ладонь Кирилла, идущего следом. Они о чем-то еле слышно говорили, посмеиваясь.

Эта пара казалась влюбленной и счастливой. Стоящую в нескольких шагах от них Лару ни Кирилл, ни Алина не заметили. Пока не заметили. Зато сама Лариса, на минуту остолбеневшая, успела их рассмотреть и даже осознать, в какой опасной и нелепой ситуации она оказалась. Осознав это, девушка испугалась. Позже она удивлялась, почему испугалась? Надо было просто пройти мимо. Если бы ее окликнули, следовало удивиться и вести себя естественно: ах, какое совпадение! А мне как раз по дороге... Но все это Лара поняла уже позже. А в тот миг, когда на крыльце появилась эта парочка, на девушку накатил жуткий страх: сейчас ее обнаружат. Обнаружат и станут смеяться. Желая это предотвратить, Лара кинулась в сторону. Она не видела и не слышала ничего вокруг — ни рева машины, которая ехала по дороге, ни окриков прохожих. Жуткий скрежет тормозов вывел, наконец, ее из состояния прострации. Повернув голову, Лариса успела заметить, как огромный джип медленно, но неотвратимо надвигается прямо на нее. За стеклом белело испуганное лицо водителя. Кажется, Лара где-то видела этого мужчину…

— А-а-а! — закричал кто-то совсем близко.

Лару словно выдернули из оцепенения, она почувствовала удар и упала. Что-то тяжелое рухнуло сверху. Снизу, там, где ухо, чувствовалось что-то мокрое и холодное — снег! Она зажмурилась, боясь открыть глаза. Кажется, жива. Только дышит очень уж часто, словно бежала. Хотя нет, это не ее дыхание, дышит что-то на ней. Лара открыла один глаз — и увидела знакомую идиотскую улыбку. Паша! Опять он тут!

— Едва успел! — заявил он со счастливым видом.

Лара вскочила:

— Это ты меня сшиб с ног? Совсем оборзел? Ты что, следишь за мной?

— Так если б не я, ты б под колеса угодила бы, — стал он оправдываться, но Лара его уже не слушала. Поднявшись, она увидела автомобиль, несколько минут назад летевший на нее. Машина стояла чуть поодаль, судя по следам на снежной дороге, именно там, где смогла остановиться после экстренного торможения. Водитель — мужчина лет тридцати пяти, в темных солнечных очках (несмотря на то что день был, мягко говоря, не солнечным), черной кожаной куртке и черной шляпе с опущенными полями — уже вышел из машины и направлялся к ней. Он выглядел озабоченным. Толпа людей собиралась неподалеку — прямо возле ресторана. Кстати, среди зевак стояли и Алинка с Кириллом. Значит, ее увидели! Отлично! Молодец, Лариса, хорошо спряталась!

— Куда ти побьежала? — с акцентом произнес водитель. Ларе снова показалось, что она его где-то видела или уже слышала этот голос... Но разве сейчас до воспоминаний? — Сумасшедшая! Крейзи! Чуть не убьил тебя! Потом в тюрьму?

— Извините, я не хотела, — не желая извиняться, еле выдавила из себя Лара.

— Она не хотела! — вдруг повторила за ней Алина, которая зачем-то выбралась из толпы и, подойдя к Ларе, взяла ее под руку.

Такое поведение девушку просто изумило.

— Ты в порядке? Нормально себя чувствуешь? — начала суетиться Алина. — Давай мы с Кириллом отвезем тебя домой? А вы могли бы и помедленнее ехать! Еле затормозили. Нарушают тут некоторые скоростной режим... — Последние фразы бывшая начальница адресовала уже американцу.

— Я виноват, я отвезти! — возмутился иностранец. — В больницу или домой?

Лара еще не сообразила, но за нее уже стал отвечать Паша:

— Не надо! Я ее сам провожу! Пошли, Лара. — Он схватил ее под руку, вырывая из Алининых оков. Он вел себя так, словно она была его девушкой. Ну уж нет, с этим придурком идти на глазах у собственных сотрудников?! Да и что он ее трогает, Кирилл ведь смотрит! Лара выдернула руку:

— Почему не надо? Я, пожалуй, от помощи мужчины не откажусь. У меня... голова, может быть, после падения болит. Вы же не против подвезти, да? — Ей хотелось скорее исчезнуть с глаз прибывающих зевак и уж тем более от Алины с Кириллом. Оправдываться сейчас, объяснять, что она тут делала, совсем не время.

— Не протьив! Коньечно, я помогу. Тем более я виноват!

— Не езжай с ним! Это плохой человек! — вскинулся Пашка.

Почему это он ведет себя так странно? Ревнует? Или ему от нее что-то нужно? Лариса с подозрением посмотрела на поклонника.

— Тебе, может, потребуется женская помощь, психологическая, — предположила Алина. — Не садись к этому типу! Опомнись, Лара!

Кобра и Пашка атаковали девушку с обеих сторон, словно собирались поделиться по-братски, разорвав ее на половинки.

Какая небывалая популярность! Интересно, с чего это вдруг?..

— Отстаньте! — отмахнулась Лара от обоих и, назло всем, пошла к машине. По пути она заметила обеспокоенный взгляд Кирилла — значит, его задело, что она уезжает с другим?! Ну и поделом! Хоть в чем-то сегодня повезло!

Только сев в авто, Лара вдруг подумала, что, может быть, ведет себя глупо — едет с первым встречным, на его машине, да еще и с иностранцем.

## ИЗ ЗАПИСЕЙ ДЖОНА ХЕМИСТРИ

### 33 мартобря, в полдночь

Ничего не выходит. Ни один из способов не действует. Открыть дверь невозможно. Это только в приключенческих фильмах ее открывают любой булавкой. Был бы я Джеймсом Бондом, я бы, несомненно, нашел выход. Но что-то мне подсказывает, что я не Джеймс, а всего лишь Джон... Впрочем, рано еще сдаваться. Поняв, что дверь не открыть, я решил ее выломать и несколько раз с разбега бросался на нее. Плечо болит ужасно, на лбу шишка, но проклятая дверь не поддалась ни на миллиметр. Тогда я попробовал ковырять ее вилкой, которую запасливо спрятал после ужина. Бесполезно.

И тогда я понял: единственный путь на свободу — через Кормильщика. Вот появится он в следующий раз, напрыгну на него с криком «кий-я!», оглушу чем-нибудь тяжелым и убегу. Я тут же придумал себе новое прозвище — Доктор Зло, но едва не бухнулся в обморок, представив всю кровавую картину нападения. Поднять руку на человека, пусть даже на такого огромного и монстрообразного, нелегко. Но что делать, если это мой единственный шанс? Я уже нашел предмет, которым можно осуществить операцию (отвинтил грядушку у кровати — она металлическая и тяжелая). Не знаю, какой стороной лучше ее приложить. Наверное, серединой. Я спрятал свое оружие под подушкой и окончательно почувствовал себя злодеем. Теперь нужно подгадать момент, когда мой сторож повернется ко мне спиной. Лишь бы все получилось...

### Запись следующего дня

Я неудачник, трус, слабое существо. У меня ничего не выходит. Сидеть мне здесь до самой смерти. Как же надоела эта еда: яичница, сэндвичи, молоко и прочая ерунда, которой они меня пичкают! Зачем меня вообще кормят? Для чего? Кому я нужен?

## Три краски

Однако я отвлекся. В этой странной камере мысли превращаются в теннисные шарики и скачут от стены к стене. Не могу сосредоточиться, особенно когда думаю о том, что произошло вчера. Надо взять себя в руки. Взял и понял, что так писать еще более невозможно — как писать, если держишь сам себя: рук просто-напросто не хватает! Поэтому отпустил себя и снова взял ручку.

Так вот, вчера я был готов к осуществлению отчаянного плана физически и материально (то есть запасся вышеописанной грядушкой), но я совершенно не был готов морально. Когда пришел этот громила, я почувствовал такую дрожь в коленях, что мне пришлось сесть. Нащупав под подушкой металлический предмет, я сжал его в руке. Ладони мои вспотели, и пальцы скользили по гладкой поверхности металла. Между тем Кормильщик накрывал на стол. Я посмотрел на его низкий лоб, пересеченный двумя тонкими глубокими морщинами, на его волосы — жидкие, черные как смоль, собранные в жалкий крысиный хвостик, на его руки, бугрящиеся мускулами… Кстати, руки его оказались хуже всего. Один его кулак, наверное, больше моей головы, а рука толщиной с хороший взрослый дуб. Это даже не человек, а человечище, монстр, человек-пароход, человек-бульдозер.

Заметив мой взгляд, он повернулся ко мне, выпятив бульдожью челюсть, и я подобострастно улыбнулся. Да, мне стыдно писать об этом, но видели бы вы его и меня! Мы с ним в разных весовых категориях. Я, конечно, крупный ученый, но человек довольно мелкий и худощавый. Кормильщику едва дохожу до плеча, и нет сомнений, что одного удара его, уже описанного мною, кулака хватит на то, чтобы обеспечить мне длительный нокаут или даже нокдаун.

Все это настолько взволновало меня, что я почувствовал, как скрутило мои мышцы. Увы, я планировал ударить этого типа, но сейчас сидел на кровати, жалко улыбался и не мог шевельнуться. Я понял: еще немного, и я по привычке упаду в обморок! От страха! Какой кошмар!

Меж тем Кормильщик, поставив на стол тарелки, с удивлением посмотрел на меня, а затем спросил:

— Что-то не так? Ты хорошо себя чувствуешь?

Сейчас я не уверен, что кивнул. Мне кажется, я ответил ему одними глазами, которые моргнули. Впрочем, неважно. Еще немного помявшись и пробормотав что-то типа того, что мне нужно больше есть и спать, а то видок у меня не очень, Кормильщик ушел. Это все. Это крах моей операции! Я ничего не сделал. Я сидел на кровати еще долго, сжимая под подушкой металлическую грядушку. Руки уже не потели, железо разогрелось до температуры тела, и только тревожно стучащее сердце напоминало о том, что только что я был близок к чему-то важному, но только опять упустил свой шанс…

В этот вечер я отказался от еды. В ярости отшвырнул тарелку, и бутерброд развалился на несколько частей, а яичница приклеилась к стене и подмигнула мне своим выпученным желтым глазом. Брр, до чего же мерзко! Впрочем, разве не мерзка вся моя жизнь?! Ночью я слышал писк и шуршание — мыши поедали мой ужин. Должно быть, у них сегодня был пир. Жаль, что среди них нет Эмми или Крис… Я так скучаю по ним! Я даже вижу их во сне. Вот сегодня мне снилось, что ко мне пришла Эмили, которая девушка, и на руках у нее была Эмми-мышка, и обе Эмили уставились на меня блестящими в темноте глазами, хором говоря: «Ты убил меня!» Вне себя от ужаса я бросился бежать и увидел светлый коридор. Именно так всегда описывали смерть, я не хотел умирать, но выбора не было, а потому бросился туда и вскоре увидел в конце коридора дверь. «Вот и все», — успел подумать я, но тут увидел обеих Крис.

— Сюда, быстрей, Джон! — закричала та из них, которая девушка, а та, которая мышь, лапкой послала мне воздушный поцелуй.

Выйдя за дверь, я вдруг понял, что не умер, а, напротив, оказался на свободе.

И тут от радости проснулся.

Ничего не изменилось. Я по-прежнему в своей камере. Но к чему этот сон и есть ли в нем хоть какой-нибудь смысл?..

### Через два дня

Не могу поверить в то, что произошло за последние сутки. Это просто подарок судьбы. Это… это невероятно! Шанс, данный свыше, — один из миллиона. Мой сон, как ни странно, оказался в руку.

Я так взволнован, что не могу сдержать эмоций и изложить все подробно. Возможно, когда-нибудь я буду думать обо всем произошедшем, как о чем-то былом, давнем и ничем не примечательном, но сейчас…

Попробую все же внятно изложить.

Итак, судя по предыдущим записям, я находился в жутком состоянии из-за неудачной попытки бежать. Я был настолько плох, что уже ни о чем не думал. Да, именно так! Я не ел и почти не спал. Целые сутки валялся на кровати и мечтал только об одном: поскорее умереть от истощения, чтобы не видеть собственного позора. Меня, ученого, заперли в какую-то клеточку — прямо как совсем недавно я сам запирал мышей. Может, они ставят эксперименты? А может, чего-то дожидаются? Неважно, мне было уже все равно, лишь бы это поскорее закончилось.

Утром пришел Кормильщик, принес еду. Я как раз закончил писать и спрятал свои записи во внутренний карман рубашки. Громила ничего не заметил. Мне было безразлично, обыщут ли меня, найдут ли металлический обломок кровати и записи. Уже не выбраться, так к чему эти переживания?

Однако никто не стал меня обыскивать. Кормильщик опять пробормотал что-то про то, что видок у меня не очень, и ушел. То же самое повторилось во время обеда. Я не притронулся ни к чему. Впрочем, ярости уже тоже не оставалось. Я не расшвыривал тарелки, они спокойно стояли на столике. Когда же Кормильщик пришел в четвертый раз, уже перед окончанием своего дежурства, его терпение лопнуло.

— Почему ты не ешь? Что случилось? — спросил он резким требовательным тоном.

От голоса его внутри меня все передернулось, но я не выдал своего волнения. И по-прежнему пялился в стену.

— Ты плохо себя чувствуешь?

Тишина. Я молчу.

— Вот смотри, это печенье! Вкусненькое! — Он взял кусок печенья и протянул его мне, словно я маленький ребенок, а не узник.

К слову сказать, я давно приметил, что человек этот, несмотря на свой высокий рост, огромные руки, грубоватый голос и жесткое выражение лица, отличается некой добротой. По крайней мере, я не заметил грубости по отношению ко мне.

— Овсяное печенье! Ешь! — Видимо злясь, он поднес печенье прямо к моему рту, чем вызвал прилив моего раздражения.

Даже не думая о том, что творю, я резким движением ударил его по руке. Печенье выскочило из пальцев, упав на пол.

Громила побагровел от гнева. Я понял: еще миг, и мне крышка. Я сжался в комок, с ужасом глядя на Кормильщика. И тут случилось чудо!

Разъяренное лицо громилы вдруг застыло.

— Ы… ы… — бормотал мужчина, тыкая при этом куда-то в сторону.

Я проследил за его остекленевшим от ужаса взглядом и увидел… хорошенькую мышку! Вначале мое сердце замерло, пропустив удар, мне показалось, что передо мной она — Крис! Я едва не забыл, как дышать, но, к счастью, осознал, что ошибся, и сразу вспомнил. Крис погибла, отдав себя науке! Это, конечно, другая, просто очень похожая на нее мышка. Она неслась к упавшему печенью, перебирая тоненькими лапками.

Я перевел взгляд на Кормильщика. Громила был испуган так, словно вместо маленькой мышки на него несся гигантский носорог.

Мой тюремщик уже не издавал ни звука, но лицо его стало белым, как стена. Рука, которой он тыкал в сторону мышки, опустилась, и громила прямо на моих глазах стал потихоньку обмякать.

Теперь, спустя сутки, понимаю, в чем дело. Он так сильно испугался, что упал в обморок. Как человек, который ощущал на себе подобное не раз и не два, я прекрасно его понимаю и сочувствую. Мышь одолела гору! Кормильщик свалился прямо на пол, чем сильно встревожил мышонка, который, схватив кусочек печенья, ретировался под кровать.

Поначалу я хотел помочь лежащему в обмороке тюремщику, но потом посмотрел на дверь и увидел, что она открыта. Выход свободен! Надо бежать!

Сон сбылся! Крис открыла мне путь к свободе! Теперь я не сомневаюсь, что это именно она спустилась на грешную землю из своего мышиного рая, чтобы собственной лапкой указать мне путь к спасению. О, спасибо тебе, Крис!

Я посмотрел на громилу. Обмороки длятся от нескольких минут до получаса — по крайней мере, у меня. Получается, он может очнуться в любой момент. Бросив последний взгляд на комнату, в которой я находился в заточении, я бросился к двери и выскочил в узкий коридор, из которого было несколько выходов.

Впереди виднелась незапертая большая дверь, выглядевшая точь-в-точь так, словно на ней имелась надпись: «На свободу — сюда». Я метнулся к двери, совершенно не думая о безопасности. Сейчас я понимаю, что поступал легкомысленно — а если б там была охрана? Впрочем, мне повезло, за дверью никого не оказалось. Я выбежал в еще один коридор и, пробежав немного, оказался еще перед одной дверью. На этот раз она выходила на улицу.

Я выскочил на свободу и сразу почувствовал два неприятных ощущения: закружилась голова от кислорода, который рванулся в мои легкие, и зарябило в глазах от слишком яркого света. Я прислонился к стене и несколько секунд приходил в себя. Передо мной был маленький прудик, а за ним лежал большой город. Оказывается, все это время я был вовсе не на необитаемом острове!

Переплыв прудик на лодке, я оказался на людной улице и бросился бежать куда глаза глядят, подгоняемый страхом, что за мной гонятся. Остановился, только когда увидел, что нахожусь посреди какого-то очень большого квартала. Отдышался, осмотрелся и узнал — я в Манхэттене! Боже, как давно я здесь не был! С тех пор, как окончил школу. Где-то здесь метет тротуары моя мать, я редко о ней вспоминал, обычно ограничивался отправкой денег и считал свой сыновний долг выполненным. Никогда не думал, что встретиться нам придется при таких обстоятельствах. Я немного посомневался, но в итоге направился по знакомому адресу — в тот самый дом, где провел свое детство.

Не стану описывать встречу с матерью. Я сказал ей только то, что мне нужно скрыться от посторонних глаз. Она поселила меня на окраине города, в заброшенном доме, принадлежавшем ее подруге. Я нахожусь тут всего несколько часов, но наконец-то чувствую себя спокойно и уверенно. Пока отдыхаю и радуюсь. Радуюсь успеху и не могу поверить в свою удачу! Неужели такое может быть? Я понимаю: надо что-то делать дальше. Но я пока не в состоянии думать.

Вернусь к этому вопросу позже.

Спасибо, Крис!

## Глава 7

### *Москва*

— Мне кажется или я вас где-то видела? — спросила Лара, вглядываясь в американца. Его острый нос вызывал у нее смутные подозрения. Тот официант в кафе тоже был американцем. Не много ли вокруг иностранцев? Хотя, с другой стороны, их в Москве немало. Тот — усатый неудачник-официант. Этот — безусый лихач. Ничего общего!

— Ничего ньє знаю… Я такую красавицу вижу в первый раз! — ответил он на ломаном русском. — Вьи меня извиньите, но, честно говоря, я даже рад, что чуть не сбил вас…

Комплимент был сомнительный, но Лара, вспомнив озабоченный взгляд Кирилла, подумала, что тоже рада, хотя это и странно.

Воспоминание о Кирилле ножом резануло прямо по сердцу. Он был с Алинкой… Значит, они вместе! Но с чего это Кобра так о ней пеклась? В подружки набивается?

— Красьивые волосы… — выдал американец еще один комплимент, и Лара, спохватившись, что совсем не поддерживает беседу, поспешила поблагодарить иностранца.

— Вы очень добры, что вызвались меня подвезти, — проговорила она. — После такого стресса… Кстати, я — Лариса. А вас, извините, зовут…

— Джек! Зовьите Джек! Я визажист-парикмахер, — смущенно улыбаясь, ответил иностранец.

# Три краски

Лара удивилась. Как-то не вязался образ этого мужчины с ножницами. Девушка вспомнила про иностранного официанта, Пашку, салат и вздрогнула.

— Интересная, наверное, работа... мне вот тоже надо посетить парикмахера. Покрасила волосы, а теперь не знаю, что с ними делать... — задумчиво произнесла девушка.

Американец, отвлекшись от дороги, оценивающе посмотрел на ее голову.

— Я могу сдьелать из вас королевну! — сказал он. — Доверьтесь мне! У вас есть идеи? Краска?

Лара покачала головой.

— Краска есть какая-то, но идей — ровным счетом ноль. Впрочем, может, я и доверюсь вам. Оставьте визитку!

— Визитка? Я не взять визитка! Я взять ваш номер телефон и позвонить. Хорошо? — Американец все поглядывал на свою пассажирку и поэтому только в последний момент вырулил, уходя из-под несущейся на них фуры, подрезал какую-то машину и на всей скорости вошел в поворот, так что автомобиль немного занесло.

Лариса вцепилась побелевшими пальцами в кресло и мысленно пожелала быстрее и по возможности целой и невредимой добраться до дома.

— Так что? Ви позвонить? — настаивал он.

— Хорошо! — Ей было все равно — лишь бы выбраться из этого шахид-такси.

Американец как мужчина ее отнюдь не зацепил, но кто ж от хорошего визажиста-парикмахера отказывается? Тем более иностранного — они наверняка больше наших умеют! Ну и что, что он плохой водитель. Как там говорили в рекламе: «Наш повар не умеет кататься на горных лыжах, зато он в совершенстве владеет искусством кулинарии»? Вполне вероятно, что здесь как раз такой случай.

Лара быстро продиктовала иностранцу свой номер и выпорхнула из машины, как только они подъехали к дому.

Квартира была пуста — Варя опять на работе. Ларисе стало почему-то очень одиноко. Сейчас, после всего того, что произошло, ей необходимо было излить кому-то душу. Она набрала номер подруги — тишина. Может, Аньке позвонить? Так она же в ресторане! Веселится, наверное.

Лариса легла на диван, включила телевизор, прикрыла глаза. Лучше поспать. Девушка уже задремала, когда сквозь монотонное жужжание телевизора услышала звонок — телефон. Варя, наверное! Лариса вскочила на ноги. Подбежала к сотовому — номер незнакомый. Неужели этот американец? Уж очень быстрый! Девушка приняла вызов.

— Алло, Лара! Ты как? — послышался голос Алины.

Лара так и застыла с телефоном в руке — с чего это бывшая начальница так о ней печется? Очень странно!

— Я нормально! А что? — немного придя в себя, осторожно поинтересовалась девушка.

— Ничего, ты была такая бледная… Тебе точно не нужна помощь? Я могу приехать, ну там побыть с тобой… Ты не переживай, это совершенно уместно — все-таки мы столько вместе работали… Почти сроднились…

Лучше записать себе в родственники тигровую змею — одну из самых ядовитых и агрессивных змей мира, чем Алину, чей нежный и заботливый голос вызывал у Лары инстинктивный ужас.

— Спасибо, но... — Лара не знала, как ей отказать. Черт побери, куда делась ее твердость? Почему в ней все ощутимее просыпается прежняя неуверенная Лариса?

— Диктуй адрес! Я уже бегу! — пользуясь заминкой, добавила Алина, и Лара сдалась.

Следующие полчаса у нее ушли на то, чтобы экстренно привести в порядок квартиру и себя. Вещи, которые валялись на стуле, диване, были закинуты в шкаф, пол наскоро пропылесошен, сама Лара немного подкрасилась и снова присела на диван — дожидаться свою соперницу. А может, и к лучшему, что Алинка к ней идет — так Лара может узнать подробности о Кирилле: встречаются они или просто дружат. Какие у них планы? Ох, как страшно выяснить, что между ними что-то серьезное.

Хоть Лара и ждала Алину, когда зазвонил домофон, она подпрыгнула от неожиданности. Подобревшая начальница пришла с фруктами и соком — прямо как к тяжелобольной. Посмотрев на дары, Лара засмеялась:

— Что ты так всполошилась? Я ведь чуть не угодила под машину, но, в общем-то, чувствую себя превосходно!

— Ну и прекрасно! Есть повод потрепаться! — засмеялась в ответ Алина, но во взгляде ее Лара увидела что-то недоброе и неискреннее. Может, показалось? Конечно, показалось — привыкла она во всем подвох видеть, — человек от чистого сердца к ней пришел.

Лариса чувствовала неловкость перед гостей. Заламывая руки, ходила от коридора, где Алина разувалась и раздевалась, к комнате и кухне. Куда ее вести? Чем угощать? У нее ничего такого нет...

— Ты чай будешь? — наконец, решила поинтересоваться девушка.

— Не откажусь! — улыбнулась гостья.

Лара прошла в кухню. Поставила чайник.

— Можно, я тут у тебя осмотрюсь? Ты же не против? Мне всегда интересно, как сотрудники живут, — спросила Алина откуда-то из глубины комнаты.

— Да, конечно. Чувствуй себя, как дома, — ответила Лариса, всем сердцем желая, чтобы это все поскорее закончилось — все-таки гостья была Ларе в тягость. Когда она заливала кипятком заварку в маленьком чайничке, ее вдруг осенило — это что же получается, все в ресторане, а Алина помчалась к ней? Нехорошо как!

— Послушай! — Лара забежала в комнату и растерялась — Алина совершенно спокойно шарила у нее в шкафу.

— Я… Я брошь оборонила… отскочила… кажется, сюда, — промямлила гостья.

Ларе стало неприятно, тем более учитывая, что совсем недавно она сунула вещи в шкаф, особо не наводя там порядок.

— Сейчас поглядим, — сказала девушка и принялась искать сама. Алина суетилась рядом.

— Ой! Нашла! Вот она закатилась, — воскликнула Кобра.

Лара перевела дух. Она вдруг увидела, что ящик комода выдвинут — неужели она его не закрыла? Беспорядок какой! Давно пора заняться генеральной уборкой. Лариса подошла к комоду, задвинула ящик.

— Пойдем чай пить!

— Ага, иди, я тебя догоню, — улыбнулась Алина.

## Три краски

Через пять минут они сидели на кухне. Говорить особо было не о чем, в воздухе витало такое напряжение, что Лара уже сто раз пожалела о том, что согласилась на этот дурацкий визит.

— А на работе все как-то не так — все о делах да о делах, и не поговорить по душам. Особенно сейчас, когда мы не работаем вместе, — сказала Алина, наивно хлопая глазами. Лару не покидало чувство, что это все напускное, спектакль. Но только она призадумалась, зачем вообще нужна бывшей начальнице, как Кобра завела такую тему, которая вмиг заставила Лару забыть обо всем.

— Давай по-честноку, Ларис! Тебе Кирилл нужен? Ты к нему неравнодушна? — спрашивая об этом, Алина уставилась на Ларису так, словно сканировала ее душу и извлекала ответ до того, как соперница открывала рот.

— С чего ты взяла? — выпалила Лариса, а сама подумала: «Лишь бы не покраснеть...»

— Но я все-таки женщина. Разбираюсь немного... — ядовито улыбнулась Кобра. — И, просто, знаешь, меня это беспокоит. Ладно, когда мы вместе работали, это еще ничего. Так сказать, под моим присмотром. А сейчас... и ты так похорошела. В общем, скажу прямо, Кирилл — мой мужчина. Мы встречаемся. Серьезно! И мне не очень хотелось бы иметь в твоем лице соперницу, понимаешь?

Вот и узнала об их отношениях! Что же, это оказалось не так больно, как ожидала Лара. Наверное, она была готова к такому повороту. И еще она поняла цель Алинкиного визита — та хотела расставить все точки над «i». Неужели эта дура думает, что Лара прям так и выложит перед ней все свои карты?!

203

— Я все понимаю. Но это странный разговор. Тебе не о чем беспокоиться. Я еще не дошла до того, чтобы отбивать у кого-то парня. Так что спи спокойно!

— Спасибо, что разрешила. Буду спать спокойно! — засмеялась Алина — она, кажется, была удовлетворена.

Зато Лара почувствовала себя мерзко. Нет, все-таки не хочет она дружить с Коброй.

Из коридора послышался звук открывающейся двери, и в кухню заглянула Варя, скользнув по гостье настороженным изучающим взглядом.

Кобра поперхнулась чаем.

— Ой, мне, наверное, пора! — сказала она, к великому Ларисиному облегчению. — Спасибо за угощение! Приятно было пообщаться, и я очень рада, что ты чувствуешь себя хорошо!

Она вскочила и устремилась в коридор. Но, поскольку соседка все еще стояла в дверях, так и не додумавшись отойти, чтобы освободить проход, Алине пришлось буквально протискиваться между ней и дверным косяком. Расстояние оставалось совсем небольшое, поэтому вовсе неудивительно, что в процессе выполнения акробатических упражнений сумка бывшей начальницы перевернулась, и из нее выпала косметичка, складная расческа и… знакомая коробочка с рыжей краской.

— Да у вас точно такая же краска, как у Ларисы! — воскликнула Варя, поднимая с пола коробку. — Ой, и тоже распакована! Посмотри, Лара! Вам тоже ее на новогоднем корпоративе подарили?

— Это не мое! — Алина оттолкнула руку девушки, глядя на краску так, словно это была, уже недобрым словом упомянутая, тигровая змея.

— Ой, так это мое! — воскликнула Лара, забирая коробку. — Интересно, как она сюда попала? Мистика!

Ей показалось, Кобра немного расстроилась из-за прихода Вари. Может, она хотела еще о чем-то поговорить?

Закрыв за гостьей дверь, Лара убрала краску в шкаф и призадумалась — сколько совпадений за один день. Они ведь что-то значат!

— Ну ты представляешь, — поделилась она с уже облачившейся в халат Варей, — краска за мной по пятам ходит! А ведь я уже подумывала, не перекраситься ли мне? Корни торчат — ужас! А еще сегодня я чуть не угодила под машину одного визажиста-парикмахера. Кстати, он иностранец! Представляешь, вот сколько совпадений!

— Иностранного парикмахера? Это интересно! — согласилась соседка. — А эта змеища что тут делала?

— Сама не знаю. — Лара зевнула и посмотрела на окно — там совсем стемнело. — Пойду-ка я спать! День тяжелый был! — Она потянулась. — Ты завтра работаешь?

— Угу. А что?

— Да ничего. Я все-таки думаю покраситься. Пойду тогда в салон…

— А может, меня дождешься? — предложила Варя, подсаживаясь к компьютеру.

— Может, и дождусь! Спокойной ночи!

Засыпая, Лара все думала о Кирилле, о его странном взгляде, когда она садилась в машину американца. Опять американец… А ведь она никогда не млела перед заграницей. Впрочем, не важно. А Алинка потеряла брошь у нее в шкафу. Странно... Вообще, она очень странная. Неужели боится ее, Лары? Если боится, значит, у Кирилла что-то есть по отношению к ней — или она ошибается?

Наутро, как раз восьмого марта, Лара решила все-таки пойти в парикмахерскую. Варя приходит с работы уставшая, зачем ждать? Тем более сегодня, в праздник, так хочется изменить хоть что-то к лучшему. Парикмахерская, которую она выбрала (по простому принципу — самая ближайшая к дому), была Ларе не знакома, как, впрочем, и все остальные, ведь раньше она не ходила по этим салонам. Всю жизнь у Ларисы были длинные волосы естественного цвета, о покраске и стрижке она никогда и не думала. Разве что кончики обрезать, так это дома, с мамой. Теперь же нужно перестраиваться и жить по-другому. «Вот еще проблему себе создала...» — ворчала про себя девушка, переступая порог парикмахерской.

Тетка, сидящая в вестибюле, оказалась жутко раздраженной. Не успела Лара и двух шагов сделать, как та нервно проговорила:

— Дверь за собой закрывайте! Не май-месяц!

Мысленно посчитав, что до мая осталось всего ничего, Лара прикрыла дверь, подошла к ворчащей женщине и замерла, ожидая, когда та спросит, чем помочь. Однако женщине, похоже, было все равно — она не моргая смотрела маленький телевизор, висящий на стене.

— Кхм! — нарочито покашляла Лариса.

— Тсс! — тетка подняла кверху палец, прислушиваясь к какой-то болтовне телеведущего, а потом закатилась в противном хохоте: — Вот дает! Вот отжигает! Чего хотела-то?

Лару смутило, что к ней обращаются не на «вы», но спорить не стала.

— Покраситься хотела...

— Краска есть с собой?

— Нет... — Лара вспомнила о той краске, что осталась дома, — все-таки под эти темные волосы она не подходила. Надо что-то подбирать похожее.

— Ладно! Посмотрим! Может, найдем что-нибудь подходящее... Гюля! — неожиданно и резко закричала администратор, отчего Лара чуть не подпрыгнула. — К тебе клиент!

— А сколько стоить будет?

— Семьсот...

— У меня только корни надо...

— Я же сказала, семьсот!

Впечатления от начала были не слишком удачными. Сомневаясь, правильно ли вообще она поступает, Лара вскарабкалась на кресло. Вскоре к ней подошла женщина, по виду кавказской национальности, на голове — пучок не очень хорошо расчесанных волос. Вот так парикмахер!

Потрогав Ларину шевелюру, она спросила:

— Что делать будем?

— Краситься... — прошептала Лара, почему-то волнуясь. — В такой же цвет.

Женщина кивнула. Затем полезла в шкаф, долго там ковырялась. Наконец достала несколько флакончиков с краской. Все они были без упаковки, поэтому о том, какого цвета данная краска, Лара догадаться не могла.

Судя по тому, что виднелось сквозь матовые баночки, что-то темное.

Запах краски неприятно бил в нос. Пока парикмахерша ее разводила, Лара изучала свое отражение в зеркале. Нет, еще полтора месяца назад она была гораздо симпатичнее. И увереннее в себе. Хотелось двигаться, работать, творить... А сейчас устала, что ли... И цвет — цвет совсем блеклый стал... И эти корни...

— Ну что, начнем? — Женщина закатала рукава, взяла в руки кисть. Лара вдруг с ужасом подумала о своей блузке — она ведь может заляпаться в три секунды.

— Фартук! Вы разве не надеваете фартук? — воскликнула она.

— Ах да, простите! — Та засуетилась, достала фартук, повязала Ларе. — Я парикмахером первый день... Праздники — все отдыхают... Раньше уборщицей работала, — поделилась парикмахерша радостью.

Ларины глаза округлились. Вот это попала!

— А вы умеете? — спросила она с надеждой.

— Смотрела за коллегами, училась, — улыбаясь, ответила та. — Как же без этого — без опыта сейчас никуда не берут...

После такого откровения Лара уже без энтузиазма глядела, как мокрая, неприятно холодная кисточка скользила по ее голове, окрашивая все едким черным цветом. Девушка думала о Варе — та ведь тоже без опыта ее красила, и как хорошо получилось! И зачем только она, Лариса, сюда пришла? Надо было купить краску и пойти домой. Попросила бы подругу... Нет, решила все сделать быстро, теперь поплатится.

Похоже, нехорошие предчувствия сбывались. Не успела парикмахерша нанести всю краску, как та начала рыжеть на глазах. Черный цвет сменялся ржавчиной, и Лара с каждой секундой становилась все более похожа на кикимору.

— Странно как-то… — пробормотала тетка. — Я же выбирала из темно-каштановых. А тут… Цвет, что ли, не тот…

Лара старалась не смотреть на свое отражение. Она отвернулась, но проклятые зеркала были всюду. Со всех сторон на нее печальными глазами глядело страшное чудовище с макушкой-морковкой.

— Людка! Поди сюда! — позвала мастерица-уборщица.

Послышалось кряхтенье, чередуемое с ворчаньем, в зал вошла администратор. В руках она держала кружку с чаем. Ларе стало противно от того, как люди работают.

— Слушай, а краска у нас шатеновая где лежит? В этом ведь ящике? — Ларина мучительница кивнула на ящик, откуда доставала краску.

— Да ты что, первый день, что ли? А, ну да, первый день… Здесь у нас эти, рыжие да красные, еще голубой, синий цвет, ну и всякий такой, кислотный. А ты какой взяла? Этот… Так это же на списание сложили, просрочено давно…

Из глаз Лары хлынули слезы. Вот это покрасилась! Мало того, что в непонятный серо-буро-малиновый цвет, так еще и просроченной краской. Похоже, теперь и парикмахерша поняла всю серьезность ситуации. Зажав ладонью рот, она только и прошептала:

— Да ты что... Ну ничего, еще не успела схватиться! Пойдем быстрее смывать!

Лара помчалась в сторону раковины. Парикмахерша усердно терла ее волосы, несколько раз нанесла какой-то шампунь, затем бальзам. Лара смотрела, как по раковине течет ярко-розовая вода, и с содроганием подумала, что теперь вряд ли сможет смотреть на собственное отражение. Наконец мытье головы закончилось. Лариса разогнулась, мельком взглянула в зеркало и чуть не вскрикнула. Это была не морковка и не свекла, а что-то среднее между ними — скорее сиренева-то-розового цвета, но яркое и настолько взрывное, что аж в глазах рябило.

— Ничего, ничего, сейчас высушим, и будет другой цвет, — утешала ее парикмахерша. — Оно, когда мокрое, ярче кажется...

Но садиться вновь в кресло и отдаваться во власть этой жуткой тетке Лара уже не согласилась. Естественно, ни о какой оплате тут и речь не шла. Девушка накинула на голову капюшон, затянула его так, чтобы ни один волос не вылез наружу, и помчалась домой. Она прибежала в квартиру в таком состоянии, что не могла выговорить ни слова. Впрочем, и говорить ничего не потребовалось.

— Это кто тебя так? — воскликнула Варя, которая, оказывается, уже была дома. Она внимательно рассмотрела Ларины разноцветные пряди. — Знаешь, цвет такой, не могу передать. Цветок такой есть, ядовитый. Его издалека видно...

— Спасибо, успокоила, — отрезала Лара. — А ты почему так рано? Могла бы и сказать, что пораньше освободишься... — Ей захотелось хоть на ком-то сорвать свою злость.

— Так праздник же! Пораньше отпустили! А заранее об этом я и не знала... — Варя снова потрогала Ларисины волосы. — Не волнуйся, что-нибудь придумаем. Знаешь что, можно попробовать в рыжий покраситься?

— Нет, рыжего мне сегодня достаточно! — поспешно затрясла головой Лариса.

— Тогда давай сначала осветлим. А потом решим, что делать. — Подруга полезла в комод и вынула коробку блондинистой краски. — Вот тут наверняка гидроперит есть... Садись и успокойся! Все хорошо будет!

Лара задумчиво подошла к зеркалу, отвернулась. Луч солнца, пробившись сквозь занавеску, скользнул по ее лицу. Какая сегодня хорошая погода, а на душе так погано! Теперь Кирилл на нее даже не посмотрит. Чуть не плача, она села на стул.

— С богом!


Она проснулась на диване. Мокрые волосы завернуты в полотенце, за окном темень. Это как же так? Ведь недавно солнце в глаза било! Недавно — это когда она краситься начала. Потом Варя сказала, что надо смыть, а затем... затем Лариса ничего не помнит. Надо же, какие эти краски интересные — каждый раз после покраски она засыпает. Лара пошевелила ногой. Затем потихоньку сползла с дивана.

— Ты уже встала? — спросила Варя, которая, оказывается, была в комнате и, сидя в кресле, что-то строчила в ноутбуке.

— Ага. И как это я вырубилась?

211

— А ты от таких стрессов на ногах и так едва стояла, — заметила подруга. — Сама же рассказала: и про Кирилла своего, и про американца, потом про парикмахерскую. Я вообще удивляюсь, что у тебя хватило сил краситься...

— Ты чего там делаешь? — Лара потянулась, улыбнулась, чувствуя, как по телу растекается приятное и почему-то радостное тепло.

— Да ничего! Маме письмо пишу! Надо хотя бы на пару деньков к ней съездить. Давно не проведывала...

— А я свою уже сто лет не видела. Надо бы тоже... — Лариса вприпрыжку добежала до зеркала, скинула полотенце с головы и ахнула.

Такой цвет волос она не ожидала увидеть. Тот кошмар, который был совсем недавно, исчез, будто его и не было. Теперь по плечам рассыпалось золото — блестящее, волшебное, успокаивающее. Мягкий розовый оттенок, чуть персиковый — скорее всего, от той ржавчины, что была до этого, — совсем не раздражал, только сделал цвет еще эксклюзивнее.

— Они... как брызги шампанского, — не сводя глаз со своей шевелюры, прошептала Лара и засмеялась. Ей захотелось танцевать, веселиться, болтать без умолку, петь. Подбежав к креслу, она схватила Варю за руку, пританцовывая, потянула на себя.

— Да подожди ты, — хихикнула в ответ подруга и отодвинула в сторону ноутбук.

Обе они закружились по комнате. Разметались волосы, черные и пшенично-розовые, иногда смешиваясь, иногда разлетаясь в стороны стремительными стрелами.

— Я тебя обожаю! — воскликнула Лара. — И жизнь — она прекрасна, ведь правда?

— Еще как! — отозвалась подруга.

Веселье потихоньку погасло. Лара снова подошла к зеркалу.

— Здравствуйте! Я — Шерон Стоун! Йес! — покривлялась она, а затем добавила: — Просто поразительно, как краска может изменить человека. Знаешь, я раньше никогда себя не любила, а сейчас понимаю, что-то все же есть во мне...

— Понимаешь? Да ты взгляда от себя оторвать не можешь, Шерон Стоун! — засмеялась подруга, которая снова присела за компьютер. — Кстати, тут твой Пашка приходил... Он...

— Ой! Не хочу ничего о Пашке слышать. Дай мне порадоваться своей прическе, — скривилась Лара, словно маленькая. Тут, будто нарочно уводя ее от разговора, раздался телефонный звонок. Лариса зачем-то взвизгнула и побежала к сотовому.

— Сумасшедшая! — покачала головой Варя, но Лара ее не слушала.

Голос в трубке поначалу показался чужим (да и номер на панели высветился неизвестный), но с первого же слова Лара догадалась — американец. Впрочем, он на всякий случай представился:

— Это Джек, который вас чуть не задавил. Я хотель искупить свой вину и пригласить поужинать завтра. Ви как?

— Нет, завтра я не могу, — проговорила Лара, вспомнив, что запланировала написать несколько текстов для передачи, но тут же передумала: не слишком ли много она работает? Кажется, последние два месяца только этой работой и жила — и день и ночь! Хватит! Нет уж, надо отдыхать!

Девушка улыбнулась своему отражению и проворковала в трубку:

— Знаете, а я передумала. Давайте встретимся! Заезжайте за мной завтра в шесть. Да, у того же подъезда.

Лара положила трубку, загадочно закусила губу. Подошла к подруге, пощелкала языком, привлекая Варино внимание. Подействовало: та оторвалась от ноутбука, с любопытством поглядела на Ларису.

— И кто это был?

— Угадай!

— Пашка? Кирилл?

— Нет-нет-нет! Не угадаешь! Это тот самый американец! Он меня пригласил в ресторан!

— И на фига он тебе сдался? — нахмурилась Варя и снова уткнулась в компьютер. — Человек тебя чуть жизни не лишил, а ты с ним в ресторан идешь.

Такое отношение очень задело Лару.

— Как это на фига? Как ты можешь так говорить? — воскликнула она. — У подруги, можно сказать, тут личная жизнь налаживается! Что, мне все время по Кириллу страдать? Видишь, не нужна я ему! А тут мужчина такой интересный, респектабельный, иностранец. Мир поглядел, себя показал... Да что ты там все пишешь и пишешь? Ну-ка перестань! — Лара, словно избалованная девчонка, схватилась за крышку ноутбука, потянула на себя, заглянула в Варины письма.

— «The color was even with glitter...» — прочитала она и перевела удивленный взгляд на подругу: — Ничего не понимаю. Это английский? Ты говоришь по-английски? Зачем ты это пишешь? Про что это?

— Слишком много вопросов, — психанула Варя и вернула себе компьютер. — Ну чего ты? Не хотела я говорить. Английский учу, переписываюсь с иностранцем — в социальных сетях познакомилась, довольна?

— Ага! Мне от иностранца советует подальше держаться, а сама... Расскажи, — Лара присела на краешек кресла и умоляюще заглянула в Варины глаза.

— Не хочу! — пробурчала Варя. — Рассказывать нечего. Первое письмо пишу.

Она явно злилась. Лара удивилась, как быстро они поменялись ролями. Еще вчера Лариса была гораздо серьезнее своей подруги. Та смотрела на нее, словно на богиню, а сегодня Варя как на пьедестале, а Лара скатилась куда-то вниз, под ноги. Даже неприятно. Хотя... Фиг со всем этим! У нее сегодня настроение, которое бывает раз в тысячу лет — самое что ни на есть игривое.

— Ну не хочешь рассказывать, не надо! Давай лучше развлекаться! Почему бы не пойти прогуляться или, скажем, на дискотеку? А что, по-моему, отличная идея!

Девушка подбежала к шкафу и задумчиво оглядела его содержимое. Одни деловые костюмы!

— Интересно, о чем это я думала в последнее время? — пробормотала она. — Ну ладно, придется идти в чем есть. В конце концов, не платье формирует человека, а человек платье, — глубокомысленно добавила она.

— Может, не пойдем? — усомнилась Варя. — У нас денег нет. У меня, по крайней мере, точно...

— А на фига нам деньги? — засмеялась Лара. — Найдем парней. Пусть они за нас и платят...

Варя на Лару посмотрела с удивлением, а Лариса снова засмеялась:

— Я же тебе сказала — буду менять свою жизнь! Все, конец тухлому существованию! Дом — работа, работа — дом... Ну разве это жизнь?! Ну теперь-то я развернусь! Ну что, идешь со мной?

— Пошли, — равнодушно пожала плечами подруга.

Варя достала из шкафа свои единственные джинсы и простенькую белую футболку. К слову сказать, фигурка у Вари была что надо, да и вообще девочка симпатичная — только забитая очень. Лара узнавала в ней себя прежнюю.

— Скажи, ты была влюблена? — спросила она девушку, одновременно углубляя вырез на слишком строгой офисной блузке.

— Была, — ответила Варя.

— И как? Ты добилась этого человека? Ты была с ним?

— Была.

— А потом?

— Потом мы расстались... По моей вине... — Варя опустила глаза.

— Вот видишь, ты даже бросить его смогла — настоящая сильная девушка. А я ничего не делала... пока... Я его ведь даже не пыталась добиться — я говорю о Кирилле. Как валенок, сидела сиднем и плакалась, понимаешь? И чем больше времени проходит, тем сильнее я запутываюсь. Когда я встречалась с Пашкой, мне вообще показалось, что я разлюбила Кирилла. У меня даже, если честно, мысли были: а не влюбляюсь ли я в Павлика? Представляешь? В это серое тихое существо! Ни за что! Нет, он парень нормальный, но как друг, не больше!

— Но почему только как друг? — возразила Варя.

— Вариант бесперспективный! Такой девушке, как я, нужен кто-то поярче... Ну, как тебе? — Она покрутилась, демонстрируя модернизированную блузку. — Клево, правда?

— Да, смотрится здорово!

— Вот так и пойду!

Через час Лара была готова. Теперь, когда она подкрасила глаза, надела узкую юбку, накинула пуховик, распустила волосы, то сразу изменилась — красивая, стильная, эффектная. Она с удовольствием осмотрела себя в зеркале.

— Смотри, Варь! Другой цвет волос, и уже все иначе. Как же мне идет быть блондинкой! Ты никогда не хотела покраситься? — Она оценивающе посмотрела на подругу, которая собрала волосы в хвостик, слегка подкрасила ресницы и оделась даже более чем скромно.

— Нет-нет, Лариса! Я же говорила, что не доверяю этим краскам!

— Ну и зря, — засмеялась Лара.

На улице, несмотря на календарную весну, царила настоящая зима. Хлопья снега, большие, радужные, падали прямо на ресницы, луна светила ярко и празднично, на площадке перед домом детвора с шумом играла в снежки. Настроение праздника сразу охватило девушек, как только они вышли из дома.

— Красота какая... — вдохнув морозного воздуха, прошептала Варя.

— Ага, а ты хотела дома сидеть! — добавила Лариса.

— А куда именно мы сейчас пойдем? Есть идеи?

— Не-а. — Лара засмеялась. — Пойдем просто так, навстречу приключениям. Я верю, в такой момент обязательно что-то должно случиться!

И правду, не прошло и пяти минут, как сзади послышались мужские смешки и приятный хруст свежего снега.

— Девчонки! — окрикнули их.

Варя и Лара обернулись. Двое парней — высоких, худощавых, оба в спортивных куртках и трикотажных черных шапках — шли за ними.

— Девчонки, куда вы так бежите? Подождите! — улыбаясь, сказал один из них.

Варя не на шутку испугалась.

— Лара, темно вокруг! Пойдем от них скорее! Мужики какие-то… — прошептала она.

— Да ладно тебе, Варь! Какие мужики — обыкновенные парни! — возразила Лара так громко, что парни скорее всего это услышали, а потом добавила тише: — Нам с тобой того и надо. Мы же вышли весело провести время!

Варя испуганно посмотрела на подругу и отвернулась.

— Да ждем, ждем! — крикнула Лара парням. — Поторопитесь!

Мальчишки подошли к ним с двух сторон. Варя опустила глаза. По одному ее виду можно было понять, что девушка напугана до смерти. Зато Лара чувствовала себя, как рыба в воде.

— Вы, кажется, чего-то хотели? — спросила она у ребят, ослепив их мягкой улыбкой.

— Познакомиться! — ответил один.

— Вы куда идете? — спросил второй.

— Вообще-то хотели на дискотеку, а пока гуляем! — Лара пожала плечами. — А что, есть предложения?

— Есть, — сказал первый. — Пошли с нами! Мы идем в клуб. Там и потанцевать можно. Не отказывайтесь, девушки!

— Не для себя стараемся, для друзей! — добавил второй.

— Это как? — Лара удивленно вскинула брови.

— Ну, у нас, если честно, там девчонки есть, ждут. А два друга наших без королев. Вот мы вас для них и присмотрели, — объяснил первый с виноватой улыбкой.

Бывшая Лара на такую авантюру никогда бы не пошла, но Лара сегодняшняя восприняла все с юмором. Рассмеявшись, она сказала:

— Ну, вы, парни, даете! Нормальные друзья-то?

— Отличные!

Лариса мельком взглянула на бледную Варю.

— Ладно, пошли. Но если не понравятся, уйдем! Имейте в виду! Кстати, как вас зовут, рыцари?

— Меня Сашей!

— А меня Колей!

— Очень приятно! — Лара с удивлением заметила, что ей очень нравится кокетничать, а ведь раньше она себя так никогда не вела. — А меня Алиной. А это — Таня! — Лара и врать умела, не моргнув и глазом.

— Здорово! — откликнулись пацаны.

— Ну, пошли. Тут недалеко! — Они подхватили девушек под руки и повели. Варя вырвалась из рук парня — вся эта ситуация ей страшно не нравилась. Зато на Ларису напало неудержимое веселье. Она шутила и смеялась, купаясь в мужском внимании. Девушка чувствовала себя в родной стихии.

Клуб действительно располагался недалеко — в подвале одной из соседних пятиэтажек. Лара никогда и не знала, что такое заведение есть около ее дома. Перед спуском в цоколь горела простая и исчерпывающая вывеска: «Ночной клуб». Лара немного задержалась, подождав отстающую Варю, а затем спустилась вслед за ребятами в зал. Уже у самой двери в клуб Варя шепнула ей: «Ты же сама говорила, что не стоит размениваться по пустякам? Зачем тебе эти пацаны? Они мне не нравятся...» «Не парься, — шепнула Лариса в ответ. — Доверься мне! У меня есть план: посидим с ними, потусим, а потом свалим».

Они вошли внутрь и сразу почувствовали запах сигаретного дыма и алкоголя. Громкая музыка заглушала все, даже шум говорящей толпы. Сквозь лучи светомузыки в задымленном помещении сложно было разглядеть хоть что-нибудь. Вообще, крутым клубом это место вряд ли назовешь — так, развлекаловка, больше похожая на кабак. Лара и Варя послушно следовали за ребятами. Оставили куртки в раздевалке, прошли сквозь танцпол, представляющий собой обычный зал, в котором крутилась молодежь, зашли во второе помещение — в нем было чуть потише, прошагали к самому последнему столику. Там уже кто-то сидел: двое ребят и две девушки. Лара, вглядываясь в новые лица компании, подошла ближе и вздрогнула — она увидела знакомый орлиный нос, острый взгляд, длинную челку: Гера — рекламщик и главный офисный придурок.

— Вот так-так! — удивленно воскликнул Гера. — Вы кого это привели? — он обратился к своим друзьям. — Зачем нам эти клуши?

Сидящие с пацанами девчонки засмеялись глупым смешком, Саша и Коля удивились.

— Клуши? Сам ты клуша! — засмеялся Коля. — Это Алина. А это Таня!

— Понятно, Алина, значит! Дьявол атакует! — ухмыльнулся Гера.

У Лары совсем изменилось настроение. Находиться в этой компании ей сразу расхотелось.

— Это вот этого вы мне в кавалеры уготовили? — спросила она у ребят.

— Ну да. Тебе или Тане, — ответил Саша, с сожалением поглядывая на нее. У него на плече уже повисла размалеванная девчонка, но было заметно, что Лариса нравится ему больше.

— Мы, пожалуй, пойдем, — сказала Лариса и сделала шаг назад. Варя ухватила подругу за руку — судя по всему, девушке очень понравилась эта мысль. Однако Саша и Коля были настроены по-иному.

— Куда вы пойдете? Нет-нет-нет, — проговорил Санек и шикнул на Геру: — Ты, Герыч, думай, как себя вести!

— Садитесь, девчонки! Вот сюда, потеснимся! — Все сидящие за столом стали двигаться. Девушки-присоски недовольно забурчали, что мало места.

— Худеть надо! — заметил Коля. — Идите вон танцуйте! А то расселись — места им мало!

Ларе досталось место прямо напротив Геры. Она видела его ухмылку. Надо же было так угодить! Она перевела взгляд на второго свободного парня — кажется, его зовут Артем. По виду нормальный — странно, что у Геры окружение более-менее приличное.

— Вы чего-нибудь выпьете? — спросил Саша.

— Да, выпьем! Бокал сухого вина не помешает, — внезапно для себя ответила Лара и снова удивилась — она всегда терпеть не могла сухое вино! — А ты, Ва... то есть Таня?

— Я ничего! — скромно сказала Варя.

Лара с сожалением посмотрела на подругу. Бедная! Вся в комплексах! Еще недавно она сама такая была!

— А в тебе что-то изменилось, Алина! — четко выговорил Гера, отчеканив каждый слог.

Лара сделала вид, что его не слышит. Она глотнула вина, смакуя терпковатый вкус.

— Танцевать пойдем? — спросила она у подруги.

Варя пожала плечами.

— Пойдем!

Они встали с мест.

— Вы куда? — снова испугался Коля. — Опять уходите?

— Нет, мы танцевать! — ответила Лара. — Подходите!

— Угу! — промычали ребята. — Сейчас пивка тяпнем!

Девушки потихоньку выбрались из-за столика в извивающуюся под струями светомузыки толпу.

— Ты его знаешь, этого Геру? — догадалась Варя.

— Ага. Сотрудник мой, рекламщик!

— Какой-то он странный. И глаз с тебя не спускает. Прям следит! — поежилась Варя.

— Он всегда такой! — ухмыльнулась Лара. — Специфический.

Сейчас, выйдя из-за столика, словно из заточения, Лара почувствовала себя лучше. Плевать на Геру! На его подозрительные мины и грубые фразы! Она живет! Она отдыхает! Она целиком во власти музыки! Вот она раскинула руки и танцует! Надо же, оказывается, это очень легко — танцевать, не думая ни о ком! И почему она всегда так зажималась? Зачем пряталась за столиком?! В ее жизни еще не было свободы! Настоящей пьянящей свободы, когда за спиной словно вырастают крылья. Вот Варька сейчас точно такая же. Сразу видно, не для этой атмосферы. Ларисе вдруг стало жаль подругу. Зачем она ее сюда притащила? Той ведь не нравилась эта затея. На миг Лара даже захотела предложить подруге уйти, но тут появились мальчики, все четверо. Они встали напротив, образуя круг, и, глядя девушкам в глаза, стали подергиваться в ритм музыки. Лариса ухмыльнулась. Сейчас, когда парни были без спортивных курток и черных шапочек, она смогла их разглядеть. Мальчишки ничего — высокие, именно из-за роста и дутых курток Варя приняла их за мужиков. А так на вид им не больше тридцати. Даже около двадцати пяти, наверное. Но, в общем, совершенно обычные. Хотя этим девочкам нравятся — вон они как извиваются около них. Зато Гера уставился на нее, Лару, словно видит ее впервые. Интересно, за что он ее так не любит?

В голове тут же мелькнула мысль: «А не раззадорить ли его?» Он ведь такого от нее не ожидает... Лариса почувствовала, как в ней просыпается желание показать, на что она способна, прижать этого молодого человека к ногтю, очаровать его настолько, чтобы он за ней как собачка бегал. Она никогда не умела обворо-

223

жить мужчину, так, может, пришла пора попробовать?! И Лара, сделав шаг к Гере, молча взяла его за руку и повела за собой. Они закружились в танце.

Движения ее стали плавными и четкими. Она чувствовала себя богиней, пантерой — он будет в ее власти, этот сумасшедший Гера. Она улыбнулась ему, и он улыбнулся в ответ. Вот это да! Сколько, оказывается, в ней силы! Ей казалось, все взгляды устремлены на нее. Никто не может от нее оторваться! Она красива, божественна! Неужели она способна на это?!

Лара вспомнила, как Алинка танцевала с Кириллом на новогоднем вечере. С ее Кириллом, между прочим! Вот бы вернуть этот момент, показать, на что способна она сама! Как там Алина делала?

Лара вдруг перегнулась через руку Геры так, что ее густые платиново-золотистые волосы достали почти до самого пола. В этом положении она встретилась взглядом с испуганной Варей, подмигнула ей и разогнулась, прижавшись к Гере. Ух ты! У нее получилось! Этот танец Гера теперь не скоро забудет. Об этом свидетельствовало все: и громкий стук его сердца, и то, как он смотрел на нее — уже без всяких ухмылок.

— Слушай, ты клево танцуешь! Вообще круто! Алина! — не удержался он и все же съязвил под конец.

Лара вздрогнула, услышав имя соперницы. Кем она становится? Алинкой? Пародирует ее? А что в этом плохого?

В углу, словно мышь, стояла забитая Варя. Лара подумала, что для нее, пожалуй, хватит — и так ее замучила. Надо уходить. Делать здесь больше нечего. Эта компания ее совсем не интересует, ей хотелось проверить себя, но она это уже сделала.

— Пойдем типа в туалет и свалим! — прошептала Лариса, подойдя к подруге. Варя утвердительно кивнула. Уже через десять минут девушки бодро шли по заснеженной улице.

— Ты так здорово танцевала, — сказала Варя. — Знаешь, Ларис, ты снова стала совсем другой! Чем дольше с тобой знакома, тем яснее понимаю, что вообще не знаю тебя.

— Я сама себя не знаю, — призналась Лариса, и это было правдой.

— Лара, стой! — послышалось позади. — Подожди!

Девчонки обернулись — застегивая на бегу куртку, их догонял Гера. Суматошный, с развивающейся на ветру челкой, он казался еще более нелепым, чем обычно. Лара почувствовала, как ее передернуло — неужели она несколько минут кружилась с этим типом в танце?!

Догнав их, Гера тут же накинулся с упреками:

— Куда ты убежала? Сказала бы, я бы проводил...

— Зачем? Я сама дойду, — холодно ответила Лара.

— Да понятное дело, что дойдешь. Но проводить-то можно? — промямлил он.

— Провожай! Но только это ни к чему, — безразлично ответила Лариса, пытаясь дать парню понять, что надеяться не на что. — И еще: если кому в студии заикнешься, что я чужим именем называлась, ко мне вообще не подходи. Понял?

— Понял, понял! — ответил Гера. — Хватайся! — он оттопырил локоть, и Лара предложение приняла — улицы скользкие.

Они быстро дошли до дома. Всю дорогу Лариса подбирала слова, чтобы не обидеть парня, но и как следует отшить. Она подумывала сначала сочинить легенду — про то, что переезжает, или про злого папу, который не разрешает ей ни с кем встречаться. Но затем передумала: детский сад получается, надо говорить все как есть, тем более не первый день знакомы.

В тот вечер жизнь Лары круто поменялась. Она чувствовала, что жить вообще легко. Надо просто не придавать значения серьезным вещам. Как глупо, например, расстраиваться, если на работе что-то не так. Что вообще такое работа? Это же раб-ота! Рабство! А что есть от-дых? Дыхание, жизнь! Вот чему надо придавать значение, вот что главное! Поэтому она позвонила Василию Андреевичу и попросила отгул. Директор, кажется, удивился, но не смог отказать.

Следующим вечером, сидя в ресторане, Лара пыталась объяснить американцу свою теорию свободы. Только он, кажется, ничего не понимал.

— Вот вы, американцы, гораздо легче все воспринимаете, правильно? Вы ездите, путешествуете, отдыхаете... Вот сейчас вы что делаете?

— Сижу в ресторанье... — недоумевал иностранец.

— Да нет, я же говорю не сейчас, а сейчас. Я не имею в виду, что не именно сейчас, а вообще сейчас, понимаете?

— Ньет... — вздохнул американец и почему-то с сожалением добавил: — Ви покрасились...

Лара зачем-то тоже вздохнула.

— Сложно с вами. Были бы вы русским... Хотя русские хуже. Взять, например, Пашку... Он хороший, но... А Кирилл на меня даже не смотрит.

— Ви что-то сказали? — глядя как-то сквозь нее, спросил американец. — Я нье расслышал...

— Да ничего, не важно! — Ее злило, что они не понимают друг друга. — Расскажите лучше о себе. Чем вы занимаетесь?

— Сижу в ресторанье...

— О-о-ох! Да не сейчас! — Она даже ногой под столом топнула от злости. — А вообще чем занимаетесь...

— Работаю...

— Как интересно... В России? Кем? А, да, точно, визажист-парикмахер, я совсем забыла...

Он многозначительно посмотрел на ее волосы. Лара давно заметила, что американец постоянно смотрит на нее так, словно сканирует. Неприятный прилипчивый взгляд. Хотя сам он был, несомненно, душка — такой галантный, вежливый...

— Я сейчас на одной фотостудии визажист, — вдруг произнес американец. Лара от удивления даже рот приоткрыла:

— Как здорово! А вам там модели случайно не нужны? Ей показалось, американец разволновался.

— Я как раз хотель сказать, я хотель пригласить вас на студию. Вы такая... такая красивая, нам нужен фотомодель для обложки. Вы будете фотографироваться?

— Наглость — второе счастье, — улыбнулась Лара.

— Наглость — что? — не понял Джек.

— Второе счастье. Поговорка такая, — пыталась объяснить ему Лара, но по взгляду иностранца поняла: ничего он не понимает. — Ну, это значит, что наглый человек бывает счастливым. Ловит удачу за хвост... Короче, иногда, чтобы чего-то добиться, надо наглеть...

Только люди, обладающие наглостью, могут найти халяву, понимаете?

Но лицо Джека понимания не отображало. В конце концов Лара махнула рукой:

— Проехали. Значит, нужна модель? А что, я согласна! Когда приходить и куда?

По лицу американца пробежала тень сомнения.

— Я не знать еще, я позвонить... — сказал он и улыбнулся.

— Ну и ладно! — улыбнулась в ответ Лара, а сама подумала: «Как пить дать, врет!» Она посмотрела вокруг — несколько пар кружилось в танце. За столиками сидели молодые люди — влюбленные и не очень.

Одна из пар, где-то там, вдали, слева от сцены, привлекла ее внимание. Сидящая спиной девушка показалась Ларисе знакомой... Цвет волос и еще обнаженное плечо — ну очень уж на Алинку похоже. Но что бы Кобра тут делала? Не может она тут быть... Или... Лара отвела взгляд — не стоит привлекать внимания, лучше осторожно рассмотреть. Она вдруг решила, что, пожалуй, лучше будет потанцевать — так и к сцене приблизится, и внимания не привлечет.

— Может, потанцуем? — спросила она у иностранца, но американец наморщил нос и покачал головой.

Ларе вдруг стало обидно: не кавалер, а напыщенный чурбан.

— Не хотите, как хотите, — вздохнула она и бросила завистливый взгляд на тех, кто продолжал кружиться в танце.

— Ви покрасились... — затянул кавалер все ту же песню.

## Три краски

Лару стало это бесить: какие же русские и иностранцы разные! Вот была бы она сейчас с кем-нибудь их своих, все было бы иначе. С Пашкой, например. Да, с Пашкой они бы и поплясали, и посмеялись. А тут сидишь и выжидаешь одну паузу за другой. И что, интересно, сейчас делает Пашка? Где он? Впрочем, он предатель! Не важно, что он делает.

— Чтобы привести вас в студия, надо знать ваши волосы, — продолжал иностранец. — Ви сказать мне салон, где краситесь? Я как визажист должен знать…

— Да какой салон! — Лара отмахнулась. — В салонах одни уборщицы работают. Они мне такое сделали, я в слезах домой прибежала. Варька — вот мой визажист! И подруга, и соседка, и визажист. Лучше ее нет…

— Варька? — с удивлением повторил иностранец, смешно сделав акцент на второй слог. — Я не знал Варька! Мне говорили, ви жить одна…

— Кто говорил? — Лару смутил тон иностранца: он так возмутился, словно она была обязана жить одна.

— Ви!

— Я? Странно, — задумалась девушка. — Нет, я живу с подругой. Она не местная, но очень хорошая… — Лара снова посмотрела в ту сторону, где ей почудилась Алина. Да какое там почудилась — там точно Алинка! Это ведь ее блестящие волосы, ее прямая спина, ее длинная шея… А напротив (Ой, мамочки!), напротив ведь Кирилл сидит и, кажется, смотрит в ее, Ларину, сторону… Лариса дернулась и почувствовала, как краснеет. Что они тут делают? Следят за ней? Глупости, зачем следить?! Просто совпадение.

— Очень хороший соседка — это удивительно! — продолжал тем временем гнуть свою линию америка-

229

нец. — Мне вообще интересно все, что касаться вас! Мне надо знать краска, чтобы подобрать средства...

Алина с Кириллом шли прямо к ней. У Лары аж в животе все сжалось от напряжения.

— Надо спросить ваша Варя... Можьет, там остался еще флакончик... — рассуждал иностранец. — Ви менья слышите, Лара?

— Привет! — радостно поздоровалась с ней Алина.

— Хай! — махнул Кирилл.

Лара растерянно кивнула. Кирилл с иностранцем обменялись серьезными взглядами. «Ревнует!» — с удовлетворением подумала Лара.

— Вот уж не ожидала! Такое совпадение: и ты тут! Мы так часто видимся в последнее время! — затрещала Алинка. — Я сижу и вижу тебя. Ну надо же! Только вчера ведь расстались! Мы не помешали вам? Ты с мужчиной! А то, может, вместе посидим?

— Вообще-то, я хотель, чтобы мы бить вдвоем, — скривился Джек.

Лара чувств американца не разделяла — почему бы им и впрямь не побыть вчетвером?! Она сможет пообщаться с Кириллом. И потом, с этим иностранцем такая скукотища.

— А может, присоединимся, а, Джек? — попросила она.

— Ноу-ноу, исключено! Я не знать, как у вас в России, я сам любить на свидание быть с девушкой наедине. И все! И вообще, можно я поговорить с вами? — Джек обратился к Кириллу.

У Лары глаза округлились, когда она увидела, что мужчины отходят в сторонку. Лишь бы без мордобоя!

Не хочет сидеть вчетвером — не надо! Вот Джек какой упертый!

— Куда это твой его отвел? — испугалась и Алинка. — А он правда иностранец, да? Неужели тот самый, что чуть тебя не сбил? Ты поосторожнее, у него же на морде написано: «Опасный тип»!

Вместе они наблюдали, как мужчины, отойдя к выходу, принялись о чем-то оживленно беседовать. Судя по жестикуляции американца, по тому, с каким упорством он пытался что-то доказать Кириллу, он был взволнован. Кирилл же, как настоящий герой, со спокойствием, присущим только финну-подводнику, молча слушал иностранца, а затем сказал что-то. Коротко, но, видно, исчерпывающе, потому что мужчины сразу вернулись назад.

— Ну и как переговоры? — не удержалась от вопроса Алина. — Воссоединяемся или нет?

— Я поехать домой! — обратился американец к Ларе, делая вид, что не замечает Алину. — Вас проводить?

— Уже домой? — Все Ларисины надежды в миг рухнули. — Почему так скоро? — она обиженно надула губки.

— Мне надо подумать насчет предложения модели. Я вам говорить. Надо подобрать линия для вас! Поскольку я не знать краски, это сложнее. Мне надо думать... Модель для фотосессии готовят долго...

— Но, может, у меня дома и есть этот флакончик — я красилась вчера, может, не выкинули. Давайте вы меня проводите, а я вам вынесу. Я спрошу у Вари, — заверила его Лара. — А сейчас немного посидим, хорошо?

Ей так хотелось побыть с Кириллом, но упрямый американец не сдавался:

— Вынести — это хорошо. Всего файв минутс, о'кей? И пойдем…

Лара вздохнула, а Алинка принялась спорить — кажется, у них с иностранцем сразу появилась взаимная антипатия:

— Что там выносить? Я вчера эту краску видела. Обычная стандартная фирма, цвет «блонд», нашли о чем думать… Если вы хороший парикмахер, то должны без труда определять краску по одному виду волос, — фыркала она, присаживаясь за столик Лары и Джека. Кирилл тоже присел — и даже не рядом с Алинкой, а рядом с ней, Ларой. Их локти на мгновение соприкоснулись, и Лариса почувствовала, как дрогнуло сердце.

— Как раз потому что я парикмахер, я знать, что краски разительно отличаться друг от друга, — возражал Джек, испепеляя противницу взглядом.

— Может, потанцуем? А то они тут еще долго спорить будут, — вдруг обратился к Ларисе Кирилл. Предложение оказалось настолько неожиданным, что Лариса даже растерялась и, вспомнив о вчерашнем разговоре с Алиной, посмотрела на Кобру.

— Танцуйте, танцуйте! — смилостивилась Алинка.

Ларе показалось, та сказала это только потому, что уже деваться было некуда. Девушка встала из-за стола, неуверенно пошла за Кириллом. Разве такое бывает? Она ведь полчаса назад и мечтать об этом не могла.

Кирилл обнял ее за талию, и они стали танцевать. Никаких выкрутасов типа тех, что Лара творила с Герой в клубе, ей делать не хотелось. Хотелось просто раствориться в прекрасной мелодии, просто быть рядом с Кириллом, глядя ему в глаза. Только он и она — и пусть весь мир подождет! Ей вспомнилась любимая с детства сказка «Золушка» — черно-белый фильм. Как там хорошо показали эту атмосферу счастья на балу — да, Лара сейчас ощущала то же самое. Есть он, и это важнее всего, и плевать на злую мачеху, на глупого короля!

— Тебе еще нужна моя помощь? — прервал Кирилл ее размышления.

— Что? Помощь? Какая помощь?

— Ну, ты что-то говорила про домашний архив, было дело? Прости, что так долго собирался... всякие дела...

— Домашний архив? — Лара уже и забыла об этой выдумке. — Ах да, архив! Да, помощь нужна, очень!

— Тогда, может, на днях я к тебе забегу? — Лара покраснела. Он еще спрашивает? Да она просто счастлива будет, если он зайдет!

— Хорошо!

— Договорились...

Танец подошел к концу, но состояние эйфории не отпускало. Лара сидела бы в этом ресторанчике вечно, если бы не Джек, который торопился уйти:

— Надо ехать! Еще к тебе, Лара, заезжать. Ты обещать показать краску...

— Да-да. Сейчас поедем! Заодно с Варей познакомлю, — бормотала Лара, поглядывая на Кирилла. — Варя английский учит и, может, даже что-то скажет вам на родном языке...

Она с грустью посмотрела на того, с кем охотно провела бы этот вечер, затем на ту, что сделает это за нее, с трудом улыбнувшись, распрощалась.

— Еще увидимся. Думаю, что скоро!

— Я тоже так считаю, — ответила Алинка, а Кирилл рукой сделал знак, означающий: «Я позвоню».

Со стучащим от счастья сердцем Лара отправилась домой в сопровождении иностранца. По пути Джек захватил зачем-то бутылку шампанского — настоял на своем, как ни отговаривала его Лара. Ей самой пить не хотелось — на часах было около одиннадцати вечера. Войдя в подъезд, они окунулись в густой мрак. Лара попробовала включить свет, но на щелчки включателя лампы никак не реагировали. Перегорели они, что ли, все, как назло! Лара пошла первой. Чтобы не упасть, она вытянула одну руку вперед, другой вцепилась в перила. Американец поднимался следом так тихо и осторожно, что казалось, его вообще не было.

В душе шевельнулся непонятный страх — как все-таки с этим Джеком некомфортно. И тут Лара ощутила, как кто-то схватил ее за волосы. Она вскрикнула от неожиданности и боли и автоматически двинула локтем нападавшего.

— Ооо! Май гад! — послышался сзади знакомый голос.

Так это, оказывается, был ее новоявленный кавалер!

— Зачем бить? — запричитал тот, перемежая речь стонами. — Я же не хотеть вас обижать! В тьемноте не видно!..

— Простите, — пробормотала она, чувствуя, что виновата. И вправду, в этой темноте ей показалось, будто на нее напал маньяк.

— Все о'кей, о'кей! — поспешно забормотал иностранец, боясь, что она обидится.

И Лара ускорила темп подъема, желая только одного — поскорее взобраться на свой пятый этаж.

Наконец, они оказались на месте. Лара постучала в дверь. Никто не открывает. Она позвонила — то же самое.

— Спит, наверное! — проговорила она, думая о Варе.

Попросив Джека подсветить сотовым телефоном, Лара полезла в сумочку в поисках ключей. Наверное, найти иголку в стоге сена все же проще: за последние сутки она так набила бедную сумку всяким барахлом — типа губных помад, зеркалец, расчесок, пудрениц и даже визитниц (ну ведь не пристало заму главного редактора без визитницы ходить), что отыскать ключи теперь было не так-то легко. Наконец что-то звякнуло. Лара с радостью вытащила связку, чувствуя себя охотником за золотом, чьи долгие труды увенчались удачей.

Затем девушка нащупала дверной проем и, повернув в замке ключ, отворила дверь. В квартире оказалось темно и тихо.

— Варя! Ты спишь, что ли? — прокричала Лара, но никто не ответил. — Варя, проснись!.. Я не одна! Ау!

Американец тихо стоял у нее за спиной.

— Вы на кухню — вон туда идите, направо. А я ее разбужу, — прошептала ему Лара и легонько подтолкнула гостя в нужную сторону.

Сама же, не включая свет, двинулась в комнату. В лунном свете еле виднелась раскладушка, на которой спала подруга. Одеяло приподнято, Лара подошла ближе — пусто, Вари там нет. Она вернулась к стене с включателем, врубила свет и в тот же миг услышала шум. Он донесся со стороны кухни — четкий, глухой звук. Затем визгливый, с надрывом Варин голос: «Ой, мамочки!»

Лара выскочила в коридор и, несмотря на темноту, сразу поняла: на полу лежит человек, похоже, мужчина! Так и есть. Рядом силуэт — ну точно Варин. Лара врубила свет в коридоре. Представшая перед ней картина заслуживала не только масла, но и сыра: Варя, закутанная в халат, такой же белый, как ее лицо, стояла над неподвижным телом американца. Тот лежал, раскинув руки, глаза закрыты, лицо перекошено. Рядом — сотни осколков, пенистая жидкость, растекающаяся по коридору — вот и попили шампанского! Лара тихонько подошла к иностранцу, присмотрелась — грудная клетка едва заметно колышется, значит, дышит. Живой! Она бегло осмотрела его — к счастью, не порезался, бутылка упала рядом. Отпихнув несколько кусков стекла ногой, Лара испустила вздох облегчения и перевела взгляд на Варю. Та словно ожидала этого и сразу же заговорила со слезами в голосе:

— Лариса, я в душ пошла… А потом дверь открыла и чувствую, что резко открыла. Грохот какой-то. Смотрю, а там человек… Человек падает… Боже мой, Лара, это я его так дверью шибанула, да? Я его убила, да?..

— Нет, вроде живой, — успокоила она подругу.

Но украинка не желала успокаиваться:

— Мне конец, Лара! Вот ведь бис попутал! — сокрушалась она. — У меня нет регистрации. Эти иностранцы, они такие мстительные. Они же за все судятся — за моральный ущерб, за потраченное время. Мамочки, что же мне делать? — Варя всхлипнула: — Он очнется и убьет меня!

— Перестань пороть чепуху! — разозлилась Лара. — Откуда он узнает, что это ты была? Может, кто-то другой?

Варя посмотрела на подругу с удивлением:

— Кто еще, кроме меня? Мы же с тобой одни тут живем...

— Ну, может, я!

— Так он же видел, что ты в комнате, Ларис!

— А, ну да! — Лара поморщилась и снова посмотрела на бледное лицо иностранца. — Надо вызвать эту... «Скорую»... Как там — 01 или 02, я всегда забываю...

— 03 вообще-то, — Варя снова посмотрела на нее как на глупенькую.

Лару это стало раздражать:

— Да что ты на меня так смотришь? Давай лучше возьмем его и перенесем на кровать!

— Не буду я, он тяжелый! — заупрямилась Варя. — И «Скорую» не надо вызывать. Говорю же, дело заведут. Это же международный уровень.

— Блин, Варя, с тобой одни проблемы! Тащи, что ли, подушку!

Варя бегом помчалась в комнату. Пока она несла подушку, Лара сгоняла за веником, сгребла в совок осколки бутылки, бросила тряпку на растекшуюся лужицу шампанского. Подошедшая подруга осторожно подсунула подушку под голову иностранца. Он захрипел и даже что-то пробормотал на своем заморском языке, но что, девушки не поняли.

— Лара, мне страшно! Говорю тебе, он проснется, и такое тут будет... Можно я уйду, а? — Варя бросила на нее умоляющий взгляд.

— Куда ты пойдешь?

— Не знаю, на улице побуду, все равно куда — спрячусь! Чувствую, добром это не кончится…

— Ты хочешь оставить меня с этим разъяренным иностранцем? А я? Обо мне ты подумала? Нет уж, дудки! Давай тогда думать, куда его деть.

— А ты адрес его знаешь? Где он остановился? — спросила Варя, с беспокойством поглядывая на иностранца. Кажется, она была готова сбежать в любой момент.

— Не знаю… — Лара задумчиво потеребила свой блондинистый локон. — Может, у него записная книжка есть или телефон?

Обе девушки переглянулись. Затем Варя, вздохнув, полезла в карман американца. Она вынула ключи — похоже, от гостиничного номера, бумажку, ручку, кое-какую мелочь, а еще — белый конверт, в котором лежала прядь волос, по цвету очень напоминающая волосы Ларисы, — пшеничная с розоватым оттенком.

— Он точно не маньяк? — поморщившись, спросила Варя и поспешно отнесла волосы в мусорку. Снова осмотрела карманы — кроме кошелька, там ничего не было. — Блин, что делать? — чуть не плача, воскликнула девушка.

— Короче, надо нашатырь найти! Обычно так приводят людей в чувства! — вдруг вспомнила Лариса и помчалась к шкафчику, где хранилась домашняя аптечка.

Трясущимися руками она принялась искать нашатырь. Интересно, он вообще есть у нее? Должен быть, иначе она — самый невезучий человек во всей Вселенной! Половина лекарств рассыпалась по полу. Таблетки разлетелись в стороны. Лариса пыталась держать себя в руках — сейчас не стоит поддаваться панике. Наконец, увидела небольшой пузырек — нашатырный спирт! Отлично! Она открыла его, предостерегающе посмотрев на бледную, кусающую пальцы Варю, поднесла к носу лежащего иностранца.

Эффект получился потрясающий: америкашка сразу же замотал головой, брезгливо сморщив нос, затем махнул рукой и открыл глаза. Его взгляд, сначала прозрачный и смотрящий сквозь Лару, стал осознанным в несколько секунд, он даже улыбнулся Ларе, а потом перевел глаза на Варю и вдруг чего-то испугался.

— Is that so! Don't ask me about anything! I yet didn't execute transfer! Don't send agent Christine, I ask you![1] — закричал он.

Лара и Варя медленно повернули друг к другу головы.

— Ты что-нибудь понимаешь? — спросила Лариса у подруги.

— Не-а...

— Но ты же учишь английский, — напомнила Лара.

— Он так быстро говорит, я ничего не понимаю... — развела руками подруга.

— Джек, с вами все в порядке? Дже-э-эк, — ласково позвала его Лара.

Иностранец перевел взгляд с Вари на Лару, всего на миг. И снова уставился на и без оттого испуганную девушку.

---

[1] Только не это! Ни о чем не спрашивайте меня! Я еще не выполнил задание! Не посылайте агента Кристин, я прошу вас! *(англ.)*

— Может, вызвать «Скорую помощь»? — предложила бледная Варя.

— You want to send me in psychiatric clinic? At you it will turn out nothing! [1] – снова проговорил он неразборчиво, а затем добавил хоть что-то внятное: — Не надо «Скорую»! Я уехать сейчас! Я сам пойти!

Пошатываясь, потирая лоб, на котором виднелась огромная шишка, американец встал на ноги и, придерживаясь за стенку, побрел прочь.

— Странный он… — прошептала Варя, когда шаги американца затихли где-то в глубине подъезда.

— Да уж… И даже шампанского не попили, — промолвила Лара.

Больше ей сказать было нечего, да и незачем — она не влюблена в этого иностранца, она вообще в нем мало заинтересована. И потом, где-то там в ресторане остался Кирилл, который обещал позвонить…

А на следующий же день Лара поняла, что шок — это действительно по-нашему. Она осознала это совершенно точно, когда увидела в заснеженном дворе Пашку и… Алину. Они стояли друг напротив друга и любезничали.

Пашка и Алина! В это невозможно было поверить. Но Лара думала, что Алинка с Кириллом. Неужели бывшая начальница задалась целью отбить у Ларисы всех парней?!

Задохнувшись морозным воздухом, Лариса подошла к парочке. Алина, как и можно было предположить, ис-

---

[1] Вы хотите отправить меня в психиатрическую клинику? У вас ничего не получится! (*англ.*)

пугалась, а Паша уставился на девушку, словно видел ее впервые.

— Вы теперь вместе? Поздравляю!

Выплюнув (казалось, с собственной кровью) эти фразы, Лара резко развернулась на каблуках.

— Погоди! — окликнул ее Пашка. — Ты все неправильно поняла. Мы случайно встретились...

Случайно? Ага, свежо предание. А она ведь почти купилась на показную Пашкину наивность, почти ему поверила. С самого начала было понятно, что ему нельзя доверять — как легко он стал ухаживать за ней, забыв про Аньку. А теперь вот закрутил с Алиной. И ведь плел же, плел что-то про зеркало души и богатый внутренний мир! Можно подумать, его это хоть чуточку интересует. Бабник и предатель — вот кто такой этот Паша. А еще маньяк, считай, это доказано. Вспомнить хотя бы то нападение в ресторане.

Кстати, интересно: и американец, и Алина, и Пашка так или иначе интересовались красками или ее волосами. Что их всех так на парикмахерское искусство пробило? Или такая у нынешних кавалеров мода?

\* \* \*

Не получилось. Опять не получилось, и это было ужасно досадно. Алина молодец, но ведь тоже не справилась. Она почти достала эту треклятую краску, но тут так некстати пришла соседка, и вышло дурацкое недоразумение с сумкой.

— Тебе что, сложно было застегнуть сумку? Вот бабы — ходят, раскрыв рты и сумки, и еще удивляются, что из них все вываливается! — не удержавшись, отчитал ее он.

— Не представляю, как такое могло произойти, но я застегивала сумку! Точно помню, что застегивала, — едва не плакала Алина. — Наверное, она сама случайно расстегнулась.

Ох и не нравились ему разные случайности, а особенно те из них, которые мешали делу. Опередить и проучить наглого америкашку стало настоящим делом чести. А Лариса… Он подумал о ней, и сердце невольно забилось быстрее. Какая же она стала красивая! Теперь в ней появилось что-то мягкое, чарующее. И к тому же она теперь блондинка — идеальная пара для суперагента или негодяя.

— Ну не обижайся, прости меня! — Алина просительно заглянула ему в глаза. — Я же ради тебя пойду на все, что угодно!

Эта собачья преданность начинала его раздражать, но что делать — пока эта кукла еще нужна ему…

— Забудь! — Он обнял девушку и прижал к себе, представляя на ее месте платиновую блондинку а-ля Мерилин Монро…

## Глава 8

### *Москва*

Последний день выдавшихся долгих праздников Лара таскалась по магазинам. Жажда шопинга захватила ее целиком. Приходя в восторг от различных женских премудростей: сумок, зонтиков, шляпок и, конечно, туфель, девушка хотела купить все-все-все. И почему она раньше не находила удовольствие в шопинге? Какой скучной была, оказывается, ее жизнь. Мир витрин, улыбающихся продавцов, ярких нарядов, скидок, акций — это ведь здорово!

В перерывах она перекусывала в кафе и открыла для себя восхитительный напиток: кофе с мороженым — вкуснее этой штуки ничего нет. А как сочетается он с хрустящими круассанами — нет, жаль, что она не родилась во Франции, ей наверняка понравились бы их традиции. А почему бы не рвануть в отпуск в Париж? Посмотреть этот удивительный яркий город, почувствовать себя истинной француженкой... Эти мысли пьянили девушку не хуже шампанского. «А что, — сказала она себе, — и почему раньше ничего подобного не приходило мне в голову? В Париж, в Париж! Это нужно серьезно обдумать!»

Однако думать было некогда — Лара снова неслась дальше, к миру распродаж и необыкновенных нарядов. Она делает себя эксклюзивной — вот так просто, подбирает красочную упаковку для своей души. На это не жаль тратить деньги! Лара и не жалела. В итоге она потратила все до копейки. И, к стыду своему, девушка узнала об этом на кассе, когда очередной товар уже был пробит.

Мир шопинга сразу поблек: с продавцов слетели улыбки, вещи показались не такими уж и прекрасными, да и скидки, и акции растворились, словно их и не было. И как она попала в такую тупиковую ситуацию? Лара судорожно шарила в сумочке в поисках денег или другой пластиковой карточки (глупо, ведь она прекрасно знала, что у нее уже ничего не осталось), когда вдруг прозвенел звонок. Не самое удачное время для разговора, но это Кирилл, так что проигнорировать вызов она не могла.

— Да, Кирилл! — Лара бросила холодный взгляд на кислую мину продавщицы и скривилась: ведь полчаса назад она просто боготворила эту женщину, такую вежливую и ласковую, словно по жилам ее текла не обыкновенная кровь, а натуральный липовый мед.

— Привет! Ты занята? — послышался в трубке голос, от которого сердце начинало стучать в удвоенном темпе.

— Нет… То есть да… То есть я тут в тупике вообще…

— А что случилось?

— Представляешь, я в магазине и у меня деньги закончились, — Лара горько хмыкнула. — Хотя все это мелочи, сейчас сдам товар и пойду домой.

— Хочешь, я подвезу тебе денег? — предложение Кирилла было неожиданным.

— Да нет, не стоит. Я справлюсь…

— Но зачем сдавать вещи, которые тебя понравились? Деньги — ерунда. Потом с зарплаты отдашь… Я могу тебя выручить…

Может выручить, да еще и сам сюда приедет — это же здорово! Чего теряться?!

— Действительно можешь? Ну давай! Приезжай в Торговый центр…

Лара продиктовала адрес и нажала на «отбой», еле сдержалась, чтобы не показать язык противной тетке на кассе, затем аккуратно сложила вещи в корзину и отошла в сторону — дожидаться Кирилла. Он приехал очень быстро и с ходу стал решать ее проблемы:

— Что ты там выбрала? Давай, тащи сюда, — скомандовал спаситель, вынимая из кармана пластиковую карту.

Лара послушно подхватила вещи и с благодарностью посмотрела на любимого. Она всегда знала, что он герой. Просто принц на белом коне! Нет, не на белом коне — это не современно. Принц с пластиковой картой! Что может быть прекраснее?

— Ну что, перекусим? — предложил Кирилл, когда покупки были благополучно получены.

Лариса с готовностью кивнула:

— Я тут такое классное местечко присмотрела! Там очень вкусный кофе с мороженым!

Уже в кафе, поговорив обо всем понемногу, Кирилл вдруг завел речь об американце. Лара так и знала, что Кирилла это зацепило.

— Что это за тип вчера к тебе приставал? Нормально до дома добрались? Показала краску? — спросил парень.

Лара вспомнила лежащего на полу без сознания Джека и почему-то хихикнула:

— До краски как-то не дошло. Он гммм... был не в состоянии. Дело в том, что этот американец, Джек... упал... И чувствовал себя не очень... А когда очнулся, то домой убежал. Так что ему было не до краски...

Похоже, Кирилл рисовал в своем воображении другие картины (может, он уже предполагал, что у них роман?), потому что, услышав Ларин рассказ, с облегчением вздохнул и даже повеселел.

— Знаешь, этот тип не внушил мне доверия, а я так за тебя волнуюсь... — сказал Кирилл хрипловатым голосом.

Его проникновенный ласковый взгляд пробирал Ларису до самого сердца, пьянил сильнее алкоголя.

Как же это чудесно, когда на тебя так смотрят! Как замечательно ощущать себя настоящей женщиной — не серой мышкой, не офисным сухарем, а привлекательной, желанной!..

Она уверенно, обольстительно улыбнулась, и кадык на шее Кирилла нервно дернулся. Действует! Действует! Ну надо же!..

— С этой краской все вообще странно выходит. Смотри, у меня их было три. Так?

— Так, — согласился Кирилл.

— Две я использовала. Темную и светлую. Ты видишь, да? — Лара для убедительности тряхнула искрящейся под мягким искусственным светом копной волос.

— Ну да... — собеседник не сводил с нее взгляда.

— А этот американец все хотел узнать, какой именно краской я красила. Флаконы посмотреть, представляешь! Только иностранец может думать о такой фигне! Ведь главное не фирма-производитель, не упаковка, а результат. Я что, все флаконы храню? Кстати, у меня осталась одна нетронутая краска — рыжая. Хотела ее использовать, но все как-то не складывалось. Я теперь вообще думаю, не выкинуть ли ее...

Кирилл почему-то испугался:

— Только не выкидывай! Если тебе не надо, отдай мне! Хорошо?

Лара засмеялась:

— Перестань шутить! Тебе зачем?

— Пригодится. Может, сам покрашусь...

— Ты?! — Лара заливисто рассмеялась. — В рыжий! Представляю себе! Да они вообще-то бракованные. У них у всех была упаковка помята.

— Ну или Алине подарю, — брякнул вдруг он.

Радостное настроение померкло так резко, словно в комнате выключили свет.

— Ах, Алине... Кстати, как она относится, что ты сейчас тут?

Лара стала злиться: вот мужичье, пригласил в кафе, а сам у нее подарки для Алинки выпрашивает! Не получит он эту краску! Из принципа не получит!

Кирилл, по-видимому, осознал, что сморозил глупость. На лице отобразился еще больший испуг:

— То есть не Алинке. Я это... по привычке сказал! Я вообще думаю с ней расстаться!

— Ага, ага, — не поверила Лара и привстала со стула, чтобы уйти из кафе. — Кстати, а знаешь ли ты, что твоя Алиночка с Пашей-фотографом встречается? Я их сама воркующими видела! — мстительно добавила она.

— Как это встречается? — Кирилл тоже привстал со стула.

— Видимо, за твоей спиной, — усмехнулась Лариса. — Ладно, мне пора. Долг я тебе с зарплаты отдам!

Она снова встряхнула блондинистой шевелюрой, засиявшей в лучах ламп золотыми искорками, и, не ожидая реакции собеседника, подхватила сумочку, собираясь уходить.

Лариса не хотела больше унижаться. В конце концов, она очень, очень привлекательна, и ей нет нужды бегать за мужчинами. Пусть они за ней бегают!

— Может, тебя проводить? — попытался исправить положение Кирилл.

— Не надо! — гордо заявила Лара.

— Нет, я лучше провожу. Я себе не прощу, если отпущу тебя сейчас! И не думай, что для меня Алина важна. Пусть она с кем угодно встречается, хоть с целым отделом, хоть с целой редакцией!

Кирилл быстро расплатился с официантом, подхватил Ларины многочисленные покупки и, распинаясь, говоря какую-то чушь, поскакал рядом с ней. Лара все еще сохраняла гордый, чуть презрительный вид, хотя сердце так и прыгало от радости: вот он, в ее руках — делай с ним, что хочешь! Ларе до жути хотелось одного: чтобы он ее поцеловал. О, сколько она об этом мечтала, сколько ждала! Неужели так и не дождется?

— Поедем на маршрутке? — предложила Лара, когда они остановились, чтобы передохнуть на длинном, уходящем вниз эскалаторе Торгового центра. Кирилл покачал головой:

— Машину поймаем! С твоими покупками мы не влезем ни в одну маршрутку, — он потряс пакетами, и Лара засмеялась — да уж, хорошо отоварилась. Одна бы не унесла точно, и о чем она только думала?

— Ну-ка, подойди поближе! — позвал ее Кирилл.

Сердце сжалось и снова запрыгало в груди, превратилось в мячик для пинг-понга. Лара приблизилась к своему принцу. Он освободил руку от пакетов и потянулся к ней.

«Сейчас поцелует!» — подумала Лара и закрыла глаза.

— У тебя крошка. Круассана кусочек, — ласково проговорил Кирилл и стряхнул что-то с ее щеки. Разочарование камнем осело в душе. Крошка! А она-то думала... Лара открыла глаза, как раз вовремя, чтобы спрыгнуть с эскалатора.

Они поймали машину почти сразу, как вышли. Лариса надеялась, что Кирилл сядет рядом, но и тут не судьба — он устроился рядом с водителем и стал показывать дорогу. На заднем сиденье, в окружении десятка пакетов, Лара чувствовала себя глубоко несчастной. И как она еще совсем недавно восторгалась от одного вида обновок? Сейчас ей нужен только Кирилл! Зачем все эти нарядные платьица и дерзкие юбки, если рядом не будет его?!

— Ну все, приехали! Пойдем, я донесу твои вещи, — Кирилл открыл Ларе дверцу.

Она протянула руку, на миг задержала ее в крепкой ладони Кирилла и с вызовом заглянула ему в глаза. «Все равно моим будешь!» — говорил взгляд девушки. Лара вошла в подъезд, следом, шурша пакетами, шел Кирилл. Неожиданно она решилась: «Первая поцелую! Сломаю эту стену льда, и он не сможет устоять!»

Она прошла несколько ступеней, затем резко повернулась к своему спутнику. Вышло так, как девушка и планировала — он оказался чуть ниже. Лицо его напротив ее лица, глаза в глаза. Лара обвила руками шею Кирилла и, не говоря ни слова, прижалась губами к его губам. Какое-то мгновение ей казалось, он оттолкнет ее, но нет, еще пара секунд, и он ей ответил. Они целовались — мечта сбылась! Большего и не надо, только стоять вот так в подъезде и…

Боже мой, что же она делает? Так легкомысленно ведет себя! Могла ли она раньше вот так вот приставать к мужчине?

«Скажу прямо, Кирилл — мой мужчина! Мы встречаемся! Серьезно! И мне не очень хотелось бы иметь в твоем лице соперницу, понимаешь?» — некстати вспомнились ей слова Алины. Получается, что сейчас она пытается отбить чужого парня!

Лара отпрянула в сторону.

— Нет! Не надо... — прошептала она и умоляюще посмотрела на Кирилла.

— Что случилось? Что с тобой? — взволновался тот. — Все ведь классно!

— Классно? А Алина? Ты чужой парень. Я так не могу! Неправильно все это! Уходи, дальше я дойду сама.

Дрожащими руками она взяла несколько пакетов из рук Кирилла.

— Но я же говорил, что хочу с ней расстаться... — возразил он, но это было похоже скорее на ложь, чем на правду.

Словно по мановению волшебной палочки, откуда-то сверху послышались хлопки. Лара и Кирилл обернулись — с верхнего этажа к ним спускался Джек.

— Это есть прекрасно! — говорил он, хлопая в ладоши. — Итс гуд! Она любить его, он любить другой, а та любить его. Как там говорят, любовний треугольник, да? Он говорить, что бросить, и не бросить. Она ждать, что он бросить, и не бросить...

— Вы... вы подслушивали? — задыхаясь от возмущения, проговорила Лара.

— Я же говорил, что он козел! — добавил Кирилл и впился ненавидящим взглядом в иностранца.

— Но я не есть мешать вам. А ви уже закончить. И я появиться! Лара, я помогать вам донести вещи. И еще я прийти по делу — фотосессия будет! Пойдемте, я расскажу! — Американец уже спустился до пролета, на котором стояла Лара, и вежливо махнул рукой, пропуская девушку вперед.

— Да, проводите меня лучше вы, Джек! — Лариса нашла, что так действительно будет лучше — ей надо подумать над тем, что вообще происходит, попытаться оценить ситуацию на трезвую голову.

Девушка видела, что Кирилл оскорблен и даже разозлен, но внутри ее самой бурлило столько разных противоречивых чувств, что было не до того, чтобы успокаивать Кирилла.

— До свидания, Кирилл! — сказала она и пошла по ступеням на свою площадку.

Американец вырвал из рук молодого человека оставшиеся пакеты с обновками и устремился вверх вслед за Ларой.

— Я тогда увидеть ваш соседка и очень испугаться. Наверное, удариться сильно. Соседка похожа на девушка, которую я знать, — объяснял иностранец, догоняя Лару.

— Ничего. Бывает. — Ларисины мысли были заняты Кириллом: интересно, он еще стоит там, где она его оставила? Нет, наверное, ушел... Обиделся он на нее или нет?

— Так вот, фотосессия. Я все уладить. Послезавтра... Ви придете? — частил меж тем иностранец.

— Конечно! — Лара оживилась. — Только красок у меня нет... Мы выбросили тот флакон... Я спрашивала у Вари...

— Очень жаль! Может, есть еще? Мнье только фирму посмотреть...

— Да, еще одна была! Я поищу и принесу ее на фотосессию! — Лара остановилась у двери. — Спасибо, что помогли донести вещи. Но приглашать вас не стану! Мне столько всего надо успеть, а завтра на работу... Простите! — Девушка решила, что сказать так будет лучше всего — сейчас, после всего, что было с Кириллом, приводить в дом американца было бы легкомысленно и нехорошо. Не такая она глупая, чтобы компрометировать себя.

— Да, конечно! Сори! Возьмите пакеты! — Американец жалко улыбнулся: — До свидания, Лара! До встречи на фотосессии. Я заеду за вас!

— Хорошо, Джек. До свидания!

Лара закрыла за собой дверь и закружилась от счастья. Ей казалось, что вот еще немного, и она воспарит, взлетит до самого потолка!

— Ты что? — испуганно спросила Варя. Она была дома, сидя на диване, читала книгу.

— Варька! Я счастлива! — пропела Лара и подскочила к окну.

Двор был освещен фонарями, и у подъезда, в перекрестье света этих фонарей, она увидела Кирилла.

— Смотри, все не уходит, — указала на него Лара. Варя заинтересованно подошла к окну.

— Ты с ним, что ли, была?

— Ага! Представляешь, он меня поцеловал! Ой! Американец! К нему идет! — Улыбка исчезла с Лариного лица. Она сосредоточенно следила за тем, как мужчины подошли друг к другу. Как разговаривали, судя по активной жестикуляции, пытаясь что-то доказать. — Они не убьют друг друга? — со страхом в голосе прошептала Лара.

— Не убьют. Видишь, просто разговаривают, — ответила Варя, тоже не спускающая глаз с обоих переговорщиков.

Они говорили минут пять, но Ларе это время показалось пятью часами. Она сжимала кулаки от страха, переминалась с ноги на ногу, моля бога, чтобы это скорее закончилось, чтобы они не перешли в рукопашную. Варя оказалась права — драться никто не стал. Помахав руками, мужчины разошлись. Кирилл пошел прочь ровной, уверенной походкой. Почему-то это приободрило Лару.

— Он от меня не отказался, — прошептала она, наблюдая за своим принцем.

Американец, сгорбив спину, пошел было в противоположную сторону, но вдруг развернулся и побежал догонять Кирилла. Настигнув его, стал что-то горячо говорить. Кирилл слушал, а потом помотал головой. Американец сказал еще что-то, но Кирилл отвергнул и это. В конце концов иностранец показал кулак и убежал.

Признаться, Лариса даже ощутила легкое разочарование. Раньше за прекрасную даму устроили бы смертельный поединок, а сейчас поговорили, погрозили кулаками и разошлись.

— Вот и вся рукопашная, — засмеялась Варя, отходя от окна. — А ты боялась! Рассказывай, что там у тебя произошло?

На следующий день нарядная, одетая с иголочки, Лара вошла в студию. Она отлично помнила, что здесь еще никто, кроме Кирилла, не видел ее с новым цветом волос. Значит, надо поразить всех! Надо сделать так, чтобы Кирилл только и слышал о том, как она красива! Пусть ее обсуждают все — Ларисе это только на пользу.

Первый комплимент, который она услышала, зайдя в студию, доказал — все сделано правильно. Первым оценил ее новый имидж Антоха, который, как обычно, сидел в холле с Танькой, склонившись над ноутбуком и что-то оживленно обсуждая.

— Салют! Что там интересного? — еще издалека спросила Лариса.

На лицах обоих ребят отразился испуг — конечно, за бездельничество они уже не раз получали от нее же нагоняй. Таня защелкала мышкой, пытаясь закрыть какие-то вкладки, а Антон замямлил:

— Да ничего. Анекдот читали. Да все, исчезло уже — страница недоступна! Не обращайте внимания!

— Да ладно, не суетитесь. Я не буду проверять компьютер. Сидите там и сидите. Лишь бы работали! — проговорила Лара и, махнув новенькой сумкой, взбежала по ступенькам. Сегодня особенный день, совсем не хочется быть суровой начальницей, какой она являлась в последние три месяца.

— Что это с ней случилось? — услышала она возглас Тани. От удивления сотрудница даже забыла понизить голос.

— Не знаю, но прическа у нее — отпад! И сумка тоже! — отозвался молодой человек.

Лара довольно улыбнулась — она знала: Антон, хоть и славится нетрадиционной ориентацией, обладает отличным вкусом и разбирается в моде и брендах не хуже любого дизайнера. И если он оценил ее стиль и прическу, то другим точно понравится. Полная положительных эмоций, Лариса проследовала к журналистской и замерла: там шел настолько оживленный и настолько не сочетающийся с ее настроением разговор, что входить было просто нельзя.

Беседовали, судя по голосам, Машка, Анька и Светка.

— И что теперь делать? — ноющим тоном жаловалась бывшая подруга. — Работу найти сейчас не так легко!

— Я вообще в шоке! — чуть басисто проговорила Светка.

А Машка, перекрикивая обеих, заявила:

— Это Ларка-Кларка во всем виновата! Она выживала нас все эти месяцы! Она нас всех ненавидит!

Лариса слушала их и холодела. Пожалуй, у любой из этих троих, а то и у всех сразу давно уже стоит на ее звонок печально знакомая песня Васи Обломова, та самая, что стояла у нее на Алинку. Как же она, Лара, докатилась до такого?!

— Конечно, мы все рейтинги потеряем, когда такие настроения! Блин! Надо пойти и обо всем ему сказать, — продолжала Машка.

— Ага, так он тебя и будет слушать! — отрезала Анька. — Ищи работу! Тебе же ясно сказано, заявления всего отдела — на стол!

— Как на стол? — не удержалась Лара от удивленного возгласа. Она вошла в комнату и оглядела собравшихся. — Кого на стол? Почему на стол?

Анька и Светка тут же отвернулись, пристыженные тем, что их подслушали. Одна Машка нашлась и, глядя начальнице в глаза, ответила:

— Нас всех на стол! Андреевич приказал…

— Почему? — Новая выходка начальника стала для Лары неприятным сюрпризом.

— Рейтинги упали, — ответила за Машку Анька. — Нас в спутник не взяли — в пакет. Короче, он рвет и мечет. И вообще, говорит, ты... вернее, вы, давно предупреждали, что тут все тунеядцы и бездельники... Он не слушал, а теперь понимает, что надо вас слушать...

— Поэтому всех, сказал, уволить, кроме тебя, — закончила рассказ Машка — она до сих пор говорила с Ларой на «ты». — Так что, вот сейчас напишем заявы, и гуд бай, май лав, гуд бай! — Окончание фразы она пропела.

— Не надо ничего писать! — Лариса, наконец, разобралась, в чем дело. — Я сейчас поговорю с Василием Андреевичем. Вас нельзя увольнять! Да лучше вас мы никого не найдем! Ни в коем случае!

— Как — не найдем? — опешила Машка, прекращая петь.

Анька и Светка тоже непонимающе уставились на начальницу.

— Вы же всегда были против нас... Ругали...

— Жаловались...

— Грозились увольнением... — затараторили девчонки по очереди.

— Я думала, ты нас всех ненавидишь, — закончила Машка.

— Глупые! — рассмеялась Лара и вдруг вспомнила о своей прическе: — Кстати, как вам мой цвет волос?

— Клево!

— Атас!

— Очень хорошо! — отозвались девчонки.

— То-то же! — Легкое настроение вновь вернулось к Ларисе. — Сейчас обстряпаем это дело, и все будет чики-пуки... С такими-то волосами да увольнять? Ни за что!

Лара выскочила из кабинета и направилась к директору. За нею, словно шлейф, проследовал удивленный шепот девчонок:

— Чики-пуки! Она ли это говорила?

— А какая она... другая! Правда?

Лара улыбнулась, распрямила спину, встряхнула головой, чтобы волосы легли на плечи красивой волной, и постучала к директору. Она не сомневалась, что справится с ним. Теперь, с ее-то красотой, вертеть мужчинами легче легкого!

Василий Андреевич был явно не в настроении. Перекладывая бумаги с одного места на другое, он что-то бубнил про себя. Когда директор поднял глаза на вошедшую Лару, подбородок его дрожал от негодования, руки тряслись.

— К вам можно? — одарив его самой обаятельной улыбкой на свете, спросила Лариса.

— Да-да, конечно, — почему-то избегая встречаться с ней взглядом, ответил директор.

— Тут девочки сказали, что...

— Что я их всех уволил! — закончил за нее Андреевич тяжело и однозначно, словно печать поставил на важной бумажке.

— Да... — Лара сделала паузу, надеясь, что директор объяснит причину своего странного поступка.

Но он молчал, и тогда Лариса пошла в атаку сама:

— Василий Андреевич, это я во всем виновата. Увольте лучше меня!

Сказала и сама удивилась, как здорово вышло — так ласково, нежно, мягко. Она раньше так не умела! Кажется, директор тоже почувствовал перемены. Его беспомощный взгляд остановился на новой Ларисе:

— Ну что ты… Вы… Как это тебя уволить… Ты у нас… Вы у нас… — Он будто застеснялся и занервничал. — Вы — самый ценный сотрудник. Я так не могу…

— Понимаете, — вкрадчиво объясняла она, — в силу маленького опыта руководства, я неправильно обращалась с сотрудниками, и оттого все беды. Просто я их сама загоняла. Они притаились, перестали раскрывать свои творческие стороны, побоялись быть инициативными. А сейчас вот мне в голову пришла идея — а не сделать ли наш канал исключительно женским? А что, у нас журналистки — женщины. Они всю информацию передают от себя, а значит, по-женски. Допустим некий феминистический акцент, а? Мы завоюем свою аудиторию, и в следующий раз нас не то что проведут на спутник, еще уговаривать станут!

Василий Андреевич взял со стола карандаш и принялся крутить его в руках.

— Канал для женщин… Я уже думал, что профиль менять надо! Не взяли мы этот сегмент, как не стыдно признавать… Женский канал… А что, это хорошо! У нас вот и руководство прически меняет и все хорошеет, — сделал он заодно комплимент Ларисе.

— Я разработаю проект и представлю его вам тогда. Хорошо? — улыбнулась девушка.

— Хорошо! Представь!

— Я даже с девочками посоветуюсь! Вместе сделаем! — Ларисе вдруг захотелось, как ребенку, прыгать от радости и хлопать в ладоши. Глаза ее загорелись счастьем. — А девочек можно я обрадую, Василий Андреевич?.. Мы ведь их оставляем? Они сегодня перенервничали, бедные!

— Обрадуй!.. Кстати, — директор посмотрел на нее немного нерешительно. — Что-то вы, Лариса, давненько в шахматы играть не заходили. Может, сыграем партию?

— Много работы! — поспешно выпалила Лариса. — Как-нибудь в другой раз!

— Ну хорошо, — директор вздохнул и с нарочитым видом уткнулся в бумаги.

Понимая, что больше не стоит раздражать начальство, Лара мигом исчезла из кабинета, вприпрыжку рванула в журналистскую и, чуть не срываясь на визг, объявила:

— Остаетесь! Все остаетесь! И канал меняет свое лицо! Все — марш пить чай! За чаем расскажу!

Спустя десять минут весь журналистский отдел во главе с замом главреда дружно пил чай, заедая конфетами. Лара и сама не заметила, как ее отношения с девочками вышли на новый уровень. Ее сотрудницы уже не фыркали, не шептались, не зажимались, а запросто разговаривали на любые темы, шутили, смеялись.

— А мне, когда Андреевич сказал про увольнение, я подумала: «Ну все — труба!» Я ведь только кредит взяла на автомобиль… — рассказывала Машка.

— Как? Ты автомобиль приобретаешь? — заинтересовалась Лара. — Расскажи!

— Да рассказывать еще нечего, я ведь только на права сдала.

— А я, кстати, тоже о машине подумываю, — заявила Анька. — Только для автомобиля надо сначала имидж сменить, чтобы выглядеть супер!

— Вон Лара уже сменила имидж. Смотри, до чего супер!.. Лариса, тебе, как начальнице, тоже пора на колеса садиться, — добавила Машка.

— На колеса садиться… На колеса садиться… — повторила Лара и вдруг оживилась: — А давайте заведем постоянную рубрику: «Дама на колесах»… Или что-то в этом роде… Возьмешься, Маш? Освещать разные темы — ну там, отношение мужчин, женщина-таксист, женщина проходит техосмотр… Какой-то материал скрытой камерой отснимем — типа расследования. Как тебе?

— А что, мне нравится! — согласилась Машка.

В голову Лары полезли идеи:

— А еще можно банкет устроить, в честь ребрендинга нашего канала. Пригласить всяких шишек. Сюжет, опять же, сделать и о себе заявить… Как считаете?

Девочки одобрительно загудели. И эта идея встретила их абсолютное понимание.

— Вот и договорились! — Лара возликовала. — Устроим праздник в середине мая. Да? Прекрасное время! Еще отпуска не начнутся, и тепло! С шампанским, с легкой музыкой! Настоящий такой банкет!

— Слушайте, мы мужикам-то не сказали, что у нас теперь женский канал, — усмехнулась Света. — Вот они обрадуются!

— Да и ладно! — махнула рукой Машка. — У нас полтора мужика в студии. Переживут! Антоха вон непонятно, к какому полу...

— Да уж, и выбирать не из кого, — заметила Анька.

— Ну, ты-то молчи! — цыкнула на нее Машка. — Тебе-то жаловаться!

Лара вспомнила, как была воодушевлена Анька новым интернет-знакомством. А ведь Лариса даже не знает, чем закончилось дело.

— А как у тебя с тем парнем из Интернета, с Васей, кажется? — осторожно спросила она, покосившись на девчонок. Лара не знала, уместно ли говорить об этом при всех.

— Все пучком! — ответила Анька и засмеялась: — Договариваемся о встрече. На следующей неделе. Он вернется из какой-то командировки и увидимся! Жду не дождусь!

— Чучело придет какое-нибудь! — хихикнула Света. — Разве можно доверять Интернету?!

— Или мужик восьмидесяти лет, — добавила Машка.

— Да нет же! Я же показывала его фотографию — он присылал, — заспорила Анька. — И хватит вам ржать!

Она была на грани того, чтобы обидеться.

— Ну правда, хватит! — подхватила Лара. — Что вы ее пугаете? Все будет хорошо, я уверена.

— Главное, чтобы он оказался не девочкой! — выпалила Машка.

Все, включая саму Аньку, прыснули со смеху. Сквозь хохот Лара вспомнила, что не взяла с собой ни одного телефона — там, в кабинете, трубка, наверное, разрывается от звонков.

— Вы тут сидите, я за телефоном сбегаю... — сказала она и выскользнула из кухни. Так быстро, что не заметила Вадика и налетела прямо на него...

— Смотри, куда идешь! — рявкнул оператор, едва удержавшись на ногах, и прижал к груди любимую камеру. Заметно было, что он скорее покалечится сам, чем позволит появиться на любимой технике хотя бы одной царапинке.

— Ой! Прости! — извинилась Лара, потирая плечо, которым она врезалась в оператора.

— Хорошо, что аппаратура не пострадала, — ответил Вадик хмуро и вдруг посмотрел на Лару. На лице его выразилось удивление. — Ого! Лариса? Изменилась так...

— Ну изменилась, — она пожала плечами и пошла дальше.

— Подожди! — закричал Вадик, догоняя ее.
Лара остановилась.

— Слушай, я это... Все поговорить хотел... — Оператор почему-то волновался. — Ты на меня не обижаешься? Ну за все те вещи, что я раньше творил? Ты прости меня, я же не со зла... Ну так вышло, ну такой я... дурак...

— Да все нормально, Вадик! — Лара сделала еще один шаг в сторону журналистской.

— Я готов искупить свою вину... Хочешь, в ресторан сходим?.. — Лицо оператора было таким заискивающим, что Ларисе даже стало его жалко. А ведь еще пару месяцев назад все было наоборот.

— Нет, Вадь, я никуда не пойду. Спасибо! Извини, что тебя чуть не покалечила. В следующий раз буду аккуратнее из кухни выходить.

# Три краски

Лариса забежала в кабинет, снова перевела дух. Это ж надо — Вадик к ней клеится. Могла ли она такое себе представить? Девушка схватила телефон и пошла назад.

И надо же, в коридоре наткнулась на Геру. Только его сейчас не хватало!

— Здравствуй, Алина! — торжественно начал он. Сегодня рекламщик был не похож на себя — рубашку надел, галстук. Интересно, ради чего он так принарядился?

— Можешь называть меня Ларой, — отозвалась девушка, кривясь, как от зубной боли.

— Хорошо, Лара! — Он с заговорщицким видом огляделся. — Я ведь никому не скажу, ты не думай!

— Да я и не думаю. Вообще, — устало сказала она, — чего тебе?

— Да вот, поговорить хотел. Может, это... — мялся с ноги на ногу Гера. — Может, сходим куда-нибудь? Что ты вечером делаешь?

Вот это новости! Выходит, этот фигляр нарядился так ради нее!

— Гер, отстань, а? — попросила она, теряя терпение.

— Лара, я не хотел тебя обидеть! Слушай, ну просто ты мне нравишься! Прямо другая ты стала! И всегда одна! Вот я и пришел! И потом я такую штукенцию купил — вампиров распугивает. Так что со мной не страшно...

Лара усмехнулась:

— Вот никак не пойму — то ли ты в игрушки не наигрался в детстве, то ли не в себе...

— Нельзя тебе одной! Аура у тебя плохая, понимаешь? — не обращая внимания на колкость, проговорил

263

Гера. — Я же чувствую, всегда чувствовал! Зло вокруг, понимаешь! А тут у тебя ну просто сгусток! Дышать тяжело! Я тебя охранять буду, обещаю! За тобой охотятся! Я же с самыми честными намерениями! С серьезными, можно сказать!

Лариса едва не схватилась за голову: и за что это ей такое счастье привалило?!

— Все, — сказала она, согнувшись от хохота. — Не могу больше. Ступай, Гера, ступай в свой рекламный отдел, а то моя смерть будет на твоей совести!

Неудавшийся жених еще раз вздохнул. Худой, нескладный, костюм только подчеркивал это. Гера сейчас напоминал Рыцаря печального образа.

«Да, правы девочки — в студии парней полтора человека, и те больные», — подумала она.

— Так ты не разрешишь мне защищать тебя? — спросил он сурово, как воин в рыцарских фильмах.

— Защищай, — вздохнула Лара, — только незаметно и без шума. Пожалуйста!

— Слушаюсь! — отчеканил Гера.

Она, наконец, прошла дальше. Сейчас бы еще встретить Кирилла, хотя нет, Кирилла не надо — что она ему скажет? Все так запутано!

Лара посмотрела на свой мобильник и остановилась — десять пропущенных вызовов. Интересно, от кого это? Она заглянула в журнал: надо же, все от Алинки! Странно… Что-то случилось? Конечно, случилось! Лариса же целовалась с ее парнем! И откуда Алина все так быстро узнала? Что, если Кирилл сам рассказал?

Словно откликаясь на ее беспокойные мысли, телефон тут же разразился знакомой мелодией. Кстати, надо ее сменить из-за потери актуальности. На панели высветилось имя Кобры. Убедившись, что никого рядом нет, и волнуясь в предчувствии недоброго разговора, Лара приняла вызов.

— Алло, — Алинка, кажется, плакала, — Лара, ты? Привет!

— Привет. Что-то случилось? — Ларин страх прошел моментально.

— Да, я… я в таком шоке, Ларис! Представляешь, он бросил меня! — Бывшая начальница разрыдалась прямо в трубку. — Меня бросил, понимаешь? Со мной это впервые! У-у-у!

— Подожди, Алин, не реви! — Лара чувствовала себя мерзко. Непросто забыть прежние принципы. — Что он сказал? Из-за чего все это? — осторожно поинтересовалась она.

— Ничего не сказал! Сказал, что надо расстаться, что у него нет ко мне прежних чувств. — Алина снова заплакала.

Лара попыталась ее утешить, но потом бросила это дело: ну какая из нее утешительница, когда разлад, она знала, произошел именно по ее вине. Именно она и есть разлучница.

— Я, наверное, уеду, Ларис! У меня здесь ничего не складывается — ни с работой, ни с личной жизнью, — жаловалась тем временем ее собеседница. — Поеду к маме, в Псков. Я ведь не москвичка. Я из Пскова. Ты знаешь?

— Нет, не знала. Это для меня даже неожиданно, — пробормотала Лара, оглядываясь на проходящих мимо сотрудников-монтажеров. Скоро может появиться и Кирилл.

— Как думаешь, ехать? — Змеинишна громко всхлипнула.

— Не знаю... Думаю, тебе стоит успокоиться и все обдумать. В любом случае сейчас к нему лезть не надо, только отпугнешь... — посоветовала Лариса.

И вдруг, подняв взгляд, увидела Кирилла. Он шел к ней, держа в руке букет белых роз. Прекрасный и романтичный, словно сказочный рыцарь!

— Я тоже так считаю... Спасибо за совет, Ларис! Ты мне так помогла! — говорила трубка Алининым голосом. — Я вот думаю, как так вышло... Может, он просто на тебя перекинулся?

Кирилл стоял напротив и протягивал ей букет. Ларино сердце сжалось от боли — какая неприятная ситуация! — и от счастья — как же приятно его внимание!

— На меня перекинулся? Нет, точно нет... Ты меня извини, я занята... работа... — проговорила Лариса поспешно.

— Да, извини! Спасибо за совет! Прости, что я тебе позвонила. Почему-то захотелось именно с тобой поговорить. Наверное, потому, что ты единственная из всех всегда была нормальным человеком... Хорошего дня!

Алина положила трубку.

Лара, красная от стыда, подняла глаза на Кирилла.

— Это тебе, — прошептал он, — самой красивой девушке в мире! Знаешь, я обо всем подумал и сделал выбор: я с тобой! Не думай больше об Алине, ее теперь для меня не существует.

— Не думать?! — растерянно повторила Лара, беря в руки цветы. — Это как-то нехорошо получается. Ей ведь больно!

— Это мое решение, Ларис! Забудь про нее, хорошо?! К тому же ты сама говорила, что она с этим... с Павлом, или как там его, встречается.

— Хорошо...

«А ведь Алина так и не назвала имя! — вдруг озарило Лару. — Вдруг она имела в виду не Кирилла, а Пашку? Вот ведь путаница!»

Она подумала о Пашке, и ей вдруг стало ужасно обидно. Когда-то Ларисе показалось, что он открытый, порядочный человек. Когда-то ей показалось, что она действительно ему нравится.

В коридоре появились девчонки, видимо, не дождались ее на кухне. Увидев стоящую у окна Лару с цветами, да еще Кирилла рядом с ней, журналистки пораженно остановились. Машка подняла брови, а Анька сделала жест, означающий «Клево!». Лара слабо улыбнулась в ответ. Ей сейчас было не до смеха.

— Давай завтра погуляем после работы, а потом посмотрим, что делать с этим твоим домашним видео! — предложил Кирилл, а затем добавил: — Если ты, конечно, меня к себе впустишь...

— Впустить? Конечно, впущу! — кивнула Лариса. Она понимала, что компрометирует себя на работе — не пристало начальнице себя так вести. — Пойдем, пора за дело!

Кирилл кивнул, но все равно галантно проводил ее до журналистской.

Не обращая внимания на перемигивания девчонок, Лара сразу повела разговор о новых рубриках. Работа забурлила так, что вскоре девушка позабыла и о Кирилле, и о Пашке, и об Алине. Идеи сыпались одна за другой — все свежие, креативные, стоящие внимания. Намечались рубрики: «Дама на колесах», «Дети или жизнь?», «Женская карьера», «Сексуальные премудрости», обдумывались синопсисы. Перебивая друг друга, девчонки галдели, каждая пыталась внести в проект свое. На шум сбежались ребята, некоторые даже включились в дискуссию. Например, Антон и даже Вадик (вот уж от кого Лара не ожидала услышать так много всего, касающегося женщин). Верный пес Гера тоже был тут как тут. Он в основном молчал, изредка только вставлял едкие замечания: «Женщина на колесах»? Ерунда! «Обезьяна с гранатой» лучше назвать! Тогда и мужики подсядут у телика, «Дьявол атакует, а не идея!», а еще «Все мы бабы — стервы» назовите! Не надо скрывать правды!»

Парни над этими шутками ржали, а девчонки злились и пытались Геру выгнать, но все без толку. Он ругался и обижался, напоминая, что сидит тут не просто так, как остальные, а еще защищает родной коллектив от злых сил. В конце концов на него махнули рукой и оставили в покое.

Кирилл участия в обсуждении нового проекта не принимал: его завалили монтажом — с выходных съемки было столько, что не разгребешь. Лара собиралась зайти к Кириллу в конце рабочего дня, но потом передумала — пусть он берет инициативу в свои руки, она, кажется, и так сделала слишком много.

Лара шла домой, когда зазвонил телефон — Джек! Что ему нужно? А, фотосессия? Точно, фотосессия! Когда они договорились? Она совсем забыла!

— Алло!

— Лариса, я напоминать о фотосессия! Завтра в три часа дня ви сможете, да? — проговорил он, когда она ответила на вызов. Лара замерла: блин, так завтра же... Ведь они с Кириллом договорилась на этот же день! Впрочем, Кирилл никуда не убежит, даже полезно его потомить. А фотосессия — это раз в жизни!

— Значит, завтра? Я совершенно забыла! Спасибо, что напомнили, Джек. Я обязательно буду! По какому адресу?

Джек продиктовал адрес и напоследок напомнил о краске:

— Не забывайте краска. Вы обещать мне принести и показать, Лара!

— Да-да, об этом я помню!


Чтобы прийти на фотосессию в должном виде, Ларисе пришлось взять еще один отгул. Она отпросилась у Василия Андреевича по телефону, затем долго обдумывала, сказать ли о своих планах Кириллу. Решила не говорить — не хотелось показаться слишком зависимой от него. Надо будет, позвонит и спросит сам. Она перебирала все, что имелось в шкафу. Времени на это ушло много. Когда Лара, наконец, была готова, до встречи оставалось всего полчаса.

— Краска! — вспомнила она и полезла в комод. Но там никакой краски не оказалось.

— Странно... — пробормотала Лара и хотела набрать Варю, чтобы спросить у нее. Но потом подумала: велика беда. Подумаешь, без краски придет! Еще Варю отвлекать! И потом, даже на звонок нет времени.

В красивом белом платье — легком, воздушном, с яркими изумрудными серьгами и браслетом — бижутерия высшего качества — Лара пришла на встречу. Еще не дойдя до фотостудии, она почувствовала себя моделью, актрисой, звездой. Однако настроение изменилось в один миг, когда Лариса отворила дверь и увидела эту самую фотостудию.

Большой зал, затемненный плотными шторами, один угол целиком из зеркал, так что можно, стоя на месте, одновременно видеть себя со всех сторон. То ли редактор, то ли режиссер, то ли стилист, в общем, кто-то из главных бегал по залу и оглушительно орал практически на всех, кто встречался ему на пути. Модели — худые изморенные девушки, одетые в какие-то непонятные тряпки — шорты, лифы, трусы (совсем не то, что ожидала Лара), сидели на полу. Джек с беспомощным взглядом бродил по студии. Увидев Ларису, он оживился. Схватил ее за руку, подвел к орущему режиссеру.

— Вот эта тот девушка, который я вам говорить, — представил ее он.

Режиссер еле повернул голову в Ларину сторону и сразу поморщился:

— А, еще одна блондиночка! Идите готовьтесь!

Растерянная Лара двинулась вслед за Джеком. Она почему-то ожидала, что все будет по-другому, что ее примут, как принцессу.

# Три краски

— Ви краска принести? — спросил Джек.

— Краску? Нет, я не нашла ее, — растерянно глядя по сторонам, ответила Лара.

Отражение Джека в одном из зеркал волшебным образом искривилось. Девушка, обеспокоившись состоянием своего спутника, взглянула на него. Тот выглядел так, словно только что съел парочку очень кислых лимонов.

— Я же просить краска! Как я буду делать без краска? — возмутился он и, схватив расческу, принялся приводить в порядок ее волосы. Движения Джека были неловкими, несколько раз он дернул так сильно, что Лариса едва удержалась от того, чтобы не вскрикнуть от боли.

— Давайте я сама! — сказала она и вырвала расческу из рук визажиста.

В это время к ним подошел режиссер:

— Что за ерунда? Мне нужна стильная прическа, понимаешь, америкашка, стиль-на-я! — отчеканил он, не сводя глаз с Джека. — Не умеешь, так бы сразу и сказал! Умеешь? Ну тогда делай!

Джек снова вырвал из рук Лары расческу. Принялся что-то творить у нее на голове. Но, глядя на свое отражение в зеркале, девушка не видела никаких намеков на стильность или вообще парикмахерское искусство — запутанные локоны лежали неряшливо, словно переваренные макароны в дуршлаге. Эх, как же все-таки жаль волосы! Девушка уже подумала, а не пора ли отсюда валить. Может, зря она все это терпит? Но тут, по-видимому, лопнуло терпение режиссера. Он снова принялся ругать Джека:

271

Олег Рой

— И чему вас только там, за границей, учат? Соня, иди сюда! Обработай эту дамочку! Сделай так, чтобы у блондинки на лице высветился ум, чтобы физиономия стала посерьезнее! И дешевые эти брюлики сними, а то в глазах рябит...

Лара чуть не плакала от обиды. Значит, блондиночка? Значит, ума у нее не хватает? Стоило покрасить волосы, и все стереотипы сразу приклеились... Она чуть не расплакалась от обиды. Но девушка по имени Соня принялась так интенсивно начесывать ей волосы, что стало не до слез — выдержать бы такую боль. Лара терпела и удивлялась — получалось-то неплохо. За каких-то пять минут она преобразилась до невозможности. Резкий, почти черный макияж, приподнятые начесанные волосы и черное кожаное белье — да, из нее сделали настоящую пантеру. Сзади прицепили огромный хвост — красота какая! Пантера — она будет на фотографиях пантерой. Круто как!

Ларису позвали на съемку, посадили в такой позе, словно девушка вот-вот сорвется в прыжок. Прыжок — она действительно готова к нему! Лара рванется в атаку, и она добьется Кирилла! Ох, как прекрасен этот образ! А раньше она даже не чувствовала себя такой красивой, такой опасной!

В перерыве Лара посмотрела на несчастного Джека — все о нем забыли, и американский стилист стоял с растерянным видом, прижавшись к стене. Бедняга, ведь он так и не смог сегодня преобразить ее, а ведь как мечтал! Ларе стало искренне жаль иностранца.

Фотографии обещали принести позже, а через два месяца должен выйти выпуск журнала с нею, Ларой-кошкой, на обложке.

Настроение сразу улучшилось. Ну и пусть день начался с минусов, зато сейчас — сплошные плюсы! Сразу плюс пять, никак не меньше!

Джек вызвался проводить Ларису до дома. Он рассыпался в извинениях за все, что сегодня произошло, но Лара только улыбалась. Она уже позабыла и его необъяснимый приступ злости, и профессиональный позор, свидетельницей которого оказалась…

— Я постараюсь договорить о других съемках. Ви им подошли, — сказал американец, когда они прощались возле подъезда. — А краска? Можете сейчас показать?

Пригласить к себе домой? Нет, Лара не сделает такую глупость.

— Боюсь, что нет. Варя сейчас на работе. Я спрошу у нее позже. Если найду, то отдам вам навсегда! — Лара улыбнулась. Ей хотелось скорее вернуться домой.

Глаза американца хищно сверкнули.

Хотя, конечно, нет, это отразился в них свет фар от проезжающей машины.

Девушка поблагодарила иностранца, а сама, как только вошла в квартиру, вытащила из сумочки мобильник. Кирилл звонил ей целых пять раз, но Лара не слышала — как раз шла съемка.

Лариса поспешно нажала на кнопку вызова.

— Алло, Кирилл! Ты звонил? — еще не выйдя из образа, хрипловатым, немного хищным и невероятно сексуальным голосом спросила она.

Он громко сглотнул, и Лариса возликовала — опять получилось!

— Кхххм, — Кирилл откашлялся. — Ты куда пропала? Мы же вроде о встрече договорились?

— Я не могла, у меня была фотосессия. — Лара мечтательно улыбнулась: — Представляешь, вчера я про нее совсем забыла! Так все навалилось...

— Понятно. А сейчас что делаешь? Может, мне прийти? — спросил Кирилл.

Лара посмотрела на свое разукрашенное после фотостудии лицо — нет, в таком виде она Кирилла не примет. Потребуется время, чтобы смыть весь этот грим и накраситься по-новому.

— Не стоит. Я очень устала. Давай в другой раз! Успеем еще разгрести мое видео...

*Тем более что никакого видео нет.*

— Жаль... Слушай, там, на студии, сегодня активно обсуждали пикник — хотят организовать на этих выходных корпоративную вылазку. Ты пойдешь?

— Пикник? Это здорово! А ты сам пойдешь?

— Конечно! Я надеюсь пообщаться там с тобой!

Лара почувствовала, как застучало ее сердце.

— А куда решили ехать?

— К Машке на дачу, в область.

— Здорово! — воскликнула Лара, а сама подумала, что пикник — это лучше, чем ее дурацкая выдумка об архиве. Пусть все завертится на природе, а там она ему и признается, что нет никакого видео.

## ИЗ СЕКРЕТНЫХ ЗАПИСЕЙ ДЖОНА ХЕМИСТРИ

### 15 апреля 2011 года

Уже два месяца, как я в Манхэттене. Прячусь в квартире близкой подруги матери. Моя мама, конечно, могла взять меня к себе, но в ее комнатушке будет тесно даже канарейке, не говоря уже о двух людях. Она ругала меня за то, что пропал, а еще сетовала, что давно не слал денег.

Увы, я не смог открыть ей всей правды, ведь это подвергнет ее жизнь опасности. Кто знает, возможно, эти мерзавцы, у которых поднялась рука на великого ученого, займутся отстрелом свидетелей.

Пришлось сочинить легенду, что моя компания разорилась. Я соврал — так лучше: и ей будет легче жить, и мне меньше оправдываться. Немного поворчав (как же все-таки она постарела), мама предложила мне пожить у своей подруги, впрочем, об этом я уже писал.

Дом, в котором я поселился, оказался маленьким скромным жильем на краю горда. Рядом — отличный парк, места уединенные. Именно то, что мне и нужно!

Целыми днями я читал книги, смотрел телевизор, размышлял о формулах, пытаясь воссоздать их заново. Правда, боязнь, что за мной придут люди в черных штатских костюмах, была так велика, что поначалу я вздрагивал от каждого шороха, а когда в соседнем доме затеяли ремонт, и вовсе свалился в обморок, считая, что они собираются рыть подкоп, чтобы захватить меня врасплох.

Но однажды страх прошел. Я вдруг понял: если бы меня искали, то уже давно бы нашли. Если я на свободе, значит, взять меня снова в плен никому не нужно.

И я задышал ровнее. Теперь я свободно гуляю по городу, хожу в магазин, бегаю по утрам. Бейсболка, надвинутая пониже, черные очки, приклеенная над верхней губой щеточка усов и немного ваты под щеки, чтобы изменить форму лица — вот и все немногие меры предосторожности, которые я предпринял.

Но вместе с чувством облегчения в моей душе поселилась безнадежность. Я не могу больше радоваться этим книгам, я прочитал их от корки до корки, я не могу вспомнить формул — они слишком сложны, справиться с ними не в силах даже моя феноменальная память. Как бы я их ни складывал, все равно что-то не так. Неужели они утрачены навек?

Но что же делать? Я не могу жить без работы, без дела. Я дышал наукой, формулами, опытами. Ох, как же я был счастлив! И как несчастен сейчас! Крис, что же ты со мной сделала?! Сидеть вот так и прятаться, словно глупая лабораторная мышь, — разве к этому я стремился? И тогда я решил: надо немедленно что-то делать!

Но вот вопрос: что именно? Пойти и заявить в полицию? Будет ли толк... Я не уверен, что у них там нет своих людей. Если предательство проникло в огромный офис в самом центре мегаполиса, значит, враги могущественные. Наверное, они договорились с властями, подкупив всех, вплоть до Белого дома. Тогда что же полиция? Сдаст меня при первой возможности! Нет, обращаться к ним нельзя. Вот и вчера, когда я, крадучись, в своем обычном камуфляже проходил мимо полицейского, тот смотрел на меня подозрительно. Лучше держаться от них подальше. Но что еще я могу сделать?

Я думал над этим день и ночь и наконец решил: у меня нет иного выхода, чем заявиться к мистеру N, директору холдинга, в котором работал. Объясню ход своих мыслей. Я не уверен, что он вообще в курсе того, что происходит. Вот представьте: приехали спецслужбы, разгромили мою лабораторию, меня похитили, а директор — ни сном ни духом. Конечно, может, звучит наивно, но бывает всякое. Во-вторых, я думаю, он все еще заинтересован во мне, ведь смог же я разработать фатум, значит, способен еще на что-то выдающееся. Ну а в-третьих, другого выхода я просто не вижу — если мне не повезет в этом, то как дальше жить? Все так же прятаться и падать в обморок при малейшем стуке в дверь? Ну нет! Надоело!

Запись эту спрячу в саду за домом. Быть может, если я не вернусь из этой последней миссии, кто-нибудь когда-нибудь прочитает эти записки и уронит скупую слезу о сложной судьбе великого, но неизвестного миру ученого. Не знаю, что будет со мной: может, погибну, а может, прославлюсь.

Вот дьявол, мне только что пришла в голову мысль, что фортуна — тоже девушка, а с девушками мне до сих пор трагически не везло.

Но уж будь что будет!

# Глава 9

### *МОСКВА*

Черт! С этой бабой вышел облом! Она едва не заморочила ему голову. Хорошо хоть он вовремя очнулся и понял, что та, кто ему нужен, — вовсе не она! А ведь он едва ли не влюбился! Находясь с ней рядом, словно теряешь голову. Это действует вопреки сознанию, на каком-то глубинном, фактически клеточном уровне. Неудивительно, что америкос столь в ней заинтересован. Хорошо теперь, вдали от искушения, есть возможность отдышаться и подумать.

Любопытно только, как она все это делает! Неужели всё дело в краске? Тогда стоит забрать краску себе. Он-то сможет распорядиться удачей, не то что эта дура! Надо же быть такой тупой блондинкой, чтобы не мечтать ни о чем, кроме фоточек, поцелуйчиков и прочих танцах-обжиманцах?! О, благодаря этой краске он сумеет подняться на вершину. Он станет депутатом... Нет, даже лучше — президентом! А что, гораздо харизматичнее нынешнего!

Мужчина подошел к зеркалу и, полюбовавшись на собственное отражение, по привычке подкрутил воображаемые злодейские усы.

Все будет по его плану, и тогда все, все еще пожалеют!

* * *

Сегодня ей снова снились жирафы. Правда, на этот раз они были не цветными, а черно-белыми. Белый, словно седой, жираф дрыгался и прыгал вокруг нее, как малый ребенок, не давая пройти. Лара сворачивала в сторону, но жираф всякий раз снова становился у нее на пути. В конце концов она не выдержала, топнула ногой и крикнула: «Уходи отсюда! Что ты вертишься возле меня? Я не люблю белый цвет!»

Странно, но жираф наморщил лоб. И выражением лица, и глазами он вдруг стал разительно похож на Пашу. Взгляд такой грустный, губы надулись. Лара чуть не заплакала от того, что обидела его, а он взял и убежал прочь, в разноцветный красочный лес.

Лара проснулась и долго размышляла над этим сном. И почему это она не любит белый? Очень даже хороший цвет. Цвет вишневых лепестков и свадебного платья, которое она когда-то наденет. А если речь идет о ее волосах, то лучшего и не придумаешь. Но еще страннее, при чем здесь Пашка и с чего это ей стало его жаль? Пашка — предатель, и ей более совершенно не интересен.

Ну и ладно. Приснился и приснился.

Она встала с кровати. Потянулась, улыбнулась всходящему солнышку. На небе — ни облачка. День будет хорошим, а сегодня он, хороший день, очень нужен — как-никак поход на шашлыки, коллективом. Да что там коллектив — главное, что будет Кирилл! Это важнее всего! Последние дни Лара едва ли перемолвилась с ним больше, чем парой слов — работа так засосала, что времени ни на что не осталось. Еще этот американец достает — за три дня звонков десять. Все про эту краску заладил… Какие же они дотошные, эти иностранцы! Некогда ей краску искать. Может, и выкинула вовсе. Зря она тогда сказала, что подарит ему флакончик. Вовсе этот Джек не дотошный, а просто-напросто жадный! Недаром говорят, что иностранцы сплошь жмоты. Небось так размечтался о халяве, что теперь ночами не спит!

Выпив кофе с мороженым почти что залпом, Лара влезла в любимые джинсы, надела толстовку, подкрасила глаза. Ну вот, теперь можно идти. На раскладушке спала Варя, она бормотала что-то на непонятном языке. Лара усмехнулась — совсем подруга заучилась со своим английским. Тихонько, стараясь ее не разбудить, девушка взяла ключи, темные очки, сумку и, аккуратно закрыв дверь, вышла из квартиры. Между пятым и четвертым этажом на холодной батарее лежала кошка.

Вся черная, только лапки белые. Увидав Лару, она жалобно мяукнула, а затем спрыгнула на пол и пошла навстречу. Лара остолбенела.

— Только не это! Не подходи ко мне! — предостерегающе вытянув руку вперед, попросила она.

Лариса с детства была суеверной, особенно если дело касалось черных кошек. Но эта усатая бестия, по всей видимости, человечий язык не понимала. Ласково мурлыча, выгибая спину, она обошла девушку со всех сторон, тем самым очертив круг несчастья. Теперь Ларе не выйти отсюда без жертв.

— О нет!.. — простонала девушка и шагнула вперед. Кошка промурлыкала и, довольная сделанной пакостью, снова запрыгнула на батарею. Помедлив в нерешительности, Лара побрела вниз. Предчувствие грядущих несчастий ощущалось весьма явственно, оставляя на языке горький вкус — вкус беды, вкус полыни.

И не зря — едва успела она выйти из подъезда, как чуть не попала под проезжающий мимо автомобиль. Машина остановилась, громко сигналя. Водитель, высунув голову из окна, набросился на Лару с нецензурными выражениями:

— Блондинкам можно не смотреть? Бог мозги не дал? — орал он.

— Это все... черная кошка, — растерянно объяснила Лара.

Мужик покрутил пальцем у виска и поехал дальше. Лара совсем поникла — нет, ну ведь и вправду кошка виновата... Вот попадос!

Лариса сделала несколько шагов и снова остановилась — рюкзак... Его нет! Дома забыла! А ведь вчера весь вечер набивала его всякими нужными вещами! Только с ней может такое быть. Вся на нервах, ругая и кляня бедную черную кошку, девушка помчалась обратно к подъезду. «Надо, чтобы кошка обратно перебежала мне дорогу, — решила она. — Тогда точно все получится».

Лариса забежала на четвертый этаж, заглянула вверх. На батарее, сладко потягиваясь, лежала кошка. Судя по мурлыканию, она была довольна сложившимися обстоятельствами.

— Эй, киса! Кис-кис-кис, — позвала ее Лара. — Иди сюда, перейди-ка мне дорогу, кисуня!

Кошка посмотрела на девушку и зажмурилась. Лариса топнула ногой:

— Иди сюда, говорю! Дорогу мне перейди!

Никакой реакции. Лара вконец разозлилась, подбежала к кошке. Пыталась схватить ее, но та вдруг угрожающе зашипела.

— Ну и сиди тут, дура! — сдалась Лариса и устремилась к квартире. Рюкзак, разумеется, был на месте — висел на крючке, в коридоре. Варя уже встала и гремела на кухне посудой, весело напевая что-то по-английски. Здорово выучилась, а ведь приехала всего-то с Украины. Не окликая ее, девушка схватила рюкзак и выскочила из квартиры. Она бежала вниз, перепрыгивая через ступеньку. Главное — не упасть и не сломать ногу.

Ступеньки закончились двумя большими черными ботинками. Лара как раз вошла в кураж и чуть не врезалась в неожиданное препятствие. Сманеврировать удалось в последний момент. Буквально чудом изменив траекторию движения, девушка подняла голову и не поверила своим глазам — Джек!

— Привет! — улыбаясь во весь рот, проговорил иностранец.

Сейчас Ларе было точно не до разговоров — через сорок минут электричка, до нее еще ехать на троллейбусе, потом на метро. Может, Кирилл уже ждет... До Джека ли при таких обстоятельствах?

— Здравствуйте, Джек! Я, простите, тороплюсь, — с ходу начала Лара, надеясь, что мужчина ее поймет и пропустит. Но, увы, не понял.

— Лара, я много времьени не занимать. Я хотеть спросить у вас... краска...

Вот ведь привязался любитель халявы! Вот поэтому они на Западе так хорошо и живут, что все очень экономные. Лариса презрительно поджала губы: такая жизнь не по ней, это точно!

— Джек, поймите, мне пора бежать! — взмолилась она.

Иностранец не сдавался:

— Ви сейчас такая красивый. Ви видели фотографии? Великолепно. Прирожденная модель. Я хотеть сделать вам новый укладка. Можно я к вам прийти домой и краска посмотреть?

— Да нету ее, этой краски! — Лара начала злиться. — Может, Варя ее случайно выбросила. Давайте по поводу прически поговорим завтра. Звоните, все вопросы по телефону решим. Все? Я могу идти? Джек, сори!

— Дайте один локон, — задыхающимся взволнованным голосом заявил Джек и вытащил из кармана ножницы. — Мне надо эксперимент, надо структура волос узнавать. Помогите, Лариса, мнье очень надо…

Этот сумасшедший взгляд, эти ножницы, эти непонятные слова — все это очень испугало Лару. Неужели Пашка прав и вокруг полным-полно охотников за ее скальпом? Вот ведь вляпалась!

Лара отступила на несколько шагов назад, уперлась в ступеньки лестницы, схватилась за перила.

— Джек, мне сейчас некогда. Давайте потом… Я и краску потом подыщу… — прошептала она еле слышно.

— Лара, мне надо сейчас! — Джек двигался к ней с видом маньяка. Может, этот «стилист» давно уже в международном розыске?! Ой, точно, какой из него парикмахер. Выходит, Стилист — это его бандитская кликуха. Может, хобби у него такое: затыкивает девушек ножницами до смерти, а потом срезает у своей жертвы локон. Эдакий финальный аккорд, стильный штрих, возлюбленный серийными убийцами и режиссерами остросюжетных фильмов.

Сердце рухнуло в пятки. Тем не менее девушка постаралась не показать вида, до чего же ей страшно. Пятясь, она поднималась по ступенькам, не в силах оторвать взгляд от искаженного злобой лица.

— Оставьте меня в покое! Мне ехать надо! — повторяла Лариса как заведенная.

— Я в покое никого не оставлять! — засмеялся Джек. Только теперь Лара обратила внимание, насколько злые и холодные у него глаза. — Особенно вас… Дайте свои волосы и краска, или будет плохо!

Ну точно маньяк! Вот и вляпалась!

«Мамочка, прости меня за вранье и за то, что не приехала к тебе на Новый год!» — мысленно взывала Лариса, все еще продолжая пятиться.

Держа наготове ножницы, Джек неуклонно поднимался вслед за девушкой. Еще немного, и будет действительно плохо.

Что же скажет мама, когда ей сообщат о гибели единственной дочери? А Пашка? Интересно, как он отреагирует на ее смерть...

Впрочем, гадать было бесполезно.

«Или пан, или пропал», — подумала Лара и сделала резкий рывок вперед. Оттолкнув американца, не ожидавшего сопротивления (ага, небось не на американскую домохозяйку нарвался), девушка побежала вниз.

Джек бросился вдогонку, но Лара успела нащупать в темноте кнопку, выбежать на улицу и захлопнуть за собой тяжелую металлическую дверь. Теперь, пока американец разберется с дверью, у нее будет несколько спасительных минут.

Девушка понеслась прочь. Хорошо, что она в джинсах и кроссовках, так бежать гораздо проще.

«Галантный... вежливый... хороший... Вот дура! — пыхтела Лара на бегу. — И ведь знала, что нельзя этим иностранцам верить. Позарилась на фотосессию... Идиотка! А как он оживился, когда ножницы вынул. Нет, маньяк! Ну, точно, маньяк! На совести этого Стилиста не одна загубленная молодая жизнь! Краска ему нужна! Идиотка!»

На остановке уже стоял автобус. Лара забежала внутрь, спряталась в толпе, испуганно глядя по сторонам. Когда автобус поехал, она, наконец, немного успокоилась, взглянула на часы — электричка уже через двадцать минут. Не успеет.

Опасения Лары сбылись — после пробежки по метро, заскакивания в вагон уже почти на ходу, расталкивания локтями всех и вся, чтобы выскочить первой, Лара все равно прибежала на пустой перрон. Электричка уехала. Следующая — через час. И это ж надо так попасть! Лара была готова плакать. Кирилл ее разлюбит! Ну точно разлюбит!

Мобильник разрывался от Машкиных звонков.

— Маш, я опоздала, — плаксивым голосом проговорила Лара.

— Да, блин, мы так и поняли! — сказала Машка в ответ. — Никто почти и не приехал! Нас тут всего три калеки — я, Светка, Анька да Гера с Вадиком…

— Подожди, а Таня, Антон? А Кирилл? Они где?

— БМП — без малейшего понятия, — отчеканила Машка. — Короче, давай подъезжай на следующей электричке. А то напьемся без тебя…

Без Кирилла Ларе вообще не улыбалось куда-либо ехать.

Она присела на скамейку и набрала его номер. Кирилл взял трубку не сразу. Судя по голосу, он еще спал.

— Кирилл, а ты разве не едешь? — спросила его Лариса.

— Слушай, я проспал, — промямлил монтажер. — Не успеваю никак… Ну, может, позже подъеду…

По его тону Лара поняла: не подъедет, говорит так, чтобы она не обиделась.

Это было чертовски несправедливо! Она, рискуя жизнью, отбивалась от маньяка, бежала за автобусом, выдержала бои без правил в метро — и все это зря?!

— Мог бы и предупредить, я бы тогда тоже не парилась! — воскликнула Лара и нажала на кнопку отбоя.

Нет, ну это несерьезно, думала девушка, шагая назад, к метро. Может, она себя как-то не так ставит? Почему Кирилл обошелся с ней по-свински? Или он мстит ей за то, что вместо прогулки Лара отправилась на фотосессию? Почему в тот самый момент, когда ей казалось, что все, Кирилл у нее в руках, он мечтает о ней, оказывается, что она ему на фиг не нужна?!

Лара прошла через турникеты, ни капельки не удивившись, когда они чуть не прихлопнули ее, несмотря на действующий билет, и поехала назад. Она вспомнила об американце, только когда уже подходила к подъезду дома. Ее охватила дрожь: а если он еще там, в подъезде? А если он вообще в ее квартире? Мамочки родные! Ведь Варя дома! Что, если она открыла ему дверь? Она вообще жива?

Девушке так и представился зловещий новостной столбик:

«*АМЕРИКАНСКИЙ СТИЛИСТ-ГАСТРОЛЕР ПОЯВИЛСЯ В МОСКВЕ*

*Известный американский маньяк, убивший тысячу юных женщин, прозванный Стилистом за привычку брать с трупа своей жертвы прядь волос, действует теперь в Москве. Первыми его жертвами стали Лариса М. и Варя Н., причем девушки сами открыли дверь*

*своему убийце. После совершения тысяча первого
и тысяча второго преступления Стилист с места происшествия скрылся. Следите за нашей колонкой, в которой мы будем помещать отчеты о его дальнейших га-
стролях».*

Этот убористый газетный текст на миг показался Ларе таким реальным, что девушка пошатнулась.

— С вами все в порядке? — вежливо спросил про-
ходивший мимо интеллигентный старичок.

Лариса только кивнула. Вмешивать старичка в раз-
борки с маньяком было бесполезно.

Дождавшись, пока мужчина отойдет подальше, она
вытащила телефон и набрала Варю.

Сердце глухо колотилось в такт гудкам вызова. Первый... третий... десятый... «Абонент не отвечает».

Беда! Может, вызвать полицию? А что им сказать —
что час назад здесь был подозрительный мужчина? Тогда где он сейчас? Что, если этот Стилист убил Варю
и уже скрылся с места преступления?!

Лара стояла в раздумьях, как вдруг увидела шагаю-
щих за ручку Кирилла и Алинку. Они о чем-то мило вор-
ковали. Алина улыбалась и выглядела достаточно счастливой. Так они вместе! Так вот в чем дело! Зачем же тот
цирк, что они перед ней разыграли?

— Замечательно, Кирилл! — не удержалась Лара
от восклицания. — Значит, и вашим, и нашим, да?

Она смотрела ему в глаза, но видела, как усмехнулась Алинка.

— А ты впрямь подумала, что он меня бросил ради
тебя, да? Тоже мне королевна! Ты теперь мне долж-

на — за поцелуй с моим парнем платить надо! — съязвила Кобра.

Лара почувствовала себя полной дурой.

— Так вы не расставались? Это все вранье? Зачем? — она смотрела только на Кирилла.

Тот отвел взгляд, уставившись на свои ботинки, словно никто к нему и не обращался.

— Просто так, — ответила за него Алька.

— Какой же ты все-таки обманщик! Я тебя совсем другим представляла! Я сама придумала себе красивый образ, а ты… ты ничтожество!

Эмоции овладели Ларисой настолько, что она уже не могла находиться рядом с этими ужасными людьми. Рванув вперед, девушка обогнала обоих (кстати, потом только подумала — а зачем они вообще направлялись в ее подъезд?!) и проскочила все лестничные проемы, даже не вспомнив об американце.

Только закрыв дверь, Лара вдруг подумала, что боялась Джека.

Ну и хорошо, что этот Стилист ей не попался — иначе ему не повезло бы столкнуться с разъяренной женщиной, справиться с которой не по силам никакому маньяку. Но какой Кирилл все-таки гад! Так ее обмануть! А Кобра? Она так натурально изображала горе, когда звонила Ларе недавно!

— Привет! Что-то случилось? — из ванной выглянула Варя. — Это не ты мне на мобильник звонила?

— Я. — Лариса медленно сползла по стенке, сев в коридоре на голый пол. — Но теперь это уже не так срочно…

# Три краски

* * *

Волей-неволей она оказалась в самом центре круговорота событий — жизнь настолько закрутилась, что Ларе некогда было оглянуться. Не успела она очнуться от проблем с поклонниками, как началась горячая пора на работе. День, на который был назначен фуршет для всяких политических шишек и потенциальных спонсоров, приближался с космической скоростью. Лара ничего не успевала — нужно было снять несколько десятков роликов, подготовить стенды, продумать сценарий самого мероприятия. Работа не прекращалась сутками, но, к счастью, проходила без эксцессов: никаких пересветов, никаких проблем со звуком, стенд-апы на одном дыхании, лайфы брались быстро, коротко, легко, только по делу.

Лара чувствовала заряд бодрости, ей нравилась эта работа, нравилась такая жизнь. А еще она чувствовала, что без таких напрягов совсем бы раскисла, погрузившись в мысли о Кирилле. С ним она виделась крайне редко, в монтажную не заходила, девочки контролировали монтаж сами. А встречая где-нибудь в коридоре Кирилла, Лара делала вид, что в упор его не видит.

Несколько раз звонил Джек. Лара трубку не брала, она даже собиралась пойти в полицию, чтобы заявить о потенциальном маньяке (подумав, девушка решила, что на его счету, возможно, еще нет жертв, но, как говорится, дело-то наживное).

Но пока заниматься этим вопросом и доказывать что-то родной полиции не было времени, да Лариса и не знала, что им сказать. Она не знает о Джеке ничего, кроме его имени и предполагаемого прозвища. И потом, работа, работа, работа. На сон времени оставалось так мало, что Лара могла только мечтать о том, чтобы выспаться.

Наконец, хоть эта мечта должна стать реальностью — до фуршета три дня, почти все готово, а впереди два настоящих полноценных выходных.

В пятницу вечером Лара упала на кровать в надежде проснуться не раньше полудня. Она отрубилась и снова видела во сне жирафов — на этот раз они паслись стадом, не обращая на нее никакого внимания. Лара пыталась к ним подойти, но они не подпускали ее к себе. «Вы же дружили со мной!» — возмущалась девушка, но упертые жирафы делали вид, что не понимают человеческой речи. Вдруг Лара услышала вопль сирены. Девушка долго соображала, для чего нужна сирена на необитаемом острове, где живут только жирафы, но та гудела и гудела.

Сон стал рассеиваться, сирена превратилась в тревожный трезвон дверного звонка. Раскладушка, на которой вечером засыпала Варя, почему-то была пуста. Неужели у Варьки снова смена? Почему тогда подруга ей ничего не сказала? А может, сказала, да ей, Ларе, было не до того?

Вставать и открывать дверь совсем не хотелось, и Лара, зажав уши руками, попробовала проигнорировать настырного посетителя. Тщетно! Звонок трезвонил на весь мир, стало удивительным, почему еще не примчались разъяренные бабушки-соседки. Они здесь такие, что не забалуешь!

Интересно, что это Варя так растрезвонилась? Ведь сто процентов, за дверью Варя! Вышла в магазин, забыла ключ, и вот, пожалуйста! Теперь ее будит!

# Три краски

Ругая подругу, Лара с трудом поднялась, завернулась в простыню и, не размыкая глаз, добрела до коридора. Она повернула затвор, и дверь тут же распахнулась, потому что кто-то с силой потянул ее на себя.

Это был Джек — все тот же Джек, сумасшедший иностранец, маньяк-Стилист!

Лара пошатнулась и попятилась. Она буквально онемела от испуга. Тем временем американец прошел вперед. Лариса попятилась от него. Ноги подкашивались, руки дрожали. Как же она пустила ситуацию на самотек?! Почему нашла тысячу пустых причин, лишь бы не идти в полицию. И вот, пожалуйста, снова здравствуйте!

— Я тебя просить помочь мне, да?! — крикнул американец, угрожающе наступая.

Он не спрашивал, он констатировал факт, но Лара все равно нервно закивала.

— Я просить дать мне волосы, дать краска. Ты не дать. Я звонить — ты трубку не брать. Что мнье делать дальше? Что с тобой делать?

— Я не знаю, — взмолилась Лара. — Честно не знаю... — Девушка почувствовала: еще немного, и она зарыдает. Какие волосы? Какая краска? Бред сумасшедшего! Он просто псих, вот и все. — Не убивайте меня, пожалуйста! — попросила она на всякий случай, смутно вспоминая, что, судя по фильмам, этот трюк никогда не прокатывает.

— Давай так. Я тебя сейчас постричь, а потом найти краска. Хорошо? — уже мягче сказал американец и вытащил из кармана ножницы. — Я тратить много времени на тебя. Мне уже пора ехать в Америку, я тут, а ты мне мешаешь. Где твой подруга?

Лариса едва верила своим ушам. Выходит, он только стрижет жертв, не убивая их? Господи, какое счастье! Ну пусть подстрижет, если ему так нравится. Лучше быть лысой, чем мертвой!

— Я не знаю, где Варя. Я не знаю... — только и смогла выговорить Лариса.

Почему-то именно сейчас ее осенило, что, пожалуй, об этом человеке ее предупреждал Пашка. И почему она раньше не вспоминала об этом? После той встречи в подъезде могла бы сопоставить факты!

А ведь впервые американца она увидела еще в ресторане, где он изображал официанта. Просто не узнала потом из-за пышных усов, которые тот, должно быть, приклеил, как делали это в шпионских фильмах. Вот ведь дура — могла бы заметить, что его усы слишком пышные для настоящих. И как она сразу не догадалась? Недаром говорят, что, желая наказать, Бог прежде всего лишает разума. Там, в ресторане, Пашка напал на нее с ножницами. Ах нет, это не Пашка напал с ножницами, а Джек, если это, конечно, его настоящее имя. Паша, наоборот, пытался ее спасти!

О боже, какой же дурой она была!

Лариса тихо застонала.


Американец был совсем рядом. Лара чувствовала его дыхание, слышала щелканье омерзительных ножниц. Зачем ему ее волосы? А что, если он все-таки убьет ее после стрижки? Нет, было бы слишком хорошо, если бы он просто стриг и отпускал своих жертв.

# Три краски

Свихнувшиеся обычно не останавливаются на полдороги.

Лара схватила первый попавшийся под руку предмет. К несчастью, это был всего лишь шлепанец — обычный легкий шлепанец, который валялся в коридоре. Размахнувшись, она ударила американца по лицу. Но он только усмехнулся.

Другая рука нащупала что-то потяжелее — кажется, зонт. Лара рванула его на себя. Но он, как назло, за что-то зацепился.

Американец находился в шаге от нее, и Лара рванула сильнее, сверху попадали вещи — они завалили и ее, и Джека!

Пока Джек вылезал из-под курток, Лара успела отползти на шаг, а затем — о, есть все-таки Бог! — упала и сама вешалка, и без того державшаяся на соплях. С тяжелым металлическим грохотом свалилась прямо Джеку на голову.

— Ноу, ноу! — прошептал маньяк, потирая затылок, на котором уже виднелась кровь. — Ти от менья так просто не избавишься! Дай мне волоси! Где краска?

— Вот тебе и краска! — Лара опять долбанула его шлепанцем, но американашка не сдавался.

— А вот тебе волосы! — услышала девушка мужской голос.

Затем — глухой звук, и Джек-стилист, застонав, медленно осел на пол. Кто стоял над ним, Лариса смогла увидеть, только когда немного отползла и выбралась из-под навалившихся на нее пальто. Ее избавителем оказался... Кирилл.

— Спасибо... — пробормотала Лара, не зная, что еще сказать. — Я не ожидала.

Но Кирилл вел себя несколько странно. Он не помог ей встать, он вообще не обращал никакого внимания ни на Лару, ни на ее благодарности.

Монтажер молча прошел в комнату и принялся шарить в шкафах.

— Где же она?! — бормотал он, словно и сам сошел с ума. — Я хочу, наконец, стать президентом! Кто будет смотреться в этом кресле лучше меня?! Мне необходима эта чертова краска! Чертова цыганка обещала мне богатство!

В квартиру следом за ним вошла и Алина.

— Ну что, рассказывай, где она? — велела Кобра, хмуро глядя на девушку.

— Кто? Где? — не поняла Лара.

— Краска, которая так чудесно меняет характер человека. Признавайся, куда ты ее дела?! — требовала Алинка.

— Я не понимаю... Какой характер? Как это меняет?.. — удивилась Лариса, пытаясь все же встать с пола.

— Ты хочешь сказать, ты не заметила, что изменялась под воздействием красок? Да только с красками ты смогла стать такой успешной, такой любимой. Даже Кирюха мой и тот еле устоял! — Алинка сверкнула злобным взглядом. — А уж об этом твоем Павле и говорить нечего! Сколько я его ни подкарауливала, как ни пыталась обольстить, чтобы подобраться поближе к тебе, — ничего не сработало!

Так вон что! Лариса потерла лоб и вправду чувствуя себя наивной идиоткой. Вот почему все эти перемены!

И все из-за краски! Из-за нее Кирилл ходит за Ларисой по пятам, а еще Джек. А Пашка! Он же предупреждал... И еще Гера... Боже мой, так они все заодно!

— Считай, эта краска теперь наша! — объявила Алинка, пока Кирилл переворачивал один шкафчик за другим, обследуя ящики комода, шарил по углам.

Трудно сказать, что было для Лары неприятнее: то, что дома так беспардонно трогают ее вещи, или то, что говорила Кобра:

— Эта красочка нас обогатит. Представляю, сколько она стоит! А этого придурка, — Алинка указала на лежащего без сознания Джека, — давно надо ментам сдать! Надоел уже хуже горькой редьки! За свои паршивые баксики нас купить вздумал! Мы и без него неплохо справляемся!

Лара смотрела на обоих широко раскрытыми глазами. Она даже представить себе не могла, что у нее под носом творится такое. Это же надо — им всем нужна только краска! Краска, которую она вообще хотела выкинуть! И за ней, именно за краской, эта парочка шла в прошлый раз, рассчитывая, пока Лариса будет на пикнике, обшмонать всю ее квартиру!

— Ну что, ты нашел краску? — волновалась тем временем Кобра.

— Да нет ее нигде! — отозвался Кирилл. — Спроси у этой дуры, куда она ее дела? Не будет признаваться, ей же хуже! Мне нужна эта чертова краска, и я не остановлюсь ни перед чем!

Алинка присела на корточки, с ядовитой усмешкой заглянула Ларе в глаза:

— Давай милая, расскажи, где краска? Ты не думай, что с тобой всегда ласковая буду. Тебе не поздоровится, клянусь! Начну с того, что срежу все волосы и побрею налысо, поняла? А потом посмотрим…

— Я не знаю, — Лара замотала головой. — Клянусь, не знаю! Краску, наверное, Варя взяла…

— Кто такая Варя? Где мне ее найти? Твоей Варе тоже не поздоровится, обещаю! — все тем же тоном проговорила Алинка. А затем вдруг зарычала, как тигрица: — Говори, где краска?

— Тебе же ясно сказано, не знает девушка, — послышалось за спиной.

Лара и Алина обернулись — в дверях стояла Варя.

— Варя, уходи! Зови полицию! Варя! — закричала Лара, но подруга словно не слышала.

Она подошла к Джеку, вытащила какой-то пузырек и поднесла к носу американца. Лара догадалась по запаху — это нашатырь. Джек чихнул, зашевелился, открыл глаза и стал приходить в себя.

— Вставай, Говард! Цирк окончен! Тебя разоблачили! — сказала ему Варя и обратилась к Ларе и всем остальным: — Я никого звать не буду. Они сейчас сами уйдут. Все трое.

Только сейчас Лара заметила, что волосы у Вари не темные, а светлые — белокурые, как у натуральной блондинки. Когда это она перекрасилась? И что соседка вообще делает? Зачем привела в чувства Джека? Теперь они накинутся на нее все — и Алинка, и Кирилл, и Джек.

— С чего это мы уйдем? Ты что-то попутала, деточка! — с вызовом обратилась к Варе Кобра.

— Это вы попутали, — Варя усмехнулась. — Здесь нет краски. Давно уже...

— А где она? — спросил Кирилл, стоящий в комнате посреди горы вывернутых из шкафов тряпок.

— Она в Америке, в штабе. Я ее давно переправила, — ответила Варя и посмотрела на американца.

— Так ты... ты с ним заодно? — изумилась Лара.

— И меня, значит, перехитрила, — не спрашивал, а констатировал факт иностранец.

— Я не заодно, мы работаем в разных... ммм... фирмах. Косметических. Это наши краски. Нам надо их вернуть, — ответила Варя. — А тебя, Лара, я все это время обманывала, прости. Я не могла иначе. Я сразу поняла, что ты добрая и отзывчивая, и старалась помочь тебе, как могла. Я даже немного оберегала тебя...

— Хватит болтать! Где краска?! — перебил ее Кирилл.

— Я же сказала, в России краски уже нет... И если вы, молодой человек, будете мне мешать, вам придется плохо. Поверьте мне на слово!

— Йес, агент Крис есть отлично подготовлена, — заискивающе добавил Джек.

Лара с изумлением смотрела на свою подругу.

— Так у тебя даже другое имя! А я доверяла тебе! — с горестью воскликнула она. — Эти краски! Ты красила меня! Ты ставила эксперименты! Все, чего ты добивалась, — это краски, да?

Варя молчала.

— А ты, глупая, думала, что ты такая распрекрасная кому-то нужна? — фыркнула Алина и толкнула в плечо

Кирилла: — Пошли, Кирилл! Нам тут больше нечего ловить!

Взглянув на Кобру, Лара поняла, что у нее появился шанс на маленькую месть.

— Так, говоришь, вы продать краску собирались? — спросила девушка желчно. — А я уверена, что Кирилл кинул бы и тебя. У него были на краску свои планы. Кажется, он собирался стать президентом. Это так, Кирюша? Ты об этом бормотал, когда по моим шкафам лазил?

Алина мрачно посмотрела на своего приятеля.

— Это так? — угрожающе спросила она.

— Нет, нет, ну что ты! — монтажер попытался выдавить из себя улыбку, но получалось не очень убедительно.

— Ах ты гад, кинуть меня хотел! — Кобра приняла угрожающую стойку. Тонкая рука с хищным маникюром, напоминающая когтистую птичью лапку, ловко ухватила несчастного Кирилла за воротник. — Ну пойдем разберемся!

С этими словами Алина вытащила упирающегося парня из квартиры.

Джек проводил его сочувственным взглядом. Даже Ларисе стало немного жаль бедолагу: уж его-то судьбе не позавидуешь — лучше попасть под бронепоезд, чем в руки ее бывшей начальнице!

— Говард, у вас самолет вечером, — многозначительно обратилась к Джеку Варя. — Вас встретят. И не пытайтесь бежать! Будет только хуже!

— Тогда я пошел собирать вещи! — засуетился иностранец и тоже скрылся из вида.

Лара все еще сидела на полу в оцепенении. Когда дверь за американцем закрылась, Варя подошла к ней, обняла за плечи.

— Мне очень жаль, правда, жаль. У меня есть для тебя кое-что… — Варя, то есть агент Крис, хотела отойти, но Лара схватила ее за подол пальто.

— Еще одна краска? — усмехнулась Лара. — Мне ничего не надо. Все это время вы меня обманывали — вы все! Уходи, пожалуйста!

— Ты хоть взгляни!

— Не хочу. Я тебя видеть не хочу! — Лариса замотала головой. Как же она устала! И почему такие вещи происходят именно с ней?! Особенная она, что ли? Вернее, даже не особенная, а юродивая!

Варя постояла с минуту. Казалось, она ждет, надеется, что бывшая подруга передумает, но та настойчиво повторила:

— Уходи!

Американка достала из кармана ключи, положила их на тумбочку, вышла из квартиры и бесшумно закрыла за собой дверь.

Лара закрыла лицо руками и заревела. Только сейчас она поняла все. И то, почему Варя всегда ходила бесшумно, и почему соседка писала письма по-английски и сердилась, когда Лариса спрашивала ее об этом, и почему бормотала во сне непонятные слова. Воспоминания стали складываться, как пазлы, в одну понятную картину: вот Лара получает краски — и сразу появляется Варя, то есть Крис. Варя красит ее, а сама наблюдает за ходом эксперимента, словно он ведется над какой-нибудь подопытной мышью! Но ведь она, Лариса, сама захотела покраситься? Ой ли? Видно, Крис сработала как профессионал — не придерешься... Сработала. С ней!

Лара стерла со щек слезы. Неужели вокруг нее одни негодяи? А как же Пашка? Он ведь пытался ее предупредить! И почему только она его не слушала! Его — такого сильного, нежного и умного... Им непременно нужно поговорить! Но где он, почему вдруг пропал и, главное, как его разыскать?

Лара заставила себя встать, пройти на кухню, выпить валерьянки и только после этого взялась за телефон. Она набрала Пашкин номер. В трубке безнадежно, тоскливо звучали гудки. Лара звонила снова и снова — без ответа. Не случилась ли с Пашкой беда? Нехорошо все это. Лариса набрала Анькин номер.

— Аня, а ты не знаешь, где Пашка? Давно от него новостей нет... — спросила она.

— Не знаю. Видела как-то его коллегу. Говорят, Павел на работе не появляется, болтают, что он уехал в Америку.

— В Америку? — Лара побледнела. Эта страна, похоже, становится ее персональным кошмаром.

— А что? Тоже не можешь его найти? Что между вами произошло?

— Ничего! Я тебе потом перезвоню, Ань!

Лариса бросила трубку, заметалась по квартире. Чтобы Пашка уехал в Америку? Пашка? Да он же всегда Москвой восхищался, кричал, что никуда из нее не уедет! Как он мог променять Россию на Америку? Да нет, кто угодно, но не он. Это дело рук Джека. Или Вари. Может, его захватили?!

Надо что-то делать! Прежде всего сходить к Пашке домой, может, хоть что-то прояснится.

Лара никогда не была у Павла, но знала, где он живет, — здание с кованым забором на Сретенке, напротив парка, он и номер квартиры называл — сорок пять, шутил, что все хорошие оценки собрал на своей двери.

Лариса без труда нашла Пашкино жилище. И вот она уже, поднявшись по высоким ступенькам, стоит у массивной железной двери с домофоном. Лара набрала номер квартиры, домофон тихонько запищал, зеленые цифры слабо подрагивали, но ответа не последовало. Лара позвонила снова — тишина. Все как с телефоном.

Девушка тяжело вздохнула и задумалась, что делать дальше.

— Ты, доченька, к Паше? — окликнула ее старушка, с трудом ковыляющая к подъезду.

— Да, к нему, — кивнула Лара. — А вы ничего о нем не знаете?

— Не знаю, не знаю, — говорила бабулька, пытаясь взобраться на ступеньку. Лара помогла бабушке, подтянув ее за локоть. — Спасибо. Подожди, деточка. Отдохну, тогда дальше. — Бабка, тяжело дыша, продолжала: — Вот на выходных встретила мать его. Та из квартиры выходит. Говорю: «Люд, а чего Пашки твоего нет? Он куда делся?» А та отвечает: «Вы, тетя Клава, идите. Не вашего это ума дело…» Ну я и пошла, а сама вот думаю, не случилось ли чего… Остановилась и говорю: «Не хочешь — не рассказывай! Только жалко же! Может, в милицию заявить?» А она мне… Вот, деточка, давай еще одну ступеньку…

Лара с охотой помогла бабке взобраться чуть выше, и та, воспользовавшись паузой, продолжила:

— А она мне, значит, отвечает: «Да с ума вы тут выжили, что ли, тетя Клава? Какая милиция? Уехал он, живет отлично! Женился Пашка, понятно теперь?»

— Женился? — не удержалась Лара, почувствовав, как внутри ее что-то оборвалось.

— Ага. Говорит, женился. И все, говорит, хватит болтать, пошла я. Вот и все, так и ушла. А ты мне, девонька, еще одну ступеньку осилить помоги. Хорошо. Спасибо, милая. Тебе открыть, что ли, дверь-то?

— Нет, уже не надо...

Лара пошла прочь — ей надо было еще о многом подумать. Тоска грызла ее изнутри. Пашка женился? Теперь все складывается. Вот почему уехал он в Америку — видимо, невеста оттуда... А чего Лара хотела? Чтобы он ждал ее вечно? Правильно... Только почему-то неправильно. Не так много времени прошло — всего-то полгода. А он уже... А тот поцелуй? Он ее сам поцеловал и приходил к ней, пытался предупредить.. А как смотрел!.. Ей даже показалось, что он ее любит. Показалось... Действительно, только показалось!

Лара мерила бульвар широкими шагами. Все было кончено. Вот теперь действительно все. Надо уезжать — сейчас, прямо сию минуту, назад, к маме. Только там она сможет немного успокоиться. Хватит, наигралась уже, напробовалась сладкой столичной жизни!

К о н е ц!

## ИЗ ДНЕВНИКА ДЖОНА ХЕМИСТРИ

Конец!

Мне кажется, это конец. Но я ни о чем не жалею, я горд собой. Да, впервые я сделал что-то великое — я перешагнул через себя. Это даже важнее, чем изобретение фатума! Тем более что без формул, мышей, опытов и моих записей фатум становится все призрачнее и нереальнее, так что я и сам уже не верю, что когда-то его создал. Зато я верю в себя. Я не стал сидеть в заточении, как последняя крыса, а пошел прямо к господину N, чтобы высказать ему в лицо все, что думаю о нем. Шансы на успех были примерно 50 на 50, как и те, что можно встретить на бульваре в Нью-Йорке динозавра: либо встретишь, либо не встретишь.

Сказать, что я не боялся, — это будет ложью, а в этих записях я не хочу врать, потому что веду их для себя. Я пишу здесь только правду и могу рассказать даже о самом-самом сокровенном, например, о том, что люблю Крис.

Да, люблю, несмотря на то что она оказалась лживой и подлой!

Она снится мне, и я мечтаю увидеть ее хотя бы один, самый последний, раз.

Впрочем, это к делу не относится. В последнее время я стал жутко сентиментален...

Но возвращаюсь к своему повествованию. Итак, опишу все по порядку.

Прожив изрядное количество времени в доме подруги моей матери, я решил, что надо бороться, и стал действовать. Согласно своему плану, я поехал в холдинг, хотя и боялся упасть в обморок от страха. Этот ужасный порок, который я за собой знаю, мучает меня с детства, и я всегда его стыдился. Да, это так. А кто бы не стыдился? Что за мужчина, падающий в обмороки? Но чего бояться, если я и так потерял все? Осталось ли у меня хоть что-то?

Да! Осталась вера в себя...

Думая так, я старался закалить свои нервы. Я специально рисовал в воображении самые жуткие картины: вот я захожу в свою лабораторию, а там полно крыс... И все они живут, как люди, потому что интеллект их вырос во много раз. Они ходят на задних лапах, разговаривают и все такое.

А вот еще картина: я захожу в холдинг, а посреди зала — Крис. Она связана, она просит меня о пощаде, просит помочь. Но я обязан, просто вынужден пройти мимо!

Сколько всего еще я воображал, сейчас и не написать, но в конце концов я все же решился. Я прошел главную улицу. До входа в здание было совсем немного. Я даже видел то самое место, где мы познакомились с Крис, где она обрызгала меня из лужи. Увидел и улыбнулся. И зря, потому что в этот миг возле меня снова показалась машина. Она подъехала абсолютно бесшумно и подтолкнула меня так, что я едва не упал.

Из машины выскочил мужчина, он затараторил что-то на непонятном языке.

— Все нормально! Все о'кей! — пытался объяснить я ему.

Но итальянец не унимался — судя по темпераменту, я решил, что это итальянец. Мужчина тараторил, поднимал глаза к небу и даже принялся рвать на себе волосы.

Он так нервничал, что мне пришлось подойти к автомобилю. И тут на лицо мне набросили марлю, пропитанную хлороформом. Больше я ничего не помню.

Меня преследовали кошмарные виденья. Я видел лицо Крис. Она что-то кричала… Кажется, ей угрожала опасность, и я рвался, чтобы спасти ее, но никак не мог…

Придя в себя, я понял, что снова нахожусь в плену. Я поначалу подумал, что меня захватили те же люди, что и в прошлый раз, но это оказалось не так. На этот раз я оказался в более приличном помещении. Здесь были даже окна, а из них открывался вид на лесопарковую зону… Красота! В этой тюрьме можно жить.

На прикроватной тумбочке (забыл написать, что проснулся я в пижаме и на кровати) стоял поднос с едой. Кстати, с весьма неплохой едой: фрукты, овощи, жареная курица и молоко. Я внимательно все обнюхал, вроде пахнет натурально. Съев кусочек курицы, я запил его двумя глотками молока и теперь жду, не станет ли мне плохо.

В кармане брюк, висевших на стуле у кровати, я обнаружил собственные записи. Они уцелели, их не отобрали, что тоже странно.

Продолжаю их на всякий случай — а вдруг кому-нибудь пригодится.

Вот и все. Записывать больше нечего. Буду ждать своего палача с осознанием того, что я не упал в обморок, я не испугался, а почти дошел до директора N, хотя мог бы спрятаться за маминой юбкой и жить так всю жизнь.

## Послесловие

Большие мохнатые снежинки сыпались с неба, украшая и без того прекрасную Москву. Разноцветные витрины манили огнями, маленькими декоративными елочками, праздничными гирляндами. Дороги превратились в сказочные тропы, украшенные золотыми бусинами огней, а люди... люди проносились мимо, улыбаясь кому-то или просто сами себе.

— С Новым годом! — прокричали где-то в толпе, а далеко-далеко в небе расцвел залп одинокого фейерверка.

Да, в предпраздничный день Москва прекрасна. Лара шла не спеша, глубоко вдыхая морозный воздух, наслаждаясь неспешной прогулкой. За плечами висел рюкзак — вещи, которые она прихватила на новогодние каникулы. В руках — пакеты с подарками: Аньке, Машке и даже Светке, бывшей Алинкиной подруге, оказавшейся в итоге вполне приличной девушкой.

Как хорошо, что девчонки позвали ее на праздники, а то там, в глуши, она уже совсем заскучала.

От девочек Лариса знала все последние новости телевидения. Знала, что женский канал стремительно набирает популярность, что каждая из журналисток успешно ведет свою рубрику, а еще то, что Кирилл с Алинкой расстались.

Василий Андреевич Кириллом недоволен и вынес ему предупреждение, грозящее в дальнейшем увольнением. Еще Лариса слышала, что Кобра пыталась вернуться в студию, но ее не взяли. А на должность зама главреда, которую раньше занимала она, назначили Аньку — у директора с ней особенные отношения с тех пор, как они оба запалились на встрече друзей из Интернета. На этой встрече выяснилось, что тот самый Васька, с которым Аня переписывалась, — это Василий Андреевич, человек, которого в студии все считают примерным семьянином и мужчиной строгих правил, замеченным ранее разве что в невинном увлечении шахматами.

Анька рассказывала, как поначалу, узнав об этом, растерялась и даже думала убежать, но Василий Андреевич повел ее в кафе, напоил чаем и попросил никому о том не рассказывать. Анька, разумеется, тут же разболтала всем подругам, но с директором с тех пор стала дружить — по-приятельски и пост замглавреда взяла. Правда, жалуется, что тяжело, и хочет отказаться. Но это она говорит, а не думает. Известно, что скрипучее дерево долго скрипит.

На другой стороне улицы Лара увидела большую нарядную елку, украшенную синими и красными шарами. Ничего лишнего, строгий минимализм, но смотрелось так восхитительно!.. Какой-то фотограф уже делал снимки, обходя елку и подбирая ракурсы. Искушение запечатлеть нарядную красавицу овладело и Ларой.

Девушка перешла дорогу, достала из кармана мыльницу. Теперь, когда Лариса работала журналистом в редакции местной газеты, ей не раз приходилось лично снимать кадры для статей этим самым фотиком. Девушка щелкнула елку несколько раз и замерла, пытаясь сохранить в памяти волшебное, праздничное ощущение. Жизнь состоит из вот таких кадров, и чем больше их в твоей собственной копилке, тем разнообразнее, тем ярче эта жизнь кажется.

Надо бережно хранить хорошие моменты, чтобы потом было интересно вспоминать. Настоящее всегда лучше искусственного. Теперь Лара знала это точно. Те фотографии, что делал Пашка, она пересматривала по многу раз, и не надоедало. А снимки с фотосессии закинула подальше — пошлые они, безвкусные и неинтересные. И Лариса там словно не настоящая. Может быть, дело в том, что в них нет самого главного — нет души.

— Молодой человек, а вы меня не сфотографируете на фоне этой елки? — обратилась Лара к парню с фотоаппаратом и ахнула: перед ней был Пашка!

— А я все думаю, когда ты меня узнаешь, — улыбнулся он.

— А ты давно меня узнал?

Девушка растерялась, не зная, как реагировать на эту случайную встречу.

— Когда дорогу еще переходила, — Павел улыбнулся.

— Я всегда невнимательная была. Ты же знаешь, — Лара пожала плечами.

— Ты к девчонкам? — спросил Пашка и, видя вопросительный взгляд Лары, выдохнул и признался: — Я тоже приглашен и про твой приезд знаю. Я к этому приглашению даже руку приложил... И встретил тебя инкогнито. От самого вокзала иду за тобой...

— Обманщик! — Лара надула губы и, легонько ударив парня пакетом с подарками, засмеялась: — Сразу бы показался, я бы пакеты тебе дала понести.

— Зачем? Я такое удовольствие получил, наблюдая за тобой. Целое потрфолио нащелкал, — Пашка кивнул на фотоаппарат. — И, кстати, ты тоже обманщица! Говорила, что не любишь Москву, а сама влюбленного взгляда с нее не спускаешь.

Наступила маленькая заминка. Ларе надо было задать так много вопросов, что она не знала, с чего начать.

— А ты разве не в Америке живешь? Разве не женат? — начала она сразу с самого главного.

— Нет, — засмеялся Павел. — Упаси бог! А в Америке мне пришлось пару месяцев перекантоваться, так просила Кристин, вернее, Варя… Я помогал ей там, в том числе с одним американским чудаком-ученым. Пришлось встретить его, остальных он знал в лицо. Кстати, Крис хорошая девушка, она тоже хочет с тобой повидаться. Ну а я вернулся сразу, как только смог. А что касается женитьбы… Это родители мои слух пустили, чтобы никто с расспросами не лез… Ну что, давай свои пакеты! А этот, кстати, тебе. Подарок, потом раскроешь!

— Что это? — спросила Лара, заглядывая в пакет.

Там обнаружился большой бумажный конверт.

— Там мои записи — ценные. Между прочим, сделанные в трудный период жизни. Только не смейся над текстом. Ты же знаешь, у меня маловато практики. Ну и еще фотографии — тоже интересные, детективные. Потом, в общем, почитаешь. Это все тебя касается.

Лара засмеялась и схватилась за Пашкин локоть.

— Ты, кстати, сейчас какого цвета? Не красишься больше? — спросил он девушку, бережно ведя ее по скользкой улице.

— Нет, я постриглась коротко. И снова с естественным цветом, — отвечала Лара. То, что Пашка не женат и, видимо, все еще ее любит, превратило просто хорошее настроение в настоящую эйфорию.

— Ну и правильно! Мне так гораздо больше нравится! Какие планы на каникулы? Предлагаю клевую программу. А потом посмотришь, захочешь ли ты уезжать отсюда — а то, может, снова переберешься…

Они шли по улице, и город задорно подмигивал им веселыми огнями, словно сама Москва соединяла их и обещала, что теперь все обязательно будет хорошо!

## ИЗ ЗАПИСЕЙ ДЖОНА ХЕМИСТРИ

**Дата: не важна, ведь счастливые часы не наблюдают. И дней, как оказалось, тоже.**

Я снова свободен! Счастье переполняет меня, поэтому мысли путаются, и боюсь, буду писать немного сумбурно.

Однако я ученый, а потому постараюсь все же взять себя в руки и описать все по порядку.

Итак, я во второй раз оказался в плену и уже потерял надежду выбраться. В оставленной для меня пище не содержалось ни яда, ни каких-либо психотропных веществ, поэтому я поел досыта. Потом помылся, переоделся в свою одежду (кстати, она оказалась постирана и даже выглажена). А затем принялся ждать.

Вскоре послышались шаги. Я ожидал, что в комнату ворвется банда киллеров, но вошла Крис. При виде ее я все равно испугался. Я сказал, что она обманщица и что я не поверю ни единому ее слову. Но Крис ничего не стала объяснять, она положила передо мной записи и ушла.

Несколько часов я сидел над ними — записи делала сама Крис. Из них я узнал всю историю, связанную с красками. Оказывается, в нашем холдинге появился шпион, который воровал разработки. Это был тот самый плюгавый Томас Меркенсон. Он наткнулся на мои изобретения, заинтересовался ими, а потому со своими ребятами ворвался в мою лабораторию и захватил меня.

Несмотря на многочисленную охрану, наши люди были застигнуты врасплох: Меркенсон прошел по пропуску, и тревогу подняли не сразу. Однако было тут замешано еще одно лицо — сама Крис.

Меркенсон пытался ее завербовать, а Крис, посовещавшись с директором, решила, что это будет лучший способ выйти на банду воров. Она втерлась в доверие Меркенсона и даже помогала ему поймать меня (в записях она упоминала, что у меня не было возможности сбежать от них, даже без ее помощи).

Они захватили меня, и что же: краски у них не было, а свои эликсиры я успел спрятать.

Тогда эти шпионы дали возможность Крис посетить меня, чтобы выведать у меня секреты. Она изображала, будто пытается дознаться, но сама просила меня не выдавать секреты фатума. Плохо было одно — в этот момент вошли люди Меркенсона и догадались, что она играет не на их стороне.

Так Крис потеряла доверие. Она не помнила себя от бешенства — надо было хватать мерзавцев раньше, но тогда ушел бы их глава — тот, кто стоял за Меркенсоном. Она хотела разоблачить того паука, что сидел в центре всей шпионской сети, и решила поймать его на живца.

Узнав, что мои составы в России, Крис поехала туда. Ее мама была русской, а поэтому девушка в совершенстве владела русским языком. В ее задачу входило отследить тех самых людей Меркенсона — рано или поздно они должны были появиться в России — и установить главаря... А также взять образцы краски. Крис справилась с задачей — человека Меркенсона зовут Говард, сейчас он рассказывает о банде, в которой состоит. Образцы красок тоже изъяты.

Что же касается меня — сначала я находился у людей Меркенсона. Судя по всему, они не знали, что со мной делать, и потому не особо искали меня, когда мне удалось сбежать.

Вторично меня похитили люди самого мистера N, директора холдинга. Они сделали это по нескольким причинам: во-первых, я пропадал на долгое время и меня необходимо было проверить. Ну а во-вторых, я был слишком эмоционален и мог провалить всю операцию... Все это я узнал из записей Крис.

Я долго обдумывал прочитанное и теперь ждал, когда придет Крис. Но она не приходила. Я подошел к двери, ведущей из моей комнаты, и выяснил, что она не заперта. Выйдя из комнаты, я понял, что нахожусь в удивительном особняке, большом и просторном. А там, за окном, было море.

— Ты будешь завтракать? Я тебя уже заждалась! — сказала Крис, которая хлопотала на кухне.

— Где мы?– растерянно оглядывая белую мебель, прозрачные стены, спросил я.

— Мы? В райском месте. И заслужили это после тяжелой работы. Кстати, я нашла здесь комнату, которую ты можешь сделать лабораторией. Там живут три прелестные мыши — разумеется, в клетках. Как назовешь?

Я был поражен и не знал, что ответить.

Комната, о которой говорила Крис, оказалась прекрасна, и в ней уже было установлено необходимое оборудование. Во-первых, внушительный стол, на котором стояли клетки с мышами, разные пробирочки, реактивы. Даже компьютер и необходимые в работе книги присутствовали!

— Ну и как тебе это? — спросила Крис.

— Где же краски? — спросил я, недоуменно оглядываясь.

— Вот, — Крис протянула мне два флакончика, в которых осталось еще достаточно вещества, чтобы провести необходимые анализы и восстановить драгоценные формулы.

— А третья? — спросил я.

— Ах, третья... Вот, взгляни, — и девушка протянула мне газетную вырезку.

*Из новостной ленты*

*«Вчера, в 18:43 по Гринвичу, в головном офисе крупнейшей косметической компании «Три жирафа» произошел взрыв невероятной силы. Огромное здание сложилось, словно карточный домик. К счастью, в этот воскресный день в офисе почти никого не было, иначе список погибших мог бы занять не одну страницу. Аме-*

*риканский народ скорбит о гибели президента космети-*
*ческого холдинга «Три жирафа» м-ра В., а также*
*нескольких его ближайших компаньонах и соратниках.*
*Приносим соболезнования их семьям».*

Признаюсь, что прочитал эту статью с немалым удивлением.

— Не понимаю, — признался я, — какое отношение имеет ко всей этой истории этот известный холдинг?

— Самое непосредственное! — Крис улыбнулась. — Дело в том, что мистер В. и есть тот самый злодей, из-за которого с нами и случились все неприятности.

— И вы его устранили? — Мне стало немного не по себе. Такие методы противны всей моей натуре. Но ответ Крис буквально поверг меня в шок.

— Нет, его устранил ты, — сказала она беззаботно и, видя, что я не понимаю, добавила: — Третья краска. Я отправила ее в Америку, однако им все же удалось ее перехватить и доставить к себе, в свою лабораторию. Ну а дальше... дальше ты знаешь.

Я смотрел на Крис в ужасе:

— Ты хочешь сказать, что взрыв произошел из-за моей краски?

— Да, милый, — она положила ладонь мне на плечо. — Помнишь, ты уже рассказывал мне, что у тебя случались неудачные опыты? Очень хорошо, что русская девушка Лара так и не добралась до рыжей краски. Оказывается, мы с ней ходили по краю пропасти.

Я утер со лба выступивший пот. Выходит, все мы ходили по самому краю пропасти, и воистину, только судьба уберегла нас от смерти.

— Но я все равно верю в тебя и с этих пор стану твоей самой верной помощницей! — Крис потянулась губами к моим губам, и тут я забыл обо всем. Ничего в мире больше не имело для меня значения — только я и она, двое в огромном мире!

Вот так закончилась эта история. Теперь я снова работаю. Крис помогает мне изо всех сил, и я уже не повторю своих прежних ошибок. Мою третью мышь зовут Лара — как ту девушку из России, о которой рассказывала Крис. Я подумываю над тем, чтобы изобрести мужскую и женскую линии косметических средств, которые будут менять характер человека. Разумеется, не кардинально, а лишь чуть-чуть. Ну что плохого, если негодяи станут немного менее негодяистыми?

А еще я просто наслаждаюсь тем, что свободен, любим и жду Нового года — этот праздник мы с Крис договорились провести в Москве.

Литературно-художественное издание

КАПРИЗЫ СУДЬБЫ. РОМАНЫ О. РОЯ

**Олег Рой**

**ТРИ КРАСКИ**

Ответственный редактор *О. Аминова*
Младший редактор *О. Крылова*
Художественный редактор *С. Груздев*
Технический редактор *О. Куликова*
Компьютерная верстка *Л. Огнева*
Корректор *В. Назарова*

ООО «Издательство «Эксмо»
123308, Москва, ул. Зорге, д. 1. Тел. 8 (495) 411-68-86, 8 (495) 956-39-21.
Home page: **www.eksmo.ru**   E-mail: **info@eksmo.ru**

Өндіруші: «ЭКСМО» АҚБ Баспасы, 123308, Мәскеу, Ресей, Зорге көшесі, 1 үй.
Тел. 8 (495) 411-68-86, 8 (495) 956-39-21
Home page: www.eksmo.ru   E-mail: info@eksmo.ru.
Тауар белгісі: «Эксмо»
Қазақстан Республикасында дистрибьютор және өнім бойынша
арыз-талаптарды қабылдаушының
өкілі «РДЦ-Алматы» ЖШС, Алматы қ., Домбровский көш., 3«а», литер Б, офис 1.
Тел.: 8 (727) 2 51 59 89,90,91,92, факс: 8 (727) 251 58 12 вн. 107; E-mail: RDC-Almaty@eksmo.kz
Өнімнің жарамдылық мерзімі шектелмеген.
Сертификация туралы ақпарат сайтта: www.eksmo.ru/certification

Сведения о подтверждении соответствия издания согласно
законодательству РФ о техническом регулировании можно получить
по адресу: http://eksmo.ru/certification/

Өндірген мемлекет: Ресей
Сертификация қарастырылмаған

Подписано в печать 23.10.2013.
Формат 80×108 $^1/_{32}$. Гарнитура «HeliosCond».
Печать офсетная. Усл. печ. л. 16,0.
Тираж 25 000 экз. Заказ № 8257

Отпечатано с готовых файлов заказчика
в ОАО «Первая Образцовая типография»,
филиал «УЛЬЯНОВСКИЙ ДОМ ПЕЧАТИ»
432980, г. Ульяновск, ул. Гончарова, 14

ISBN 978-5-699-68606-3

9 785699 686063

 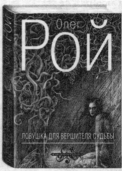